떠나가는
관들에게

연마노
SF 소설집

떠나가는
관들에게

황금가지

차례

떠나가는
관들에게

비정(非情).

서진은 그달에 그 한 단어로 수십 번도, 어쩌면 수백 번도 넘는 축약을 당했다. 식상하고 지겨울 정도의 축약이었다. 살면서 엇비슷한 말이라면 충분히 많이 들어온 참이라 좀 익숙하기도 했다. 가령 이런 말들이 그랬다.

"서진아. 너는 왜 그렇게 정이 없니?"

서진을 아는 사람들은 서진을 떠날 때면 그런 말을 남겼으며 서진을 모르는 사람들은 서진이 어떤 사람이고 어떻게 살아왔는지는 관심이 없었지만, 하나만큼은 알고 있었다.

자기 살자고 병든 아이를 금속관에 담아 차고 먼 우주로 보내려는 매정한 '맘충'.

그게 그때 서진을 요약하는 문장이었다.

서진의 신상정보는 공개되지 않은 채 사연만이 여러 채널을 통해 알려진 상태였다. 그날 점심 서진은 자신의 클라이언트

팀과 미팅을 마치고 함께 식사를 했다. 식당 티비에서 그 얘기가 나오자 외주자를 관리하는 최 과장은 병든 아이를 우주로 보내려는 아이 엄마의 무책임함을 욕했다. 옆에 앉아있던 윤대리는 그렇게라도 해서 아픈 아이에게 조금이라도 희망을 주려는 게 아니겠냐는 변호를 펼쳤다.

서진은 서진을 중심으로 하면서도 서진을 배제한 채로 벌어지는 언쟁을 배경음악 삼아 공깃밥을 퍼서 입에 욱여넣었다. 날아다니는 말들은 당사자에게 도움은 되지 않고 영양가는 없었다.

돌이 씹히는 계란말이를 먹으며 식사를 마무리하자 입안이 까끌까끌했다.

* * *

요람호 발사는 발표 단계부터 큰 화제였다. 추첨으로 뽑힌 신청자들을 냉동 캡슐에 태워 더 먼 행성으로 보내는 대규모 개척 이주 사업. 이미 몇 차례에 걸쳐 진행된 화성 이주 사업 등과 궤를 같이 하는 프로젝트였다. 우주선은 잠든 사람들의 요람이 될 것이므로 그런 이름이 붙었다고도 들었다. 그 포근한 이름에는 오랜 시간 이뤄지는 냉동 수면의 부작용이나 우주 항해의 높은 위험성을 그저 긴 잠 정도로 별거 아니라는 듯 치환하려는 목적이 있었다.

영하 196℃의 환경이며 몸을 둘러싼 액체 질소와 혈관에 주입될 보존액이 인체에 미칠 부작용들에 대해서는 엄청난 논의가 오갔지만, 동물을 거쳐 사람을 대상으로 한 소규모 임상 시험이 연달아 큰 부작용 없이 성공하면서 일은 거침없이 진척되었다. 화성 이주 등의 앞선 사업이 성공했던 것도 사업 진행에 박차를 가했다.

반복 시뮬레이션 끝에 목표지로 가는 시간도 절반 이상 단축한 상황이라는 발표가 연이어 쏟아졌다. 여전히 너무 오래 걸리는 게 아니냐는 질문에 기술 발전이 생각보다 빠르다는 뉴스 기사도 함께 도배되었다.

표면적으로 이 함선은 인류의 원대한 한 발짝을 위한 숙원 사업이었다. 워낙 큰 사업이니만큼 다국적 대기업이며 기술 분야 기업들의 이권도 복잡하게 얽혀 있었다. 공익을 이유로건 사익을 이유로건 사업을 주관하는 처지에서는 최대한 많은 이들을 불러 모으는 것이 중요했다.

고로 승선 신청 가능 조건은 파격적이었다. 전과를 지닌 자 및 신원 특정이 불가능한 자를 제외하고 요람호 사업 추진 네트워크에 가입된 국가의 국적을 소지하고 있는 국민이라면 누구나 신청할 수 있었다. 추첨에 붙는 것은 별개였지만 말이다.

한국이 네트워크에 가입한 것은 요람호 사업이 한창 궤도에 오를 즈음이었다. 대한민국에서 살아 있는 사람을 냉동시키는 행위는 본디 불법이었으나, 요람호 사업에 참여하면서 벌어진 대단위의 법정 공방 끝에 안락사며 냉동요법 조항이 어느 정도 유동성을 보장받은 상태였다. 성인이 되지 않았다면 보호자를 통해 대리 신청을 하거나 온 가족이 함께 신청할 수도 있었다.

신청자들이 준비할 것은 단 하나였다. 지구에서 살면서 누려온 모든 것을 버릴 준비.

다만 그 파격적인 조건은 나중에 분쟁의 요소가 되었다. 한창 사업이 홍보에 열을 올리던 시기에 어느 하반신 마비 환자의 이야기가 방송을 탔다. 왜 신청했냐는 기자의 질문에 더는 가족들의 짐이 되고 싶지 않다는 인터뷰를 하면서.

요람호가 목적지에 도착할 즈음의 미래에는 어쩌면 하반신 마비를 고칠만한 기술이 있지 않겠느냐고. 요람호의 AI는 지구와 통신을 주고받으며 지구의 기술을 실시간 업데이트로 축적하여 목적지에 도달한다던데 그럼 그렇게 쌓인 기술로 도착 후 치료를 받으면 되지 않겠냐고.

그에 공감한 많은 중증 환자의 신청이 줄을 이었다. 아예 의료 목적의 추첨군이 따로 생길 지경이었다. 온갖 의료 기기며 의학과 약학을 다루는 기업들이 앞다투어 요람호 사업에 뛰어들어 입찰을 해내기 시작했다. 거기까지는 상황이 나쁘지 않았다.

본인의 의사인지 가족의 의사인지 알 수 없는 신청이 점점 늘기 전까지는.

몇몇 사람들은 비하의 의미로 의료 목적 추첨군을 관짝이라고 불렀다. 병원비는 병원비대로 잡아먹고 수발은 수발대로 들어야 하는데 병이 나을지 아닐지도 장담할 수 없는, 이도 저도 못 하는 산송장이나 집안에서 부양할 수 없는 불구자들을 담아 처리하는 관이라고. 혐오를 주목적으로 하는 인터넷 커뮤니티에서 파생된 단어였다.

인서가 입원해 있는 아동 병동에 요람호 대표단이 찾아온 건 한창 그 단어가 사회에 넘실거릴 때였다. 6세 이상의 환아를 둔 모든 보호자가 설명회에 초대되었다.

어떤 보호자는 대표단의 인사를 듣지도 않고 나갔으며 어떤 보호자는 지금으로부터 먼 미래에 아이가 완치될 가능성에 대해 생각하며 붙박이장처럼 앉아 설명을 들었다. 절박한 부모들은 언제나 있기 마련이었다. 그들 중 일부는 설령 아이가 아주 먼 곳으로 떠나 다시는 만나지 못하게 되거나 아이가 광속으로 움직이는 우주선에 누워 새로운 행성으로 떠나는 동안 자기는 지구에서 늙어 죽게 된다고 해도 상관없다고 생각했다.

확신하지 못하는 이들과 실낱같은 기적을 생각하는 이들이 뒤섞여 몹시도 어수선한 분위기 속에서 서진은 대표단 중 한 사람과 눈이 마주쳤다. 인자한 얼굴을 한 단발의 노인이었다.

그는 특별히 어떤 말을 하지는 않았다. 그저 들고 있던 팸플릿 중 하나를 서진에게로 내밀었다. 팸플릿에는 각종 의료기기를 주렁주렁 달고서 눈을 감고 누운 남자의 손을 잡은 단발 노인의 사진이 박혀있었다. 문구가 보였다.

자식에게 기회를 줄 수 있어 행복합니다.

서진은 여전히 침묵하고 있는 노인의 눈을 물끄러미 바라보았다. 오랫동안 응어리져 견고해진 슬픔 아래 기묘한 후련함과 해방감이 읽혔다.

서진은 그날 밤늦게까지 병동에 남아 있다가 요람호에 관한 인터넷 기사를 수십 개쯤 뒤적여 보고서 인서를 찾아갔다. 인서는 최근 들어 의식을 잃는 경우가 많았고 한 번 그렇게 되면 며칠간은 되돌아오질 못했다.

의사는 인서의 상태에 대해 속단할 수 없다는 말밖에는 하지 않았다. 그렇다면 그런 일이 더 잦아지기 전에 인서에게 물어보고 싶었다. 더는 물어볼 수 없는 날이 되기 전에.

그렇게 인서와 짧은 대화를 나누고 3일 뒤에 서진은 인서의 요람호 지원서에 보호자 자격으로 서명했다.

두어 달이 지난 후에, 인서가 추첨에 통과했다는 안내문이 도착했다.

* * *

한동안은 알아볼 것도 찾아볼 것도 많았다. 서진은 노트북을 끼고 살았다. 요람호에 관련된 뉴스 댓글마다 각종 비속어와 함께 달린 관짝이라는 말이 있었다. 서진은 그 단어를 염불처럼 외워대는 사람들과 어떻게 그런 말을 할 수 있냐고 답글을 다는 사람들이 싸우는 현장 한복판을 달음박질치듯 뛰어다녔다.

나중엔 댓글 창을 안 보이게 하는 유료 플러그인을 설치했다. 그렇게 해도 여전히 서진이 다니는 인터넷 커뮤니티며 정보를 얻으려고 들어가는 맘카페며 모든 곳에서 그 화제를 피해 다니기란 불가능했다.

이기적인 년들, 맘충, 자식 팔아 받은 요람호 사업 지원금으로 명품이나 사고 다니는 골빈 년들.

사실 관계도 확인되지 않은 수많은 댓글이 환아를 둔 엄마들의 맘카페를 테러하러 온 이들에 의해 도배되던 날 이후, 서진은 그저 관계도 관심도 없는 방관자처럼 태도를 꾸미는 데에 익숙해졌다.

어차피 욕은 서진만 먹는 것이 아니었다. 요람호 발사 사업, 그중에서도 의료 목적 추첨군에 연관된 많은 사람이 함께 듣는 것이었다. 서진의 케이스는 그 뭉뚱그려진 집단 안의 대표적 예시로서 오르내리는 것에 불과했다. 돌아가는 상황 안에서 서진이라는 개인의 파편은 중요한 것이 아니었다. 서진이 그렇게 생각하지 않는다고 해도 그랬다.

조금 더 버티자 논란은 다른 뉴스거리들에 묻혀 유야무야 소강되었다. 요람호가 발사될 즈음이면 다시 터져 나올 이야기겠지만, 기꺼이 받아들일 만한 짧은 휴식이었다.

발사까지는 아직 1년여가 남아 있었지만 사실상 추첨에 당첨된 지원자들은 냉동 수면과 우주 생활에 적응하기 위한 프로그램에 미리 들어가야 했으므로 인서와 서진에게 주어진 시간은 반년 남짓이었다.

길다면 길고 짧다면 짧은 시간.

서진은 그 시간 이후로는 인서가 없을 것이라는 게 잘 실감나지 않았다. 일에 매달리느라 종종 인서의 존재를 아예 잊을 때가 있었는데도, 평소에도 인서 없이 생활할 때가 많았는데도 그랬다.

아이가 병동에서 끝날 듯 끝나지 않는 싸움을 이어가는 와중에도 서진이 일을 포기하지 않았던 것, 더 나아가서 포기할 수 없었던 것은 서진이 아니면 아무도 인서의 병원비를 책임질 수 없었기 때문이었다. 아이를 돌보려면 일을 그만두어야 하는데 아이를 살려두기 위해선 일을 그만두어선 안 되었다.

쉽지는 않았다. 혼자서 아이를 책임지는 가장이라는 말은 같이 면접을 본, 얼마 전 아내와 헤어졌다는 남자에게는 가산점이 되었다. 서진에게는 그렇지 않았다. 그렇게 오랜 시간 전전긍긍하다 어렵사리 프리랜서로 이곳저곳을 옮겨 다니며 일하게 되었다. 자기 증명처럼 일에 악착같이 매달리고 이리 뛰고 저리 뛰며 정신없는 나날들의 연속이었다.

돈이 필요했다. 그렇게 몸을 부수듯 일하다 보면 고통스러운 현실을 잠시나마 잊을 수 있었다. 인서의 병이 차도가 없는 것이나 받아야 하는 대출이나 축소된 국가 지원 복지 프로그램이나 그만둔 요양보호사를 대신할 사람을 찾아보는 것 같은 현실을.

그렇게 여러 일을 동시에 받아내 벌어온 돈은 액수는 적잖았지만 대부분 입원비나 검사비, 인서를 대신 돌봐줄 새 요양보호사에게 지급하는 보수로 흘러나가 사라졌다.

그렇게 눈코 뜰 새 없이 바쁜 와중에도 서진은 나름대로 시간을 내보려고 노력했다. 요람호 결과가 발표된 이후로는 더욱 그랬다. 태블릿을 손에 쥐고 의뢰서를 받으면서도 인서와 이야기하는 시간을 늘리려 했다. 발주자의 전화를 받으면서도 인서가 먹을 만한 무언가를 사러 나가느라 바빴다. 여유가 나면 짐을 싸서 병원에 와 머물기도 했다.

효과가 있었는지는 알 수 없었다. 인서는 거의 종일 잠든 상태였다. 깨어 있더라도 서진을 다소 서먹하게 여기는 느낌이 있었다. 인서는 평소 서진보다 요양보호사와 더 자주 만나는 편이었으니까.

서진은 병동의 간호사들과 다른 보호자들이 자기를 두고 수군댄다는 느낌을 받고는 했다. 그게 실제로 있었던 일인지 아니면 과민해진 자신의 착각인지는 분간이 잘 안 되었다. 서진은 밤마다 알 수 없이 차오르는 후회를 베개 삼아 눈꺼풀을 떨며 잠들고 아침에 인서의 얼굴을 보며 마음을 고쳐먹는 일을 반복했다.

*　*　*

인서가 있는 마포구의 대형 병원 근처에는 한강이 있었다. 가끔 그 주변을 산책하듯 걷다 보면 아이들이 눈에 띄었다. 어른들과 함께 산책을 나오거나 저들끼리 놀러 나온 아이들. 종종걸음으로 뛰어다니면 특유의 생기가 걸음마다 돋아나는. 예전에 서진은 아이들을 볼 때마다 그런 생각을 했다.

저 애들은 멀리까지 가볼 수 있을 거야.

그러고 나면 병원에 발이 묶인 인서가 떠올랐다. 인서의 잘못도 서진의 잘못도 아니라고 젊은 전담 의사는 매번 말했지만, 서진은 인서가 날 때부터 미숙아로 태어났다는 사실을 잊을 수 없었다.

"달을 다 못 채우고 태어난 건 누구의 잘못도 아니에요. 그냥 그 순간에 태어났을 뿐인 거죠. 아픈 것도 잘못이 아니에요. 그냥 그런 상태일 뿐인 거예요."

의사는 그렇게 말했다. 서진의 머리도 그걸 알고 있었다.

그러나 아는 것과 인정하는 것은 달랐다. 아이를 가졌을 때 무엇을 잘못 먹었는지 해서는 안 되는 행동을 했던 건지. 아니면.

제가 아이를 원치 않았던 순간의 응어리들이 아이에게 영향을 준 것인지.

수백 번 곱씹고 나면 남는 것은 이게 제 잘못인가 하는 허무함이었다.

그러나 요람호의 추첨이 있고 나서, 서진은 오도도 하고 달음박질쳐서 지나가는 아이들을 볼 때면 다른 생각을 했다.

인서도 갈 수 있어. 지금보다 훨씬 멀리. 더 멀리.

요람호에만 탄다면 인서는 그 어느 아이보다도 멀리 나가는 셈이었다. 서진이 지금까지, 그리고 앞으로 평생을 돌아다닐 길이를 늘어놓는대도 앞으로 인서가 나아갈 세계의 거리에 비하면 몹시도 한정적이었다.

서진은 막연한 질투를 느끼고선 스스로에게 깜짝 놀랐다. 못

할 생각을 한 것만 같아서 마음이 저렸다. *하지만.* 마음 한구석이 속삭였다. *하지만.*

'나도 언젠가 그렇게 나가보고 싶었어.'

내 한계까지, 누구도 붙잡을 수 없을 정도로 먼 곳까지.

아주 작은 목소리가 바닥을 긁으며 속삭였다. 모래알이 굴러가는 느낌이 가슴의 밑바닥에 남았다.

* * *

시간은 빠르게 흘렀다. 대체로 인서와 모녀간의 시간을 가지려는 노력과 그것이 여러 이유로 좌초되고 삐걱대다 아주 간혹 성공하는 날들이었다.

얼마가 지나자 부흥사업 측은 보호자들과 요람호에 추첨이 된 당사자들을 초대했다. 가족이나 자기 자신을 멀고 먼 우주로 날려 보내기 전에 알아야 할 사항들과 사업 자체에 대한 오리엔테이션을 위해서였다.

서진은 평소처럼 인서를 요양보호사에게 맡겨둔 채 몇 시간 거리를 운전해 사업 본부가 위치한 세종시로 갔다. 정부 청사 건물 근처에 새로 지은 대강당이 목적지였다.

주차를 마친 뒤 자신처럼 아직 실감을 못 해 얼떨떨한 표정을 한 이들과 함께 대강당에 모여 긴가민가한 상태로 설명을 들었다. 정장을 갖춰 입은 발표자는 요람호와 관련된 기술들의 과학적 원리, 사람들을 안심시키기 위한 위로의 말, 들어도 큰 의미는 없는 사업상의 이점 이야기를 속사포처럼 쏟아냈다. 너무 많은 정보가 한꺼번에 쏟아져 머리가 울릴 지경이었다.

전쟁 같은 질문 답변 시간을 마지막으로 예정보다 길어진 오리엔테이션이 끝나자 사업 측은 실제로 사람들을 넣는 데 쓰이는 냉동 수면 탱크를 견학시켜 주었다.

관. 그 단어를 떠올리지 않으려 애쓰며 서진은 탱크를 보았다. 차가운 은색 금속으로 만들어져 성인 한 사람은 충분히 들어가고도 남아 보이는 탱크들에는 각각 탑승할 사람의 이름과 가족의 이름을 포함한 신상 명세가 적혀 있었다. 물론 인서의 이름도 있었다.

의료 목적 추첨군. 박인서. 11세. 여아. 모친 박서진.

몹시도 익숙한 이름이었음에도 놀랍도록 낯설고 생경했다. 서진은 인서의 이름에 손을 올려보았다. 탱크 자체에 무슨 특수 처리가 되어 있었던 건지 쉽사리 데워지지 않고 서늘하기만 했다.

이내 서진은 여기에 죽은 듯이 누워 잠들어 있을 인서의 모습을 그려보려다 그러지 않기로 했다. 그편이 더 나을 것 같아서였다. 그런 상상은 마치 인서의 죽음을 그리는 것과 비슷하게 느껴졌다. 떠나고 나면 두 번 다시 볼 수 없다는 점에서 크게 다르지는 않은 것 같았다. 다만, 실제로는 인서보다 제가 먼저 죽을 것이었다. 아주 일찍.

인서가 머나먼 별을 향해 가고 있을 때 자신은 이곳에서 이미 구시대의 농담거리가 되어 있을 터였다. 그거 아니? 예전

인류는 자그마한 상자 하나로 고작 몇 분 만에 전 세계와 연결되어 있을 수 있었고 세상 모든 뉴스를 볼 수 있었지만, 병뚜껑을 따려면 여전히 고무로 만든 절연체 장갑이 필요했고 이어폰 한 짝을 잃어버리면 신호 교섭으로 찾을 방법도 없었고 어떤 병들은 영영 치료할 수 없었대. 그런 시시콜콜한 이야기들이 고고학적 사료가 될 수 있겠지.

거기서도 직원의 설명은 계속되었다. 주로 안전에 관한 이야기였다. 탱크의 내구성은 5층 건물에서 떨어뜨려도 멀쩡할 정도로 우수하다, 실험 결과는 매우 안정적이다, 우주선에서 사람들이 때가 되지 않았는데 깨어나는 사고가 일어날 확률은 희박할 것이다. 기타 등등, 기타 등등. 서진은 멍하니 서서 그런 이야기들을 들었다.

탱크 견학까지 끝나자 저녁이 다 된 시간이었다. 서진은 가방에서 차 키를 꺼내 손에 쥔 채로 뚜벅뚜벅 걸었다. 바로 병원으로 되돌아가 인서 옆에서 잘 생각이었다.

하나의 군집처럼 우르르 움직이는 사람들을 따라 건물을 빠져나가려는 순간, 모르는 사람의 목소리가 서진을 불러 세웠다. 처음엔 자기를 부른다고 생각하지 못했기에 답하지 않았으나 소리는 거리를 좁히며 서진에게 다가왔다. 돌아보자 한 여자가 서진을 바라보고 있었다.

"안녕하세요. 서울 XX 병원 아동 병동 다니시죠?"

"절 아시나요?"

서진의 목소리엔 강한 경계심이 어려 있었다. 상대도 그것을 인지한 듯했다. 아이가 아픈 부모에게 온갖 감언이설로 다가오는 이들은 언제나 많았다. 부모의 약한 마음을 파고들어 그들을 좀먹고 사기를 치고 절박함을 뺏어다가 자양분 삼는 자들.

오랜 병동 출석을 하고 중증 질병에 관련된 인터넷 카페들을 돌아다니며 서진은 그런 사례를 수도 없이 보아왔다. 준비는 되어 있었다. 언젠가 자신에게 이런 일이 벌어지면 똑 부러지게 잘라 내리라고 몇 번이고 마음을 다져왔으니까. 여자는 금세 자신이 어떻게 보였는지를 깨달았던지 미소가 익숙지 않은 사람처럼 입 주변 근육을 경련시키며 웃었다.

"죄송해요. 놀라게 해드렸군요. 저도 그 병동에 애가 있거든요. 같은 층에서 종종 오가시는 거 봤어요."

그 말을 듣고서야 서진은 여자의 얼굴을 찬찬히 뜯어보았다. 어딘가에서 본 듯 묘한 익숙함이 느껴졌다. 기억이 난다면 나고 안 난다면 안 난다고 할 만한 평범한 얼굴이었다.

그러다 여자의 손가락을 보았다. 오른손 검지에 잡힌 단단한 굳은살에서 볼 때마다 얇은 카디건을 어깨에 두른 채로 침상 위의 아이에게 과일을 깎아주고 있던 옆 병실 보호자의 뒷모습이 떠올랐다. 서진은 가볍게 고개를 숙였다.

"이제 기억이 나네요. 안녕하세요."

"먼저 제 소개부터 드렸어야 했는데. 너무 반가워서 대뜸 실례를 해버렸네요."

"괜찮습니다."

여자는 남편에게 다가가 무어라 말을 하더니 다시 서진에게로 왔다. 조심스러운 태도였다. 애써 지어낸 미소가 여전히 입가에 걸려 있었다.

"괜찮으시다면 이야기를 나누고 싶어요."

* * *

여자를 따라간 카페에는 서진과 여자 말고도 몇 사람이 더 있었다. 모인 사람들의 공통점이라면 이 사업에 최종 추첨 된 사람들이며 자신의 가족이나 가까운 사람이 우주선에 타게 되어 있는 이들이라는 것, 그리고 의료 목적 추첨군의 사람들이라는 것이었다.

"나는 가능성에 걸 거예요."

정화 씨는 무리에서 단연코 눈에 띄는 사람이었다. 그에게서 느껴지는 어떤 정연함과 차분함은 사람들에게 신뢰를 주고 결속시키는 힘이 있었다.

그렇기에 모두가 불안 속에서 이 사업이 어떻게 될 것 같은지, 과연 확신할 수 있을지를 두려워하며 속삭일 때 정화 씨가 내뱉은 그 말은 일종의 안정감을 주었다. 어쩐지 일이 다 잘 될 것 같고, 요람호에 탄 이들이 우리가 세상을 떠난 이후에라도 새로운 세상에서 건강하고 행복하게 살 수 있을 것이라는 종류의 안정감. 환아가 있는 보호자들은 어느새 아이들이 뛰어노는 유토피아를 상상하고 있었다.

서진은 처음부터 정화 씨가 꽤 마음에 들었다. 정화 씨는 무언가에 대해 말하기 전 그것에 대해 치열할 정도로 공부를 해오는 사람이었고, 자신에게 어떤 답이 주어질 때까지 추구하는 사람이었다. 찾을 수 있는 것들은 모두 찾고, 그런 자료를 바탕으로 건설적인 결론을 도출해내려 애쓰는 사람. 결정적으로 사람들을 결속시킬 카리스마를 가진 사람. 지금 같은 상황에서 모두에겐 그런 이가 절실하게 필요했다.

한편으로 서진은 정화 씨가 부러웠다. 정화 씨가 그렇게 할 수 있었던 까닭은 그렇게 온종일을 공부에 매진해도 될 정도의 여유가 있었기 때문이므로. 서진 역시 요람호에 대해 수십 개의 인터넷 글을 읽었지만, 메일로 들어오는 발주서나 이어갈 삶을 생각하면 오래 들여다보거나 곱씹을 시간이 없었다. 유독 인상적인 몇 가지 사안들을 기억해두는 게 다였다.

정화 씨의 아들인 석영이는 인서보다 1살이 어렸다. 정화 씨는 되는 대로 가능한 모든 것을 알아보고 공부했다. 냉동 수면이나 장거리 우주 항해에 관해 기술의 확실성과 불확실성을 알아보았고 실패 가능성과 성공 가능성, 결함이 될 수 있을 만한 것과 성공을 보장해줄 수 있는 요소에 대해 알아보았다.

그러고 나서 내린 결론이 '보낸다'였다.

그 생각은 설명회 이후로 더욱 확고해진 모양이었다.

"우리 어렸을 때 기억해요? 사람들은 매번 그때가 좋았다고 하는데, 나는 잘 모르겠어요. 나 때는 아이들이 아주 많이 죽었어요. 태어나기 전부터 감별되기도 했고, 태어나도 유치원 때는 물론이고 학교에 다니던 애들까지도 많이 죽었어요. 다들 요즘 같은 세상에 그게 무슨 소리냐고, 옛날에 태어나자마자 죽어 나가던 아이들에 비하면 너희가 얼마나 편하게 살아왔느냐고 묻겠지만, 제 기억은 그래요."

서진은 정화 씨의 말을 들으며 무심코 아이들을 생각했다.

너무나도 많은 아이들. 대부분 서진의 또래였고 때로는 서진보다 몇 살이 어린.

자기가 그렇게 죽거나 뉴스에 나오리라고는 생각지 못했을 아이들. 단지 그 순간에 그곳에 있었기 때문에 떠난 아이들.

그대로 살아 있었다면 또 하나의 서진으로 자랐을 아이들이었다.

가끔은 잊히지 않는 어떤 기억들이 있었다. 그날 그 순간 내가 무엇을 하고 있었는지 생생하게 기억나는 어떤 날들. 침대에 누워 뒤척이며 그렇게나 많은 아이가 저기서 죽었고 또는 죽어 가는데 나는 여기서 편안히 살아 있다는 사실에 문득 영문 모를 죄책감을 느끼던 시간.

그게 어쩌면 내가 되었을 수도 있다고 생각했던 밤과 도무지 누구에게도 물을 수 없고 섣불리 답을 말할 수도 없었던 질문들. 왜 그래야만 했을까? 하는 날카롭고 선뜩한 생각들. 왜? 라는 질문 끝에 붙는 물음표가 묻는 사람들의 가슴에 낫처럼 되돌아와 박히던 순간들.

"지금이라고 크게 다르다고 생각하지는 않아요."

정화 씨의 목소리엔 묵직한 설득력이 있었다. 그 사람이 이래야 한다고 말하면 마땅히 그렇게 해야 할 것만 같은 종류의 설득력이었다. 내 결정을 이 사람에게 맡겨도 좋을 것만 같은. 그 자리에 있던 많은 사람이 그런 생각을 했으리라고 서진은 어렵지 않게 추측할 수 있었다. 자신도 그러했으니까.

"나는 기회를 주고 싶어요."

정화 씨의 단단한 목소리가 카페를 울렸다.

"우리 아이들은 미래를 살 거예요."

* * *

서진은 불이 꺼진 병원 복도를 천천히 걸었다. 12층 1207호에 인서가 지내는 6인 병동이 있었다. 알록달록한 낱말 카드나 숫자 퍼즐이 벽에 덕지덕지 붙어 있고 바닥 한구석에 놀이방용 스펀지 블록이 깔린 병실이었다.

여닫이문을 조심스레 열고 들어가니 창가 자리에 누워 자는 인서가 보였다. 서진은 잠든 인서의 몸에 연결된 카테터를 물끄러미 들여다보았다.

인서는 그래도 요즘엔 전처럼 서진을 어색해하지 않았다. 서진도 마찬가지였다. 이별을 앞두고 이제 와서 이런 친밀감을 쌓는다는 게 잘된 일인지 잘못된 일인지도 알 수 없었으며 가끔은 묘하게 느껴지기도 했다. 서진과 있는 내내 인서는 늘 그랬듯 조숙한 아이의 얼굴을 하고 있었다. 그게 아빠가 없었던 탓인지 아니면 어릴 때부터 병을 앓다 보니 생과 사에 초연해진 것인지 그것도 아니면 둘 다인지 서진은 알 겨를이 없었다.

조숙한 아이를 볼 때면 갖는 안타까움은 대체로 서진보다 아이를 더 많이 만나는 소아병동의 수간호사와 간호사, 그리고 아이를 돌봐주러 온 요양보호사들의 몫이었다. 서진은 아이가 주사가 아파서 울고 약이 써서 울고 밥이 맛없어서 울던 대부분의 순간에 병원비를 대기 위해 잠을 줄여가며 일하고 대출 신청을 넣고 있었으니까.

한창 둘의 사이가 어색하고 서먹하던 시절에, 서진은 종종 인서를 제 자식보다는 아는 사람의 아이 대하듯 했다. 그럴 때면 인서도 서진을 가끔 돌봐주러 오는 이모 정도로 대했다. 역설적으로 그 순간마다 서진은 이 애가 어쩔 수 없이 자신이 낳은 아이임을 깨달았다. 아이가 보여주는 그 무심한 얼굴. 생각을 읽기 힘든 그 까만 눈은 다름 아닌 자기의 전매특허였으니까.

수많은 사람이 왜 이렇게 정이 없냐고 물어보던 그 눈을 인서도 가지고 있었다. 인서도 자기처럼 정이 없다는 이야기를 듣는 사람으로 자라날까? 저로서는 영원히 알 수 없게 될 일이었다.

지금 와서 생각해보면 부모를 떠나 아직 한참 어린아이의 보호자로서 그런 데면데면한 모습은 적절치 못한 태도였는지도 모르겠다. 그래도 아이에게 자신을 이해해달란 말은 해본 적이 없다. 그건 좀 이기적인 것 같았다.

물론 처음부터 그랬던 것은 아니다. 서진에게도 인서의 엄마였던 적이 있었다. 아직 걸어 다니지도 못하는 인서를 등에 업은 채 온종일 이력서를 쓰고, 인서에게 젖병을 물려주면서 면

접을 준비하고, 등을 토닥여주면서 몸에 맞지 않는 정장을 새로 주문하고, 아이의 잠든 얼굴을 들여다보며 자신의 어린 시절을 찾아보던 순간들.

밤잠을 모르는 아이를 어르고 달래면서, 갈 곳 없는 분노를 애써 억누르며 아이를 짐이라고 여기면서도 자신이 사랑하고 자신에게 사랑을 줄 여린 존재라고 생각하던 시절이 있었다. 인서가 아프기 전의 일이었다.

아프지 않은 아이. 병동이 아닌 집에서 나를 기다리는 아이. 그런 가정을 할 때마다 서진은 종종 죄악감이 깃든 서글픔을 느꼈다.

인서가 처음 입원했을 때 서진은 부정, 분노, 타협, 우울, 수용에 관한 엘리자베스 퀴블러 로스의 책을 여러 권 삼키듯이 읽어댔다. 퇴근길 지하철에서, 회사의 점심시간에, 집에 와서 혼자 누워있을 때나 가끔 짬이 나는 주말에도. 자신이 어디까지 분노하고 어디까지 수용할 수 있는지, 혹은 이미 타협한 건지 그러지 못한 건지를 알지 못하던 때의 일이었다.

간혹 극단적인 선택을 하는 보호자들의 이야기를 들을 때마다, 그것이 사랑이라는 이름으로 행해지기도 하는 무언가임을 생각할 때마다 서진은 몇 번이고 몸서리를 쳤다. 더 두려운 것은 자기가 그 마음이 무엇인지를 아예 모르지 않는다는 사실이었다.

아이를 영영 잃어버리는 것은 부모의 가장 큰 악몽이라고들 한다.

그렇다면 살아있는 아이를 냉동 캡슐에 담아 보내고자 하는 나는?

기꺼이 이 아이를 잃어버리기를 택하는 나는 악몽조차 꿀 수 없는 사람일까? 나는 이 아이를 사랑하지 않는 괴물일까?

서진은 문득문득 궁금해졌다. 막연한 미래를 꿈꾸던 시절이 떠올랐다. 나도 멀리까지 나가보고 싶었어. 아주 멀리까지. 닿지 않을 곳까지. 모래알이 굴러다니던 감각이 되살아났다.

정확히 어디로 가고 싶었던 건지는 너무 오래전의 일만 같아서 기억나지 않는다. 그전까진 늘 허우적거리기에 바빴다. 다들 젊으니까 얼른 하라고, 지금 시작해야 나중에 더 높이 올라가 있을 거라고, 이것도 하고 저것도 하고 어쨌든 다 해보라고 여기저기서 등을 떠밀던 시절의. 어리니까 더더욱 해야지 하는 말들과 불과 5년도 채 지나지 않아 너는 그런 걸 하기엔 너무 나이가 많다던 말들.

생각해 왔고 해볼까 했던 것들은 다시 만져보면 질감도 색도 잘 기억이 나지 않는 덩어리가 되었다. 인서에게도 꿈이 있을까? 되고 싶은 게, 하고 싶은 게 있을까?

서진은 이제 인서가 꿈을 꿀 수 있을지에 대해 생각해 볼 수 있었다. 인서가 의식불명을 오가던 때에는 차마 동티라도 날까 봐서 해보지 못한 생각들이었다. 바라는 순간 그것이 사라질까 봐 차마 움켜쥐어 보지도 못한 것.

그 어떤 아이보다 넓고 외로운 세계로 나가게 될 인서. 어쩌면 인서에게 더 많은 선택권이 주어지리라는 게, 그리고 그 선택권이 자신에게 쥐어지는 것보다 훨씬 많은 가능성과 잠재력을 가졌을 거라는 게 부러운 건지 기쁜 건지 억울한 건지 행복한 건지를 알 수 없었다.

인서가 정확히 무슨 꿈을 꾸는지는 중요한 일이 아니었다. 서진에게 중요한 것은, 인서에게 가능성이 있다는 거였다. 뭐라도 바라볼 가능성이. 그저 멀리 나가는 것만 있는 게 아니라 그 이후를. 삶은 계속해서 이어질 것이고, 그렇다면 어떤 삶을 살 수 있는지에 관한 것이었다.

인서는 멀리멀리 떠나서 무엇이든 될 수 있고 무엇이든 해 볼 수 있었다.

"우리 아이들은 미래를 살 거예요."

단단한 정화 씨의 목소리가 머릿속에서 되풀이되었다. 우리 아이들은 미래를 살 거예요.

인서야. 그럴 거니?

그래 줄 거니?

서진은 쿨쿨 자는 아이를 새벽 동이 틀 때까지 멍하니 바라보았다.

* * *

발사 시기가 성큼 다가오자 요람호 사업 측에서 추첨에 통과한 병동 아이들을 데려가기 시작했다. 요람호 탑승 적응 훈련을 위해서였다.

기준에 도달하지 못한 아이들은 다시 병동으로 되돌아와 유예 기간을 가졌다. 무난히 적응해낸 경우엔 다른 추첨자들과 함께 준비 프로그램에 돌입했다. 탱크 안에서의 적응력을 키우기 위한 연습과 기초 대사 및 면역을 증강하기 위한 임상 시험 프로그램들이었다. 어떤 부작용이 따를지 아직 아무도 모르는 실험들이었으나 보호자도 아이들도 군말 없이 과정을 밟았다.

인서가 능히 적응해내는 아이 중 하나가 될 거라 의심치 않았기에, 서진은 인서가 병동으로 돌아왔을 때 내심 놀라고 말았다. 인서는 약간 의기소침해 보이기도 했고, 다시 보면 아무렇지도 않아 보이기도 했다. 자신을 닮은 무덤덤한 표정이 아이의 얼굴에 드리워져 있었다. 요람호 측에 물어보자 유예 기간을 가져야겠다는 말만이 돌아왔다. 서진은 조금 초조해졌다.

인서가 최종 선발에 떨어지면 어떡하지? 인서가 미래를 가질 수 없다면? 그리고 나도…….

그 생각이 다시금 서진을 소스라치게 했다. 미래는 인서에게만 있지 않았다. 인서가 떠난 후의 자신에게도 있었다. 아이가 떠난 후에도 자신은 삶을 이어가야 했으므로. 인서의 미래에 대해 생각하면서 은연중에 늘 하고 있던 생각이었다. 진득한 죄책감이 심장을 마구 두들겼다.

서진은 애써 침착한 태도를 지켰다. 그저 담담한 표정을 하고서 인서의 어깨를 감싸 안고 침대 위에 눕혀주었다. 인서도 별말이 없었다. 이유를 물어봐도 답해주지 않을 것 같아 부러

묻지 않았는데, 그날 밤 인서가 침상 이불에 실례를 했다.

간호사에게 부탁해 침상을 갈고 새 이불을 가져오면서 서진은 입을 꾹 닫고 서 있는 인서의 긴장감을, 슬그머니 삐져나오는 수치심을 느꼈다. 저 스스로 어른스럽다고 생각해 온 아이가 으레 이런 상황에서 느낄만한 부끄러움이었다. 서진은 반사적으로 말했다.

"잘못이 아니야."

인서의 까만 눈이 서진을 되돌아봤다. 서진은 다시금 말했다. 자기가 무슨 말을 하는지 확신이 없었음에도.

"아픈 건 잘못이 아니야."

담당의가 해줬던 말이 서진의 입을 통해서 그대로 흘러나왔다. 그때 작은 목소리가 들렸다.

"그러면 왜 거기 타야 하는데?"

서진은 말문이 막혔다. 타기 싫으니? 하는 질문조차 나오질 못했다.

이런저런 말들과 생각이 서진의 머릿속을 마구 뒤흔들었다. 미래가 있어야 하니까.

그게 누굴 위한 미래지? 나인가, 아이인가?

실은 네가 가지 않았으면 좋겠어. 네가 내 인생에 없다고 생각하면 가슴이 너무 아파. 아니, 또 한편으로는 그냥 갔으면 좋겠어. 가서 네 미래를 움켜쥐고 살았으면 좋겠어.

아니다. 다시 생각해보니 나도 잘 모르겠어. 뭐라고 말해야 너에게 좋은 답을 줄 수 있을까?

근데 좋은 답이란 게 있었을까? 내가 너에게 모범 답안을 줄 수 있는 사람이었을까? 나도 나한테 확신이 없는데.

서진은 말하고 싶었다. *가기 싫으면 안 가도 돼. 인서야. 가기 싫으면 여기 있어도 돼.* 그렇게 말하고 싶었는데 입이 떨어지질 않았다. 어떻게 말해야 좋을지 알 수가 없었다.

인서가 머뭇거리는 서진을 똑바로 바라보았다. 서진은 그 순간 인서가 자신을 책망하려고 그런 말을 한 게 아니라는 걸 깨달았다. 순수하게 궁금한 것이다. 아픈 게 잘못이 아니라면 왜 거기 타야 하는지. 가기 싫다거나 가고 싶다거나 하는 문제를 떠난 본질적인 의문이었다.

"왜 사람들이 거기 태워지는데?"

마찬가지로 답할 수 없는 질문이었다. 대신 서진은 인서를 천천히 침대에 앉힌 뒤 머리카락을 뒤로 쓸어 넘겨주었다. 아이를 꽉 껴안아 주고 싶은 충동을 느꼈지만, 실행으로 옮기는 대신 양손으로 인서의 뺨을 붙잡고선 곧은 시선을 마주했다.

갓 태어나 아직 쪼글쪼글하던 인서가 처음 눈을 뜨던 순간이 생각났다. 서진은 아기의 눈 속에 세계가 있다고 느꼈다. 아기가 갖고 태어난 아기만의 우주. 아기의 눈에 비친 제 눈에도 자신의 세계가 담겨 있었다.

서진은 그때 아기와 인사를 했다고 느꼈다.

안녕. 네가 허락한다면 우리는 이제 서로의 세계가 될 거야. 그래 주겠니?

그렇게 생각했을 때의 그 세계가 여전히 그 눈 안에 있었다.

인서가 유년기와 아동기의 대부분을 보낸 병동이 고스란히 비친 세계. 나의 일부가 되어주겠냐는 허락을 구한 것이 무색하게도 이제 곧 자신에게서 떠나갈 세계였다.

그러나 이 세계가 그냥은 떠나가지 않으리라는 것을 서진은 잘 알고 있었다. 인서가 남긴 세계는 어떤 응어리가 되어 서진에게 남을 것이고, 서진의 세계는 인서의 눈에 담긴 채로 멀리 나아갈 것이었다.

서진은 이 눈에 우주가, 은하가, 별들이 비치는 상상을 해보았다. 별 하나하나에 각각의 세상과 삶이 담겨있었다. 인서도 꿈을 꿀 수 있는 아이가 되었다는 것, 자신은 아직 인서의 꿈을 모른다는 것도 생각났다. 서진이 천천히 입을 열었다. 인서야.

"나는 네가 무슨 꿈을 꾸게 될지, 어떤 세계를 살아가게 될지가 궁금해."

인서는 답하지 않고 계속 서진의 눈을 바라보더니 느릿느릿 침대에 누웠다. 서진은 침상 옆의 보호자 침대에 누워 인서의 고른 숨소리를 들었다.

* * *

"안 가기로 했어요."

갑작스레 연락해온 정화 씨는 전화 너머로 그렇게 속삭였다.

서진은 조금 놀랐다. 누군가는 이런 선택을 하리라고 예상하지 못한 것은 아니었다. 중도 포기자가 나오지 않을 리가 만무

했다.

서진이 놀란 것은 그런 선택을 한 게 다름 아닌 정화 씨라는 것 때문이었다. 우리 아이들은 미래를 살 거예요. 말하는 대로 이루어질 것처럼 압도하던 음성이 귓전을 맴돌았다.

"석영이 의식이 돌아올지 장담을 못 하겠대요."

서진은 핸드폰을 든 손끝을 약간 떨었다. 석영이한테 뇌사 판정이 떨어졌나요? 차마 거기까진 물어보지 못했다. 그런 생각도 조금 들었다. 뇌사 판정에 들어간 거라면 코마 실험군에 지원한다면 될 텐데. 요람호의 의료 실험군 중에는 이미 오랫동안 뇌사 상태인 환자들을 소수 태우는 코마 실험군이 있었다.

만에 하나라도. 일말의 가능성이라도 생각해볼 순 없는 걸까? 서진은 정화 씨의 여전히 단단한 목소리를 헤아려 보았다. 여태까지 몇 번을 만나면서 들어온 그의 목소리 중에서도 가장 견고한 목소리를.

"적어도 내 곁에서 끝났으면 좋겠어요. 눈을 떴을 때 아는 장소도 사람도 없는 곳이 아니라, 제 곁에서."

정화 씨는 무덤덤하게 말했다. 다른 사람들 앞에서 이런 이야기를 하면 다들 화를 낼 거예요. 자기만 막판에 쏙 빠진다고. 그런 중얼거림이 따라왔다. 서진은 그러지 않을 거라고, 정화 씨를 이해하는 사람들도 많을 거라고 생각했으나 구태여 그 말을 입 밖으로 꺼내진 않았다.

"제가 많이 이기적인가요?"

정화 씨의 그 질문 하나에 모든 무게가 실려 있었다. 이기적인가요? 아주 익숙한 말이었다. 아이는 생각 안 하니? 왜 그렇게 이기적으로 구니? 왜 그렇게 정이 없니? 그런 말들이 서진의 내장 한쪽에 불순물처럼 켜켜이 쌓여 있었다.

서진은 입을 열었다 닫으며 말을 골랐으나 결국 *정화 씨.* 하고 이름을 한 번 부르는 게 다였다. 정화 씨는 전화기 너머에서 또다시 속삭였다.

"아이가 아프게 될 줄 알았으면 낳지 않았을 거냐는 말이요. 우리 같은 사람들은 종종 듣잖아요. 생각해 본 적 있어요?"

"그럼요."

서진은 바로 수긍했다. 서진은 그것보다 더 큰 전제로도 고민한 적이 있었다. 아픈 아이냐 건강한 아이냐가 아니라, 그냥 아이 자체를 낳을까 말까 고민해본 적.

아이 아빠 없이 미혼모라는 이름으로 다음을 감당할 수 있을지, 내가 정말 이 아이를 가지고 싶은 건지, 후회하지 않을 자신이 있을지. 아주 오래전에 해보았던 질문들이었다.

낳지 않았더라면 무언가 달라졌을까, 낳아서 무엇이 바뀌었는가 하는 질문들. 이미 다 지나간 일들.

"서진 씨는 답을 얻었나요?"

답이란 게 있기나 할까. 아이가 없었다면 무엇이 달라졌을까. 아이가 아프지 않았다면 또 무엇이 달라졌을까.

수천수만 갈래의 가능성과 분기점 중 우리가 들어서 버린 길은 여기였고 그렇다고 포기할 수도 죽을 수도 없었다.

늘 그런 법이었다. 다른 세계를 상상하더라도 결국 우리가 도착해 있는 우리의 현실은 이곳이기 때문에. 가보지 않은 길에 대해, 살아보지 않은 삶에 대해 추측하기란 너무나 쉽고, 우리가 선택해서 도착한 길보다 가보지 못한 길이 더 빛나 보이기 때문에.

서진에게 인서가 있었던 것이 서진의 현실이었고, 인서가 아픈 것이 서진의 현실이었고, 그런 인서를 저 멀리 우주 밖으로 떠나보내고자 하는 것도 서진의 현실이었다. 아이에게 가능성을 주고 싶다는 말, 실은 나도 내 인생을 살아보고 싶다는 비명과 그럼에도 불구하고 인서를 이렇게 떠나보내고 싶지는 않다는 외침이 충돌하며 서진의 안에서 요란한 폭죽놀이를 벌였다.

침상에 실례를 한 뒤 한밤중의 병실 침대 앞에 서 있던 인서의 모습이 떠올랐다. 서진은 침묵을 택했다. 자신이 어떤 답을 내놓을지가 두려웠다. 그저 억누른 소리로 다시금 정화 씨의 이름을 불렀다. 정화 씨.

"정화 씨는 얻으셨나요?"

이것 또한 답을 바라고 한 질문이 아니었다. 정화 씨도 알고 있을 것이었다. 정화 씨의 질문이 서진에게 그러했듯이. 예상대로 상대방도 말이 없었다. 침묵 끝에 둘은 그저 짧은 한숨을 쉬며 서로의 안녕을 빌고선 전화를 끊었다.

안녕하고 또 무탈하기를. 그럴 수 없다고 해도 부디 그리되기를.

이루어질 수 없는 소망이었으나 본디가 모순이라는 것을 알면서도 빌 수밖에 없는 것들이 있었다. 답을 뻔히 알면서도 그

답이 나오지 않기를 기도하는 어떤 순간들. 부질없다는 걸 알면서도 그런 의식적 행위라도 하지 않으면 넘길 수 없는 것들.

그래도 그 안에서 최소한 석영이에게는 정화 씨가 있을 것이었다. 그리고 정화 씨는 석영이를 놓지 않을 테지. 석영이의 세상이 무너지는 순간에도. 그렇게 생각하니 조금은 위안이 되었다.

석영이는 영하 196℃의 차가운 관 속에 들어가지 않고 가족들의 곁에 남게 될 것이다. 그게 석영이 나름의 안식과 평화가 될 터였다. 안식과 평화 대신 미지를 택한 채, 그 차가움 속에 누워서 고독과 함께 여행해 닿지 않을 머나먼 곳으로 떠나는 것은 다른 이들의 몫이었다. 인서의 몫이었다.

어느 것도 오답이 될 수 없었고 정답 또한 될 수 없었다.

* * *

종종 선잠에 들 때면 갈피를 잡을 수 없는 풍경들이 하나둘씩 떠올랐다. 지구라고 보기에는 너무 낯선 땅의 풍경. 서진은 곰곰이 생각하다가, 그게 요람호 부흥사업의 설명회에 가서 보았던 행성의 이미지라는 것을 떠올렸다. 오랫동안 들여다보고 나중에 인터넷으로도 찾아본 별이었다.

이름을 알고 있었는데, 분명 알고 있었는데 떠올리려니 갑자기 기억이 나질 않았다. 다만 행성의 대지 곳곳이 산화 물질 덕분에 연한 분홍색을 띠고 있다는 말은 기억났다.

설명회가 끝난 후 집에 가 인터넷에서 찾아보았던 멀리서 찍은 별의 사진은 육안으로 보기엔 뭐가 뭔지 분간하기 어려웠고 색조차 잘 알 수 없었다.

사방팔방에서 무리를 이루어 은하를 만든 별들 사이에서 보이는 아주 작은 점. 무거운 침묵 속에서 조용히 떠 있는 공전주기 450일의 별의 중력은 지구의 0.8배 정도였고 지름은 비슷했으며 대기 중의 산소 농도가 조금 더 짙었다. 화산 활동으로 대륙판이 나뉘는 초기의 단계에 들어가 있는 걸로 추측된다고도 했다.

인서가 자기가 살 대륙을 고를 수 있을까? 혹은 누군가의 시조가 될까? 먼 훗날에 별은 지구와 자매 관계를 맺게 될까 아니면 지구에서 파생된 생판 남이 되어 떠나갈까? 많은 것들이 궁금했다. 모두 자신의 생애 내에서 답을 얻을 수 없는 것들이었다.

인서야. 너는 내 세계를 갖고 그리로 갈 텐데. 내 세계를 네가 더 넓혀주겠니? 여전히 나와 세계를 나누어주겠니? 더 멀리, 한계까지 나가볼 수 있겠니?

잠이 들자 무의식이 자아내는 특유의 횡설수설하고 말이 안 되는 동문서답들이 이어졌다. 설탕 뿌린 계란말이. 해 먹는 방법 가르쳐줘야 하는데. 애가 좋아하니까. 근데 거기도 닭이 있나? 씨암탉은 잡으면 안 돼. 계란을 낳아줄 거야. 분홍색 땅에서 자라는 닭은 분홍색이 될까? 그런 생각 한 가운데를 갑자기 관들이 가로질러 갔다. 은색 금속으로 만들어진 냉동 수면 탱

크 하나하나가 하늘을 수놓듯 나타나 궤적을 남기고선 날아가
는 것이었다.

인서야? 저 많은 관들 중에 어느 게 인서의 것인지 알 수가
없었다. *인서야. 설탕 챙겨가.* 그런 식으로 중얼대다보면 어느
새 잠이 깨었고 새벽의 어스름이 눈을 어지럽혔다.

* * *

요람호가 떠날 채비를 마쳐갈 즈음 서진은 인서가 병원에서
보내는 마지막 밤을 함께 지냈다. 평소처럼 보호자 침대에 눕
는 것이 아니라 인서의 침대 위에 같이 누워서였다.

어깨에 기대고 있는 아이의 미적지근한 체온을 느끼며 서진
은 잠시 창밖을 내다보았다. 안 그래도 낮은 체온이 냉동 캡슐
안에서 더 춥지 않을까 하는 생각이 고개를 들었다가 사그라
졌다. 거기가 너무 추우면 어떡해야 하나. 인서는 입원하기 전
에도 겨울마다 앓아누웠는데.

캡슐에 들어가기 전 수면 마취가 먼저 이루어지기 때문에
아이는 어떤 감각도 느낄 새가 없을 거라는 의료 담당자들의
설명이 동시에 떠올랐다. 그게 보호자들을 안심시키기 위한
거짓말일지도 모른다는 근거 없는 불안이 솟았다. 옷을 입혀
보내야지. 든든하고 따뜻한 거로.

마지막이라고 생각하니 문득 하고 싶은 말이 생각났다. 내내
하고 싶었는데 차마 하지 못한 말이었다. 한 마디만 할 수 있다

면 꼭 해줘야겠다고 다짐했던 말. 인서야.

"미안해."

덧붙이는 것도 잊지 않았다.

"그리고 안 미안해."

사실은 알고 있었다. 자신이 관짝이라는 꽤 극단적인 어휘에 놀라지 않은 것은 자신도 어느 정도 그게 관이 맞다고 생각하고 있었기 때문이라는 것도. 몇 번이고 익명으로 쏟아지는 독설과 비난에도 응하지 않은 것은 자신조차 그 말이 맞지 않나 의심하고 있기 때문이었다는 것도.

서진은 인서가 필요하지 않았다.

동시에 몹시도, 애가 닳도록 필요했다.

서진은 언제까지고 자기밖에 모르는 사람이고 싶었다. 이기적이라고 욕을 먹고 정이 없다고 타박을 들어도 괜찮았다. 손에 쥔 것을 하나도 놓기 싫어 전전긍긍했고 욕심은 부릴 수 있는 만큼 부리고 싶었다. 양보하고 타협하기보단 쟁취하고 거머쥐고 싶었다.

그러나 인서를 대할 때의 서진은 서진이었으면서 동시에 서진이 아니었다. 서진이 가진 생의 목적들과 소망들은 냉정하게 일깨워지는 현실 앞에 파훼 되었고 그저 서 있는 길에서 떨어지지 않기 위해 최선을 다하는 일밖에 할 수 없었다.

서진은 인서를 사랑하면서 동시에 사랑하지 못했으며 제 것처럼 여기면서도 그 애가 제 것이 아니라는 것을 알고 있었다. 아이가 미웠지만 동시에 밉지 않았고 아이에게 화가 나는 만큼 연민과 애정을 느꼈다.

가끔은 소리를 지르고 싶었으나 사실은 그저 목 놓아 통곡하고 싶은 것이었으며 왜 내 인생에 들어왔냐고 묻고 싶다가도 내 인생에 와주어서 고맙다고 말하고 싶었다. 자신은 결코 좋은 보호자가 아니었다. 동시에 아이가 자기를 좋은 보호자라고 조금이라도 생각해주길 원했다. 잘해주지 못했음을 알면서 동시에 그게 나름의 최선이었다는 것도 알았다. 인서가 자기의 고통을 알아주길 바라면서도 모르길 바랐다.

자신이 미안해하면, 인서를 보내는 것을 미안해하기 시작하면 정말로 못 할 짓을 하게 되는 것만 같았다. 이건 미안할 일이 아니었다. 앞으로 나아갈 인서의 가능성에 대해 기뻐해야 할 일이었다.

그러나 마음 한쪽에서 묵직하게 차오르는 죄책감을 서진은 못내 씻어내지 못했다. 그리하여 절반의 진실과 절반의 거짓을 담아 속삭였다.

나는 미안해. 그리고 미안하지 않아.

인서는 서진의 눈을 피하지 않고 마주 보며 속삭였다.

"알아."

그 순간 서진은 하늘에서 떨어진 진리를 바라보듯 인서를 보았다.

인서는 그 모든 걸 알고 있었다. 조숙한 아이들은 그런 법이다. 그러나 아이는 제 나이답게 악이나 쓸 줄 알아야 했고 막무가내로 굴 줄도 알아야 했고 제 뜻대로 안 되면 바닥에 엎드려 떼를 쓸 줄도 알아야 했다. 즐거우면 즐겁다고 싫으면 싫다고 말하고 밥이나 잘 먹고 잠이나 잘 자면 그만이었다. 의무감도 책임감도 없이 태연자약하게 제 하고 싶은 일이나 하고 지내면 그게 다였다.

인서는 그렇지 않았다.

서진은 죄책감을 느껴야 할지 변명을 해야 할지 알 수가 없었다. 내 잘못인가 싶다가도 내 잘못이 아닌 것 같았다. 그러나 하나만은 자명했다.

아이는, 모름지기 아이라면, 지금보다 더 나은 대접을 받을 자격이 있었다.

상념에 잠겨 병원 천장을 바라보고 있을 때 인서가 낮게 속삭였다.

"나도 엄마한테 하나도 안 미안해."

서진은 아주 천천히 인서를 향해 고개를 돌렸다. 인서의 눈이 보였다.

자신을 몹시도 닮은 눈, 자신의 세계를 공유하는 눈이었다.

"그래도 날 사랑해?"

서진은 대답 대신 인서의 손을 잡았다.

그건 서진이 인서에게 묻고 싶은 말이었다.

* * *

그날 밤 병실 침대 위에서 인서를 품에 안고 자면서 서진은 다시 꿈을 꾸었다. 관에 담긴 인서가 서진에게 인사를 했고 서진은 관을 붙들고 있던 손을 천천히 놓았다.

그러자 인서는 순식간에 별들 너머로 날아갔다. 반짝반짝 빛나는 은색의 다른 관들도 함께 떠나갔다. 시리도록 차가운 색을 하고서는 뜨겁게 가열되며 빛의 속도로 날아가는 관들이 남긴 궤적이 유성우처럼 하늘에 쏟아졌다.

인서가 서진 씨, 하고 부르는 소리가 귓전에 생생했다. 다음 순간 엄마. 하는 소리도 같이 들렸다. 서진 씨, 엄마. 서진 씨, 엄마.

반복되는 메아리 속에서 웃음소리가 온 땅을 뒤흔들었다. 땅이 분홍색이고 하늘은 검은색인 생전 처음 보는 기괴한 대지가 펼쳐지기 시작했다.

이윽고 날아간 인서가 더는 아프지 않은 몸으로 거기 발을 디뎠다. 하늘에서 초록색의 비가 내렸다.

인서는 다른 관들과 함께 그 위에서 비를 맞으며 춤을 추고 노래를 부르고,

살아가는 꿈이었다.

태엽의 끝

나는 그때 동네의 공원 입구 표지판 한쪽에 등을 기대고 서 있었어. 언제나 그랬지.

　그리고 너는 이번에도 도로변에서 좌측 세 번째에 있는, 네가 다니는 컴퓨터 학원의 건물에서 가방을 들고 걸어 나오고 있어. 야간반이 끝날 시간이거든.

　같은 건물 1층의 카페에서 검은 잠바를 입은 남학생이 아메리카노를 픽업해. 길에는 폐지를 줍는 노인이 텅 빈 리어카를 끌면서 지나가지. 노인이 입은 새마을 운동 조끼 뒷면의 '새'자는 거의 지워져 있어서, 'ㅅ'은 색이 바래있고 'ㅐ'는 이미 자취를 감췄어.

　길 한쪽에는 고양이를 찾는다는 전단이 나뒹굴지. 사진 속 고양이는 아주 귀엽게 생겼어. 주황과 갈색과 검정색 털을 가졌고 꼬리는 구부러진 3살짜리 고양이. 한동안 동네에 계속 돌아다녔던 전단이야. 그걸 볼 때마다 매번 생각했지. 결국 저 고양이를 찾았을까?

　나는 답을 알 수 없겠지만.

　내 곁에는 졸리고 아련한 눈을 하고 있지만 꼬리만큼은 부러질 기세로 흔들어대는 땅콩이가 함께 있지. 나는 우선 네가 나오면 너를 향해 뛰어가려는 땅콩이의 리드 줄을 꽉 붙잡아. 곧 땅콩이가 그 작은 몸집과 어울리지 않는 중후하고 우렁찬 소리로 짖기 시작해. 너는 나를 보지.

　네가 활짝 웃고 네 얼굴에 보조개가 생기는 과정을 나는 새삼스럽게 바라봐. 그리고 네가 나를 향해 뛰기 전에 손을 들어 올려 멈춰 세우고, 어느새 헐거워지기 시작해서 쇠가 부딪히는 소리가 나는 땅콩이의 리드 줄을 다시 꽉 조인 뒤 신호가 완전히 바뀌는 것을 확인하고 길을 건너.

　횡단보도에 서서 잠깐 기다리면 브레이크가 고장 난 트럭 한 대가 갑작스럽게 내 앞을 질주해서 지나가. 기겁한 네가 뛰어오려는 것을 나는 또다시 제지하지. 땅콩이를 안아 올리며 입으로 '괜찮아'라는 모양을 만들면서.

　너의 경악한 표정을 보고 기이한 만족감을 느끼면서, 나는 마침내 길을 다 건너와서 너를 길가의 웅덩이 쪽에서 조금 물러서게 하지.

　몇 초 뒤에 갑작스레 전신주에서 전깃줄 하나가 떨어지며 웅덩이에 떨어져 스파크가 튀어. 나는 아무 일도 없었다는 듯이 땅콩이를 네 품에 안겨주고 너의 팔을 안쪽으로 끌어당겨 걷기 시작해.

곧 건물 5층에서 화분이 떨어지면서 방금 우리가 서 있었던 자리를 꽝 소리와 함께 스쳐 가. 아주 간발의 차로, 아슬아슬하게. 우리에게 튀는 흙더미를 피하면서 나는 아주 여유로운 미소를 지어. 스릴러 영화에서 반전을 밝혀낸 뒤 '정답이지?'하고 주인공이 짓는 종류의 미소 같은 거 말이야. 그 뒤에 우리를 향해 날아드는 닌자의 표창을 간발의 차이로 피하면서 네가 그것을 못 보게 하지.

너는 여전히 어리둥절한 채로 내게 붙잡혀있어. 네 품에 안긴 땅콩이는 꼬리를 하도 세차게 흔들어서 네 팔에 부딪힌 꼬리에서 엄청난 소리가 나지.

나는 우리를 향해 질주하는 자전거, 떨어지는 간판, 넘어지는 자판기를 지나서 급기야 아무것도 없는데 돌연 지진이 일어나 싱크홀이 생기는 공터와 갑자기 떨어지는 벼락을 피해 너를 끌고 가.

그리고 너는 어느 시점이 지나자 이 모든 일에 진절머리가 난다는 듯 입을 쩍 벌리고 태풍의 눈을 보듯 나를 보고 있어. 네 입이 몇 번 뻐끔거리더니 쥐어짠 듯한 목소리가 흘러나오지.

"이게 다 뭐야?"

"괜찮아."

"하나도 안 괜찮은데? 이게 지금 말이 되는 일이냐고?"

"알아. 아. 배고프지. 저녁을 못 먹었을 테니까. 근데 일단은 아무것도 먹지 마. 뭘 먹건 급성 식중독이나 알러지 반응이 일어날 거야. 뭐라도 하나 마시게 하면서 얘기를 나누고 싶은데 그럴 수가 없네."

"뭐?"

"일단 아직 걸을 길이 남아있으니까 걸으면서 얘기해야겠다. 아무리 생각해봐도 그거밖에 답이 없어. 멈춰있으면 거기로 무언가가 돌진하거나 떨어질 테고, 쉬어가면 그 자리가 꺼지거나 천재지변이 일어날지도 몰라. 공터에 지진 나는 거 봤지? 탁 트인 공간에서조차 어떻게든 건수를 만든다니까. 차라리 움직이고 있으면 대응하기 편해."

"무슨 소리를 하는 건지 모르겠어."

"물론 그럴 거야. 나는 이게 처음이 아니지만, 너는 그렇지 않을 거거든. 너에겐 늘 처음이지."

"너 요즘 뭐 새로운 소설이라도 읽은 거야? 회귀하는 주인공 나오는 거?"

네 질문은 꽤 타당해. 근데 아니야. 이건 그런 재밌는 거랑은 약간 거리가 있어.

결정적으로 내가 읽던 이야기들 대부분은 주인공이 원하는 걸 얻으면서 끝나는데, 나는 그에 대한 확신이 없거든. 그래서 나는 대답하지 않고 다시금 너를 붙들고서 걷기 시작하지. 옆으로 빠르게 스쳐 지나가다가 갑자기 진로를 바꿔 우리를 향해 다가오는 후드를 쓴 암살자를 따돌리면서 말이야.

나는 적어도 이 공간의 전체적인 짜임새나 흐름을 익힐 정도로 여기에 있어 봤어. 그 덕에 약간 버겁긴 해도 온갖 것들을 따돌리며 전진하는 데에는 도가 텄지.

발을 바삐 놀리느라 숨이 좀 차긴 했지만, 용케 암살자를 피하는 데 성공해. 네 얼굴에는 슬슬 공포가 떠오르고 있어. 나는 너를 달래주고 싶어져.

"무서워하지 마."

"지금 이 상황에서? 어떻게 그러라는 거야?"

"차분해지려고 노력해 봐."

"그게 돼? 너는 안 무서워? 세상이 미쳐 돌아가는 것 같잖아."

　나는 최대한 자연스럽게 웃으면서 대답하기로 해.

"나는 죽었어. 그래서 무서운 게 없어."

*　*　*

　맞아. 나는 죽었어.

　죽을 때의 기억이 있냐고? 그건 아냐. 그럼 어떻게 그렇게 확신하느냐?

　대답해줄 수 없어. 그냥 일종의 직감 같은 거지. 아주 강력한 종류의. 전력 질주로 폐가 터질 거 같고 입에서 진한 쇠 맛이 올라오는 바로 그 순간에 넘어질 거라는 걸 예감해본 적이 있어? 발이 꼬이는 순간을 깨닫는, 넘어지기 불과 몇 초 전의 확실한 직감 있잖아. 직후에 일어날 일을 이미 아는 그 감각 말이야.

　그건 사실 거의 종교적 확신에 가까운 감각이야. 계시라고 해도 틀린 말은 아닐 정도지. 99%의 확률로 사실인 게 밝혀지니까. 그래서 난 이번에도 그 직감이 맞을 거라고 생각하고 있어.

네가 듣기엔 영 말이 안 되는 소리겠지. 근데 정말이야. 죽은 순간의 기억도 무엇도 가지고 있지 않지만 나는 죽었어. 그게 아니라면 최소한, 죽기 직전에 플래시백을 겪고 있지.

진짜 나는 병원 중환자실에 누워서 일각을 다투는 중이고 여기서는 내 뇌가 자기 자신을 속여서 소위 주마등이라고 부르는 어떤 환영을 보여주고 있는 거야. 이 모든 게 실은 머릿속에서 일어나는 일인 거지.

그렇지 않고서야 설명되지 않는 것들, 도저히 현실 세계에서 이뤄지기엔 말도 안 되는 일들이 이 공간엔 너무나도 많았거든.

너는 여전히 휘둥그레 나를 보고 있어. 네 그런 얼굴엔 익숙해. 반쯤은 경악하고 반쯤은 질린 표정이지. 네가 듣기에 내가 영 바보 같은 소릴 한다고 느껴질 때 짓는 표정. 그런 얼굴을 하고서 너는 말하지.

"솔직히 이젠 네가 제일 무서워지려고 해."

나는 차분히 되물어.

"아몬드 기억해?"

그 이름이 나오는 순간 나는 네 눈에 담긴 슬픔을 보고 있지. 이 감정을 굳이 표현하라면 돌이킬 수 없는 것들에 대한 격정적 회한 정도가 어울릴 거야.

아몬드라는 이름은 네가 지어줬어. 털이 잘 익은 아몬드 색이었거든.

너는 아몬드를 참 사랑했어. 그 녀석이 치는 대형 사고들과 턱을 빠지게 만들던 병원비와 온갖 소란들까지 사랑했느냐고 하면 그건 과거의 골칫거리들이라고 말하곤 했지.

어쨌든 아몬드는, 그 덩치만큼이나 큰 사고를 잘 치곤 했지만 알고 보면 소심하고 순한 까만 눈의 리트리버는 네가 보는 앞에서 죽었어. 그때가 녀석이 5살 때였나? 6살 때였나. 피치 못할 사고였지.

네 언니가 아몬드를 산책시키다가 멀리서 집에 오던 너와 마주쳤어. 아몬드가 너를 보고 반갑다고 달려 나가는 순간 녀석의 낡은 하네스가 풀려버렸지. 안 그래도 헐거워져서 새로 사야겠다고 생각하던 참이었는데 말이야.

네 언니는 길 맞은편에 있는 너에게 전력으로 부딪혀 반가움을 표하기 위해 차도로 달려가는 리트리버를 막을 수 없었지. 차도에서 달려오던 자동차도.

그게 끝이었어.

네가 그 얘기를 했을 때 우리는 쉬는 시간이라 같이 카페에 있었잖아. 자격증 학원의 같은 반에서 종종 인사를 건네던 네 표정이 너무 안 좋아서 물어봤더니, 너는 '우리 개가 죽었어요' 하며 울기 시작했지.

나는 어릴 때 키운 개가 죽어본 적이 있어서 그게 어떤 마음인지 잘 알고 있었어. 그래서 바로 네 어깨를 붙들고 너무 유감이라고 말해주고, 너와 함께 아몬드의 사진을 봤어. 얘기도 들었지. 녀석이 얼마나 순하고 멍청했는지, 얼마나 착했는지 말이야. 그걸 계기로 너와 많이 가까워졌고.

어느 날은 네가 그랬지. 시간을 되돌릴 수 있으면 좋겠어요. 내가 그 시간에 거기에 없었으면 좋았을걸. 괜히 그날따라 일찍 귀가한 너 자신을 탓하다가, 또 어느 날은 낡아빠진 하네스를 원망하고, 또 어느 날은 네가 제대로 아몬드에게 '기다려'를 가르쳐주지 못한 것을 자책하고.

"언제는 네가 너무 힘들어 보여서, 내가 그랬잖아. 뭐라고 했었는지 기억나?"

"두루뭉술하게는."

"그때 내가 너한테 대충 이랬을 거야. 어쩌면 되돌려도 그대로일 수도 있잖아요."

나는 조금 극적인 효과를 기대하며 잠시 말을 멈췄다가 이어가지.

"어쩌면 어떤 경로로든 다시 같은 일이 일어날 수도 있어요. 이미 일어나버린 일이란 게 그래요. 내가 대체 뭘 잘못했는지 따지기 시작하면 더 그렇죠. '왜'나 '어떻게'를 생각할수록 안 좋아져요. 내가 좀 더 잘할 걸, 내가 좀 더. 이런 건 당신 마음을 아프게만 할 뿐이에요."

너는 기억난다는 듯 고개를 끄덕여. 나도 같이 고개를 끄덕이며 어디선가 날아온 저격수의 총알을 아슬아슬하게 피하지. 화약 냄새가 코끝을 스치고 지나가고 공기가 달궈지는 걸 느끼면서.

"네가 천천히 곱씹어보는 것 같더니 그랬지. 같은 일이 또 일어난다면, 그리고 여전히 내가 그걸 막을 수 없다면. 그건 정말

지옥일 거예요."

"맞아. 맞는 말이야."

"그래. 그건 지옥일 거야. 그래서 나는 확신해. 여기가 지옥이라고."

내 말을 듣고 네 눈이 커지고 있어.

너는 어디선가 날아온 독침을 쳐내는 나에게 할 말을 한참 고르더니 입을 열어.

"그래. 이 모든 게 정상적인 상황은 아니니까, 네 말을 믿는다고 치자."

"전혀 믿는 눈치가 아니지만 별로 상관없어."

"처음이 아니고 어쩌고는 또 뭐야?"

"말 그대로야. 나는 처음 겪는 일이 아니기 때문에 어지간한 건 피할 자신이 생겼어. 어차피 무슨 짓을 해도 결말은 같겠지만. 이건 장르 법칙의 클리셰 같은 거거든."

"널 죽이려는 온갖 것들이 따라붙는 게 지옥이라면 틀린 말은 아니긴 한데."

나는 여기서 한 번 정정해줄 필요를 느끼지.

"이 모든 건 나를 죽이기 위한 게 아냐. 너를 죽이려는 거야."

"날?"

너는 다시금 이해할 수 없다는 눈으로 나를 보기 시작해. 네 품 안에 들어있던 땅콩이가 역시나 졸려 보이는 아련하고 큰 눈으로 함께 나를 바라보지. 나는 땅콩이와 너를 번갈아보다가 천천히 입을 열어.

"너는 내 앞에서 끝도 없이 죽었어. 이번이 몇 번째인지 세기도 힘들 정도로. 내가 이 공간의 구조와 법칙과 대강의 흐름을 이해할 수 있게 될 정도로."

나는 너를 붙들고 너를 향해 내리치는 벼락을 피하며 말을 잇지.

"늘 같은 곳에서 끝나. 네가 죽으면 다시 그 횡단보도로 돌아가서."

"루프물 영화 같은, 뭐 그런 거야?"

"맞아. 딱 그래. 내가 무슨 짓을 해도 네가 죽으면서 이 모든 게 끝이 나."

"그것참 기분이 그렇네."

"나도 그래. 아무리 그래도 좀 심하지."

나는 숨을 깊게 들이쉬고 너를 바라봐.

"이미 예전에 죽은 사람을 또 죽이는 건."

너는 내 대답에 한동안 말이 없어. 그저 불가해의 얼굴을 바꾸지 않고서 눈썹에 '또 시작이네'를 추가하지.

내가 그 얼굴을 얼마나 좋아하는지 너는 잘 모를 거야. 내가 말장난을 시작하면 꼭 나오는 표정이었거든. 우리가 기분이 좋을 때, 장난칠 때 많이 짓던 표정. 한동안 보기 힘들었던 표정.

내가 감회에 젖어있거나 말거나 네가 툴툴거려.

"아까는 네가 죽었다더니 이제는 나도 죽은 사람이야?"

"그래. 이제는 말할 수 있어."

"시사 프로 제목 같네. 이제는 말할 수 있다."

"내가 죽었다고 생각하는 게 일종의 직감이라고 했잖아. 근데 네 경우엔 직감이 아니야. 일어난 사실이지."

"근데 난 여기 있잖아."

"그러니까 더더욱 내가 죽었다는 생각에 확신이 생기는 거야. 나도 처음 여기서 널 봤을 땐 어리둥절했고, 그다음엔 절박했고, 그다음엔 포기했다가 지금은 받아들이는 중이니까."

"너 아까부터 엄청 이상한 말만 하면서 스스로한테 확신이 들어? 네가 죽어가면서 뇌가 만든 환영 같은 걸 보고 있는 거 같다고도 했잖아. 그럼 내가 죽은 것도 네 머릿속에서 일어난 일이 아니라고 자신 있게 말할 수 있어? 이 모든 게 네가 만든 환상이면?"

"너는 아몬드가 죽은 날을 잊어본 적이 없잖아. 물어보면 언제나 정확하게 2015년 7월 18일 오후 3시 35분이었다고 분 단위로 시간까지 말해줬었지."

"당연하지."

"나도 같아. 나는 네가 죽은 날을 기억해. 2018년 5월 13일 밤 9시 35분. 잊어본 적이 없어. 해가 지나도록 계속. 병원에서 온 연락이 내 핸드폰에 찍힌 시간이었으니까."

너는 여전히 미심쩍은 눈으로 나를 바라보고 있어.

그래서 나는 설명을 좀 더 덧붙이기로 하지.

"그리고 지금 이 공간. 여기가 바로 2018년 5월 12일 저녁 6시 45분이야. 언제나 같아. 너를 배웅하러 왔던 그때."

"내가 죽기까지 반나절도 안 남은 거라고 말하고 싶은 거야?"

"아까 횡단보도에서 45분으로 시작했고 우리가 지금 15분을 걸어왔으니까 정확히는 2시간 35분 정도 남은 셈이지."

"그래. 나는 여전히 여기에 아주 멀쩡하고 건강하게 너랑 같이 걷고 있는데도 말이지."

"몸이 건강한 건 전혀 상관없었어. 너는 몇 년간 중증 우울증을 앓았고, 나는 알면서도 그걸 방치했으니까. 정확히는 포기했었지. 너를 돌보는 게 좀 버거워서. 나도 상태가 썩 좋지는 않았었거든."

나는 땅콩이를 한번 바라봐.

녀석은 우리가 처음 싸웠던 날, 내가 대뜸 유기견 보호소에 가서 데려왔지. 너랑 다시 잘해보고 싶었으니까. 사실 건전한 이유는 아니었어. 나도 알아. 동물을 그렇게 입양해선 안 돼.

그래도 우리는 용케 녀석을 잘 돌봤고 너는 땅콩이를 돌보면서 조금 나아지는 것처럼 보였어. 그렇게 괜찮아진 줄 알았는데. 일시적인 해결책이었단 걸 깨닫는 건 오래 걸리지 않았지.

우리는 다시 서로를 비난하고, 매도하고, 미워하고…….

여기서부터는 나도 조금 말하기 힘든 영역이야. 이 많은 일을 다 겪고서도.

하지만 나는 이제 너에게 숨기는 게 있어선 안 된다는 걸 되새겨. 이번이 마지막이 될지도 모르니까. 아무리 힘들어도 결국엔 말해야 해.

"이날 이 길에서 우리는 지난 몇 년간의 싸움은 아무것도 아닐 정도로 싸웠어. 나는 네가 어떻게든 이겨내려고 노력한다는 사실을 알면서도 너를 공격했고 너는 내가 나름대로 애써왔단 걸 알면서도 내가 너를 위해 한 게 없다고 소릴 질렀지."

입이 바짝 타들어가는 느낌에 나는 가볍게 침을 삼키지.

"왜, 가까운 사람일수록 서로의 역린이 뭔지 알잖아. 우리는 죽어라고 그걸 들쑤셨어. 세상이 끝난 것처럼. 그렇게 싸우고 나서 너는 많이 울었어. 그리고 먼저 집에 가겠다며 나를 뿌리치고 가버렸고. 나도 엄청 울었어. 화도 났지. 그렇게 씩씩대며 집에 갔는데 네가 없더라. 근데 밤에 전화가 와서……."

하지만 역시 이 대목은 힘들다. 입 밖에 내어놓는 게 말이야.

너는 스스로.

그 말을 내뱉는 순간 확정될 사실이 무척 버거워. 피한다고 없어지는 게 아닌데도 말이야. 줄곧 그랬거든. 떠올리는 것만으로도 갑자기 숨이 쉬어지지 않는 기분이지. 갑자기 모든 게 무너져 내리는 것만 같고. 그래서 나는 자세한 설명은 생략하기로 해. 어쨌든 네게 거짓말을 하는 건 아니니까.

"전화가 와서, 네가 죽었다고 했어."

여기까지만 말해도 너는 대충 이해할 수 있을 거야. 이미 치켜 올라갈 대로 올라가 버린 너의 눈썹이 기어이 아주 약간 더 치솟지. 나는 네 미간을 문질러주고 싶은 충동을 참고 말을 이어.

"……그래서 나는 계속 되돌릴 수 있으면 좋겠다고 생각했어. 돌아와서 네 손을 잡아줄 수 있으면 좋겠다고. 몇 번이고,

또 몇 번이고. 제발 그렇게만 되면 원이 없겠다고. 그래서 처음엔 소원이 이뤄지기라도 한 줄 알았어. 어느 날 갑자기 눈을 떴더니 이 시간으로 돌아와 있고, 네가 있는 거야. 살아있는 너를 보니까 눈물이 나더라. 그래서 너를 보자마자 끌어안고 울었는데, 내가 너를 너무 세게 끌어안은 나머지 네 갈비뼈가 부러져서 죽었어."

갑자기 침묵이 엄습해와. 웃어야 할지 울어야 할지 모르겠는 침묵.

나는 최대한 진지하게 덧붙여.

"그게 여기에서 네 첫 번째 죽음이야."

나는 기억해. 너는 갈비뼈가 부러져서 죽었고, 떨어지던 화분에 머리를 맞아 죽었고, 갑자기 달려든 트럭에 치여서 죽었고, 같이 걸으면서 사 먹은 길거리 음식에 갑자기 알러지를 일으켜 죽었고, 지진에 땅이 꺼져서 죽거나 벼락에 맞아 죽거나 괴한이 찌른 칼에 죽었어. 때로는 아까 그 닌자가 날린 표창이나 암살자의 검에도, 혹은 갑자기 전염병에 걸려 죽거나 좀비가 되기도 했고.

언제는 엄청 용을 써서 네가 죽은 시간까지 버텨본 적도 있어. 2018년 5월 13일 밤 9시 35분. 나는 드디어 해냈다고 생각하며 너에게 하이파이브를 시도했는데…… 내가 밀친 손에 네가 균형을 잃는 바람에 쓰러져서 바닥에 머리를 찧고 죽었어.

그런 식인 거야. 결국은 결말이 같지. 이 무수히 많은 타임루프 안에서.

"아까부터 계속 일어나는 일을 모르겠어? 어떤 황당한 방식으로건 그렇게 끝나. 그게 여기 규칙이니까. 그러니까 이건 본질적으로 시간 여행이지만, 한편으로는 시간 여행이라는 이름을 달고 있는 보기 좋은 함정이야. 나한테 희망을 주고 다시 앗아가는 방식을 쓰는."

"……."

"처음엔 너를 구하겠다는 생각만 하느라 미처 생각지 못했던 것들이 있었어. 그런데 이런 경험이 쌓이고 반복되고, 스스로 미쳐갈 지경이 되니까 생각나더라. 아몬드. 너는 아몬드가 죽던 때를 되돌릴 수 있으면 뭐라도 하고 싶다고 했잖아. 하지만 같은 일이 반복되면 지옥일 거라고도."

"그래."

"그러니까 여기가 지옥이라고 확신하는 거야, 난."

나는 온점에 내 존재의 무게를 모두 싣고서 말하지.

너는 잠시간 침묵하다가 답해.

"뭐라고 말해야 할지 모르겠네. 그래서 어떻게 하려고?"

"출구를 찾아볼까 해."

"출구?"

"시작이 있고 끝이 있어. 입구가 있으니 출구도 있겠지."

"지옥에 출구가 있다고 생각한다고?"

"적어도 아무것도 안 하는 것보단 낫겠지. 이제 미련하게 같은 시도를 반복하는 건 관두기로 했어. 왜, 영원히 돌을 굴리는 남자 있잖아. 죽어서 지옥에 갔는데 언덕 꼭대기까지 돌을 밀어 올려야 하는 형벌을 받아. 그런데 남자가 언덕 꼭대기에 돌을 올리는 순간, 돌이 경사를 따라 다시 밑으로 떨어지는 거야. 남자는 다시 돌을 굴리러 가고, 꼭대기에 도달하면 같은 일이 벌어지지. 내가 딱 그 꼴이었어."

나는 내가 해온 바보짓을 담담하게 고백해.

"결국, 나 역시 네가 죽으면서 모든 게 끝나고 다시 시작할 걸 알면서도 이 짓을 질리도록 반복했지. 근데 그래서야 끝이 없잖아. 솔직히 인정해. 나라도 지옥의 관리자라면 이런 방법을 쓸 거야. 영원한 고문에 이거만큼 좋은 방법이 어디 있겠어?"

"알았어. 근데 하나만 말해줄게."

"뭔데?"

"목적이 고문인 건 아니야. 과정이 고문인 거지."

그 말에 이젠 내가 눈이 휘둥그레질 차례야. 너는 어느새 말끔하고 차분한 얼굴을 하고 있고, 우리를 향해 날아오던 온갖 잡동사니니 덤벼들던 괴한이니 돌진하는 교통수단 같은 것들이 한순간에 사라지며 잠잠해지지.

세상에 나와 너와 땅콩이만 남아있는 기분이 들어. 굉장히 오랜만에 겪어보는 고요야. 어색할 정도로 불편한 고요. 나는 색으로 표현하자면 흰색에 필적하는 그 고요 속에서 너의 눈을 바라봐.

다음 순간 땅콩이가 치와와 특유의 짧은 입을 열어 목소리를 내는 바람에 나는 선 자리에서 1m 정도 뛰어오를 것 같은 기분을 느끼지.

"이제 와서 놀라면 어떡해."

나는 땅콩이가 사람 말을 하는 건 단 한 번도 상상해본 적이 없지만, 녀석이 사람의 언어로 말을 한다면 이런 목소리겠구나 싶은 소리가 개에게서 흘러나오는 걸 듣고 있지. 너는 그저 고요에 가까운 눈으로 나를 바라보기만 해. 땅콩이는 하품을 한 번 하더니 말하지.

"여태까지는 퍽 효율적이지 못한 과정을 거쳐야 했어."

"효율?"

"죽은 인간 영혼이 오면 무간지옥이건 연옥이건 불지옥이건, 일단 고문을 할 만한 곳에 집어넣고 곱게 갈릴 때까지 굴리고 또 굴리는 거지. 마지막의 마지막까지 굴려서, 영혼 자체가 곱게 갈린 분쇄물이 되도록. 다른 것들의 영혼과는 다르게 인간 영혼은 구조가 좀 복잡해서 수고로운 공정이 필요했어. 자존 감이며 자아 형성이며 인지 능력이 달랐으니까. '내가 나임을 인지하는' 부분을 깨부수는 게 주요 과제였거든. 자아가 워낙 강해서인지 그걸 깨는 게 영 쉽지가 않더라."

나는 뭔가 인류라는 종(種)으로서 자존심 상하는 기분을 느끼면서도 질문하기로 해.

"왜 그런 공정을 거치는데?"

"자원을 재활용하려면 있는 걸 분해해서 재구성하는 것밖에 답이 없으니까."

"재활용?"

"설계상의 문제라고 해야 할까. 이런 얘기 들어봤어? '세상이 커지고 새로 태어나는 이들이 많아져 윤회시킬 영혼이 부족해지니, 짐승으로 태어나야 할 것들까지 인간으로 태어나서 사회가 악하다.' 그건 좀 극단적인 예시이긴 한데 본질을 짚고 있긴 해."

땅콩이는 다시 하품을 하고 말을 이어.

"우주 전체는 계속해서 확장되고 있어. 근데 에너지며 재료가 무한하게 나오는 게 아니잖아. 다 자기 몫이 정해져 있어. 그런데 지구는 우주 전체로 따졌을 때 단기간에 인구가 폭발적으로 증가해서 이 구역에 할당된 리소스를 너무 많이 잡아먹었단 말이야. 그러니 영혼도 결국은 한정된 자원이 될 수밖에. 그리고 한정된 건 재활용해야지. 그거 알아? 잘게 쪼개면 좀 더 많은 양으로 빚을 수 있는 거."

"이해가 잘 안 돼."

"6명의 시신을 조각내서 7명의 시신으로 만드는 추리소설 트릭 같은 거 몰라?"

"너무 징그러운 비유인데, 일단 알긴 알겠어."

"어쨌든 그런 원리로 잘게 조각난 뒤에 재구성하면 좀 더 많이 만들 수 있다고."

"고작 그걸 위해 이렇게 정신력을 갈아버린다고? 이런 환영을 만들어서?"

"그래. 필요한 일이야. 그리고 하나 더 지적하자면 이거 환영 아니야. 본질적으로는 전부 이 공간에서 실제로 일어나는 일이야. 너는 진짜로 시간 여행을 해온 거라고. 몇 번이고 다시 말이야. 그 여행의 구간이 한정되어 있을 뿐이지. 여긴 3차원 의 법칙이랑 시간 법칙이 다르거든. 내가 여길 설계할 때 태엽 형으로 설계했기 때문에, 태엽이 다 돌아가면 시작점으로 돌 아가게 되어있어. 너는 이미 결말이 정해진 미래를 향해 계속 해서 돌아가고 있었던 거지."

"설계했다고? 네가 신이야?"

"아니야. 내 권한은 그 정도로 강하지 않아. 나는 그냥 너를 비롯해 수천 수만의 영혼을 동시에 담당하는 담당자야. 그리 고 모든 담당자는 태엽형 미로를 설계하는 법을 알고 있지."

나는 이쯤에서 이해를 포기하기로 해. 하지만 흥분감이 나를 감싸고 있지. '어머, 얘, 내가 그럴 줄 알았다니까!'로 통용될 수 있는 흥분감. 땅콩이, 아니, 담당자는 그런 나를 가볍게 무 시하고 할 말을 계속해.

"기존의 재활용 방식, 그러니까 대충 말해서 불지옥으로 대 표할 수 있는 방식은 폭력적이고 원시적인 데다가 힘들기까지 했어."

투덜거림이 이어져.

"악마니, 보살이니, 저승사자니 어쩌고 하는 각종 문화권의 탈을 쓴 담당자들이 한 사람씩 들러붙어 특정 영혼이 가루가 될 때까지 분쇄하는 과정은 인력 낭비의 현장이었어. 게다가 그것을 즐기는 담당들이 있었는가 하면 그러지 못하는 담당들 도 있었단 말이지. 좋은 인력들을 뽑아놨더니 적성에 안 맞는

다고 다른 부서로 가버려서야 영 답이 없었단 말이야. 거기다 우리도 시대의 흐름을 탈 줄은 알아야 했어. 영혼권 위원회의 지적이나 권고를 더는 누적시키지 않으려면 덜 폭력적이고 덜 원시적인 방법을 쓸 필요가 있었지."

지옥에도 인권위 같은 게 있다고? 약간 황당해져서 질문하고 싶었지만 내게는 그럴 틈이 생기지 않았어. 땅콩이-담당자는 속사포처럼 말을 쏟아냈으니까.

"그래서 누가 그랬어. 영혼들이 스스로 바스러지게 해요. 그러자 다른 누가 답했지. 어떻게? 자동 분쇄기를 만들어서 영혼들을 때려 넣을까? 그러자 맨 처음 말한 이가 외쳤지. 장난해요? 그러다 또 권고받아요. 그러자 다른 이가 또 외쳤어. 그럼 어쩌라고? 그러자 그 녀석이 그랬어. '그러니까 피나 내장이나 고문이 나오지 않게 하고, 한군데에 가축 몰아넣듯 아비규환으로 구겨 넣은 반 영혼권적 모양은 안 나오게 하자고요. 정신적으로 타격을 주면 되잖아요.'라고."

이쯤에서 나는 약간 의문이 들어. 어차피 육체적으로(이건 사실 말이 안 돼. 우리는 이미 죽었으니, 육체를 갖고 있지 않은 거니까. 하지만 쉽게 비유하자면 그렇다는 거야) 괴롭히는 거나 정신적으로 학대하는 거나 똑같은 거 아닌가? 대상이 반인륜적으로 고통받는다는 점에서 말이야. 영혼권 위원회는 뭐하러 있는 거야?

하지만 담당자는 내 반박은 허용하지 않고 그저 정해진 질문을 하라는 듯이 치와와의 눈으로 나를 촉촉하게 바라봐. 얼른 다음을 궁금해하라는 듯. 그래서 나는 그 욕구를 충족시켜

주지.

"그래서?"

"녀석이 그러더군. '그 영혼의 인생에서 가장 되돌리고 싶은 순간의 기억 하나를 잡아요. 그리고 그 안에 영혼을 밀어 넣는 겁니다. 그리고 절대 되돌릴 수 없게 만들면 돼요. 아니면, 되돌렸다고 확신하는 순간에 리셋시켜서 다시 원래대로 보내버리는 거죠. 태엽형 미로를 만들자고요. 태엽의 시작과 끝을 정한 타임 루프를요. 영원히 그 안에서 그렇게 깨져나가는 순간을 반복하다 보면, 짜잔. 정신적 시련에 지친 것들이 자동으로 정제되어서 가루가 되어 쏟아져 나올걸요. 우리가 굳이 힘을 써서 때리고 부수지 않아도 알아서요. 그거야말로 진짜 효율이라는 거예요.' 아이디어는 바로 채택됐지."

솔직히 여전히 그게 그거 같았어. 어쨌든 고문이라는 건 매한가지 아닌가? 하지만 촉촉한 눈의 담당자는 자기가 직접 영혼을 지옥불에 달구지 않을 수 있다는 것만으로도 대단히 만족한듯했지.

"사실 그런 의심을 가진 영혼이 네가 처음은 아니야. 그래도 알아낸 것만으로도 기쁘겠지. 근데 이걸 네가 알고 있으면, 그러니까 이게 단순히 지옥의 통과 의례란 걸 알고 있으면 그것만으로도 파쇄 효과가 반감되거든. 이미 다 알고 당하는 건데 무슨 소용이 있겠어. 그러니 가짜란 걸 알면서도 고통스러워지는 일을 시켜야 하는데, 네 인생에서 이거보다 더 비참하고 나쁜 기억이 있을지 모르겠네."

고민하던 담당자가 묻지.

"차라리 아예 원론적으로 갈까 봐. 영원히 플랭크 하기? 유산소 운동? 어떤 거로 고를래? 살아있을 때랑 비슷하게 고통을 느끼도록 조정해줄게."

"다른 선택지도 있잖아."

"무슨 선택지?"

"답을 알아낸 대가로 날 이 지옥에서 내보내 주기."

"안 될 거야 없지."

나는 그런 속 시원한 허락이 나올 거라곤 생각 못 하고 있었어. 최소한 몇 가지 시련은 주어지리라 생각했거든. 그래서 잠시간 얼이 빠지지. 그런 나를 타이르듯 땅콩이-담당자가 속삭여.

"근데 불가능할걸. 내가 널 내보내 준다 치더라도. 일단 태엽형 미로에서 네가 온전히 나갈 수 있을지 나도 자신이 없어. 너의 구성 입자가 유지될지를 모르겠다고. 여긴 인간계의 3차원이 아니야. 네가 아는 물리학적 표준모델이나 시공간의 법칙은 무용지물이거든. 네가 나가는 순간 다르게 흐르는 시간의 압력을 받아서 순식간에 없었던 존재로 돌아갈 수도 있고, 아니면 양자 충돌에 짓눌린 입자 하나가 되어서 영원히 다른 태엽 미로들 사이를 떠도는 존재가 되거나 할 거야."

그건 꽤 무시무시한 말이야. 담당자는 부드럽게 말해오지.

"차라리 여기서 재활용을 기다리는 게 어때. 이 정도면 관대한 제안이야."

"안 돼."

"왜?"

이제 질문은 담당자의 몫이고 내가 답할 차례인가 봐.

나는 여전히 그 예의 '아련하고 촉촉한 눈'으로 날 보고 있는 땅콩이-담당자에게서 시선을 돌려. 아까부터 그저 조용히 우리의 대화를 듣고만 있는 너를 똑바로 응시하지.

사실 이건 '진짜' 네가 아니란 걸 알아. 정확히는 이건 '과거 그 순간, 그 시간'의 너지, 내가 만나려고 하는 너는 아니야. 그러니까 그 일이 벌어지고 나서의 너 말이야. 내가 돌이킬 수 없게 된 너. 2018년 5월 13일 밤 9시 35분 이후의 너.

나는 네게서 눈을 떼지 않고 말해.

"만나러 갈게."

너는 나처럼, 너에게 주어진 돌고 도는 타임 루프의 함정 안에 있을 거야.

네 인생의 가장 절망적인 순간이 언제였을까?

아몬드가 죽던 시점으로 돌아가고 싶다고 했던 네가 떠올라.

한편으로 나는 네가 죽던 날을 떠올리지.

네가 과연 그 결정을 후회했을까? 되돌리고 싶다고 생각했을까? 나는 부디 그랬으면 좋겠다고 생각해. 너의 미로가 아몬드가 아니라 너 자신이었으면 좋겠다고. 진심으로.

그리고 동시에 그건 너에게 끔찍한 고문일 거라는 생각도 하지. 너는 살아생전에도 그리도 오래 괴로웠는데 죽어서도 그래야만 한다면. 그래서 나는 네가 후회하길 바라면서도 후회하지 않길 바라는 모순된 마음을 갖고야 말지. 내 마음을 조각조각 부수는 모순을.

사실 어느 순간부터 나는 너의 죽음을 자연재해처럼 생각하고 있었어. 어쩔 수 없는 일이었다고, 내가 막을 수 없는 일이었다고. 그렇게 생각해야 조금이라도 편할 수 있었으니까. 남겨진 나는 어떻게든 버텨야 하니까. 내 탓이라고 생각할수록 더 안 좋아지니까.

그러면서도 그 생각을 미처 떨칠 수가 없었어.

한 번이라도 물어봤으면 좋았을걸. 괜찮으냐고.

나는 나 자신의 우울만으로도 너무 버거워서 너를 돌아볼 겨를이 없었어. 너와 싸운 뒤 차가운 방에 누워 무기력하게 우는 동안 너는 나를 진정으로 이해해주지 못한다고만 생각했지.

솔직히 이건 여전히 이렇게 생각하긴 해. 하지만 누가 상대를 백 퍼센트 이해할 수 있겠어? 그저 노력할 뿐이지. 나는 그 노력마저 관두었던 거야. 내가 너무 힘들어서, 자살은 내 몫인 줄로만 알았지 네 몫인 줄은 생각을 못 했어.

담당자는 여전히 모르겠다는 투로 질문하지.

"그러니까 왜 그런 수고를 감수하냐고. 말했잖아. 미로를 벗어나면 무슨 일이 일어날지 나도 장담을 못 해. 다시 말하지만, 이 우주 자체가 태엽형으로 설계되어 있다고. 나가서 같은 길을 빙글빙글 반복하게 될 수도 있고, 영원히 잘못된 길만 고르게 될 수 있어. 네 인생 전체를 다시 겪게 될 수도 있고, 특정한 시간대에 다시 갇혀버릴 수도 있지. 그때는 나도 못 도와줘. 네가 어디 있는지를 알 수 없을 테니까."

땅콩이-담당자는 자기를 안고 있는 너를 올려다보며 말해.

"차라리 여기서 기다리는 게 어때? 너도 그 애도 재활용되어 다시 인간계의 3차원으로 건너가면 언젠간 다시 만날 수 있어. 최소한 그때까진 이곳에서 얼굴이라도 보잖아. 계속 죽기야 하지만."

"언제가 될지도 모르는 그 언젠가에 다른 사람들과 섞여서 온전한 내가 아닌 채로? 재활용된 다른 사람으로서, 이전의 일은 없었던 일이 된 채로?"

"그게 나쁘다는 거야?"

"그런 의미가 아니야. 그래. 기다리다 보면 그렇게 만나게 되겠지."

나는 그 억겁의 시간이 반복될 동안 같은 시간의 미로에 갇혀 후회를 반복할 나와 너를 생각하지. 우리가 지냈던 그다지 좋다고는 못 할 시간들. 싸우고 소리 지르고 울기를 반복하다가 간신히 기워 맞추고 서로를 용서하고 그리워하는.

구질구질하고 지저분하지만 위로가 되는 이야기들을.

"그 이전에 지금의 나로서 만나고 싶어. 모든 일을 알고 있고 사과할 수 있고 용서할 수 있는 나로."

"네가 영원히 태엽 미로를 떠도는 동안 그 애는 멀쩡히 재활용되어 이 차원을 나가게 되면 어떡하려고. 두 번 다시 못 만날 텐데."

"그렇게 되면 어쩔 수 없는 일이라고 생각해."

하지만 나는 알고 있어. 시도해보지 않고 후회해보는 것과

시도해보고 후회하는 일의 무게를.

나로서 너를 만나고 다시 이야기해볼 수 있다면. 다시 서로를 향해 분개하고 욕을 하다가 끝내는 늘 그랬듯 화해하고.

그 모든 시간들을 겪고서도 결국 마지막에 너는, 우리는 혼자가 아니라고,

외로워 말라고, 사랑한다고 이야기할 수 있다면.

그건 충분히 가치 있는 일일 거야. 적어도 내게는.

땅콩이-담당자는 몹시 아련하고도 촉촉한 눈을 하고서 한숨 소리를 내. 개들이 내는 푹. 하고 웃기는 한숨 소리.

"그럼 마음대로 해."

"그래도 돼?"

"뭘 상상한 거야? 루프를 깨려고 하는 주인공을 죽어라 방해하는 악당?"

"보통은 그렇지 않아?"

갑자기 눈앞의 공간이 일그러지고, 열리는 건 밖이 보이지 않는 어두컴컴한 통로야. 온통 하얀 공간 안에서 유독 검게 보이는. 나는 불안한 눈으로 개의 눈을 마주 보지.

"내겐 득 될 것도 해될 것도 없어. 재활용품을 재활용하지 못하면 자원 낭비라고 하겠지만, 인간들은 귀찮다고 재활용과 일반 쓰레기를 구분 없이 버리기도 하잖아. 그냥 그 정도의 책임감일 뿐이야. 영원히 사는 존재들한테 분기별 업무 평가나 인사 평가가 얼마나 엄청난 무게를 가지겠어? 아무 함정도 속임수도 없어. 아쉬운 입장은 너니까. 손해도 다 네 몫이고. 난

바빠. 지금 너 말고도 동시에 몇천 명을 상대 중이라고."

"고마워."

"가버려."

담당자는 네게 안긴 채로 무심히 등을 돌려 떠나가지. 나는 혼자 남게 되고, 다시 눈길을 돌려 검은 통로를 봐.

저 밖에는 무엇이 있을지 알 수가 없어. 어쩌면 나는 담당자의 충고를 무시한 것을 후회하게 될지도 몰라. 너를 영영 찾을 수 없을지도 모르고, 홀로 윤회에서 동떨어져 나온 입자 하나에 불과하게 될지도 모르지.

하지만 그거 알아? 나는 적어도 꿈꾸는 입자가 될 거야.

무언가를 바꿀 수 있으리라 꿈꾸고, 사랑하는 입자.

그래서 나는 지금 너를 만나러 갈 거야. 이 반복되는 수많은 시간들 사이를 가로질러서, 다시 만나 완전히 망해버린 우리의 이야기를 나누려고. 우리가 얼마나 서로에게 잔인했고 비참했었는지를 이야기하려고.

그리고 나서 서로를 용서하려고, 안아주려고, 혼자 울지 않게 하려고. 사랑한다고 말해주려고.

지금 갈게. 태엽의 끝에서 다시 만나.

방주를 향해서

3일 차 15:28

특별한 징후는 보이지 않는다. 먼지구름이 며칠간은 더 머무를 것처럼 보여 당분간은 시야가 회복되지 않을 듯하다. 별수 없이 잠시 숨을 고르고 지대를 살펴보는 중이다.

율라(YULLA)는 평소에도 친절한 인공지능이 아니었지만, 날이 갈수록 정도가 심해지고 있다. 더 끔찍한 건? 인공지능은 쉬지도 지치지도 않는다는 거다. 한시도 가만히 있질 않고 빈정대고, 비꼬고, 모욕하고.

인간에게 상해를 가해서는 안 된다는 인공지능의 기본 원칙에 따르면 이 녀석은 물리적으로 나를 해칠 수 없을 텐데도, 율라의 말은 매번 나에게 실질적인 상처를 남긴다. 신체적 상처 못지않게 뼈가 아픈 정신적 상처 말이다.

살아오며 별일을 다 겪어봤다고 생각했지만, 비아냥을 체득한 인공지능 하나가 내 자존감에 이토록 영향을 주게 될 줄은 몰랐다. 인공지능이 인류를 멸망시킨다면 그것은 누군가가 이러면 재밌겠다는 생각으로 방만하게 집어넣은 비꼬기 기능으로 이루어질 터였다. 차가운 기계들이 내뱉는 날카롭고 냉정한 촌철살인에 심약하고 감정적인 인간들은 바로 나자빠지고 죽어 나갈 게 뻔했으니까.

인공지능들에게는 애석하게도, 그들이 그 방법을 시도할 기회를 얻기도 전에 초유의 대멸종이 일어나고 있었지만 말이다.

불행 중 다행인 것은 내가 원하면 율라를 꺼둘 수 있다는 것이지만, 실행에 옮기기는 쉽지 않다. 내륙의 자세한 지리를 모르는 데다 어떤 위험 요소가 있을지도 알 수 없었다. 대략적인 지형 파악과 환경 분석을 위해서라도 율라가 필요했다.

다행히도 율라가 내장된 단말의 보조배터리는 태양열을 이용한 재생산 회로를 가지고 있었다. 안심할만한 일이었지만 동시에 율라가 폭언을 퍼붓는 시간이 길어진다는 사실이 암담했을 따름이다.

그나마 업무에 관해서라면 율라는 협조적이다. 인공지능인 만큼 공사 구분은 칼같이 하는 건지. 방주 연구소가 흔적도 없이 사라져버린 상황에서조차 율라는 연구소 소속의 인공지능이고 나는 마지막 남은 선임 연구원이므로, 율라는 나를 비난하면서도 내가 정보를 요청하면 순순히 답해준다. 주변에 위험 요소가 있으면 내가 말하기 전에 알아서 미리 경고도 해주고. 병 주고 약 주고다.

비록 실시간 업데이트를 사용할 수 없게 된 지 오래되어 율라에게 백업된 지도는 꽤 예전의 것이지만, 직접 안내를 받아 보니 반 이상은 여전히 유효한 정보로 추정된다. 발이 묶인 김에 당분간은 주변을 뒤지면서 식량이 될 만한 것을 찾아보는 중이다. 슬슬 챙겨온 식량이 바닥을 보이는 중이니까.

며칠만 더 걸으면 버려진 구도심이 있다고 율라가 알려주었다. 탐색할 만한 가치가 있길 바라며, 나는 몇 번이고 율라가 보여준 구도심의 지도를 머릿속으로 그려보았다. 준비는 철저할수록 좋다. 모든 것이 잘 돌아가던 시기에도, 모든 것이 무너지는 시기에도 유효한 말이다.

5일 차 23:17

근처에서 높게 울려 퍼진 비명에 잠이 깼다. 밤은 공격성이 높은 짐승들의 시간이었고, 나는 위험을 피하고자 나무 위에 앉아 몸을 묶고 잠을 청한 상태였기 때문에 사지를 볼썽사납게 허우적대며 중심을 잡아야 했다. 그때 나는 내가 여전히 연구소의 잔해 위에 앉아 있다고 착각하고 있었다.

다시금 울음 같은 비명이 터졌다. 역시 저 밑에 누군가가 살아있었나 보다. 나는 살아있는 사람을 두고 온 것이다. 지체해선 안 된다. 밑에 있는 생존자가 단 한 사람이어도 좋았다. 꺼내주어야 했다. 나는 그럴 의무가 있었다.

허우적대다 하마터면 나무에서 떨어질 뻔했다. 정신이 되돌아오며 나의 전두엽을 힘껏 걷어찼다. 화들짝 놀라 어둠 속을 뚫어지게 바라보고 있으려니 또다시 소름 끼치는 비명이 들렸다. 으어억, 크어억. 으어억. 잘 들어보니 사람 소리 같기도 했고 아닌 것 같기도 했다.

신중하게 아래를 슬쩍 내려다보니 고라니 한 마리가 '으어억' 울더니 달아났다. 남기고 간 울음소리가 섬뜩한 메아리의 잔상을 남겼다. 으어억, 크어억.

힘이 쭉 빠져 손을 내리다가 하마터면 위쪽에 매달아둔 배낭을 떨어뜨릴 뻔했다. 배낭 안에는 방주에 실릴 예정이었던, 데이터 카탈로그 형식으로 보존 처리된 유전자 샘플의 일부가 들어있었다.

피로와 채 가시지 않은 흥분이 잔여물처럼 남긴 아드레날린으로 인해 가슴 한구석이 몹시도 뻐근했다. 한 끗 차이로 우제목(偶蹄目) 포유류의 카탈로그 하나를 통째로 잃어버렸을지도 몰랐다고 생각하니 손에 땀이 찼다. 울음소리 하나로 자기 친척들의 유전 정보를 몰살하는 고라니라니, 멸종의 원인으로는 좋은 역설이 되었을지도 모르겠다.

어느새 전원이 들어온 율라가 내가 할 줄 아는 게 뭐냐고 빈정거렸다. 답하지 않고 전원을 내렸지만, 내심 율라의 말을 인정하고 말았다. 어쩌겠는가. 그렇다고 관둘 수도 없고. 갈 길은 한참 남았고 거기까지 걷기 위해선 잠이 오지 않아도 억지로라도 잠들어야 한다. 무너진 길 위에서 수면 부족으로 비실대다 쓰러지고 싶진 않으니까.

6일 차 8:30

"우리는 저 너머의 무한을 좇는다."

얼마나 그럴싸한 말인지. 이 문장에 꼭꼭 담긴 낭만과 바깥 세상에 자취를 남기고자 하는 욕심, 그리고 지구가 보이는 멸종의 징후들로 인한 불안감이 사람들을 모이게 했고 방주 프로젝트가 시작되었다.

"그" 방주. 세상을 덮은 홍수 속에 세상의 생명을 싣고 떠다닌 방주 말이다.

이름에서 충분히 짐작할 수 있겠지만, 방주는 DNA 추출이 가능한 생명체들의 유전 정보를 최대한 많이 실어다 우주 밖 식민지로 이주시키는, 세계적인 공동 프로젝트였다. 잡음이야 많았지만, 간신히 모이는 데에 성공한 것은 저 너머에 우리의 족적을 남기고 나아가서 더 많은 곳에서 번성하고자 하는 신기루 같은 꿈 덕분이었다.

목적지는 이미 정해져 있었다. 21세기 초쯤 발견된 행성 K2-18b는, 점진적인 연구 끝에 지구와 유사한 대기 성분을 지닌 초기 원시 생태계가 조성되어 있을 가능성이 가장 높은 곳으로 알려져 있었으니까. 방주 프로젝트가 염두에 두었던 총 12개의 지구형 행성 중에서 최종 낙점이 된 것도 그곳이었다.

도착지가 지구에서 110광년이 떨어져 있다는 건 당시에는, 그러니까 사람들의 눈이 인류 문명의 눈부신 황금기가 선사하는 영광으로 가려져 있던 시점에서는 큰 문제가 되지 않았다. 하루하루 사람들이 따라가기도 어렵게 달음박질쳐 뛰어가는 기술의 진보는, 발생하는 대부분의 문제를 해결해줄 것처럼 보였다. 그때는 말이다.

이 프로젝트에 몰렸던 전 지구적 관심을 생각하면 대부분의 사람이 방주의 완성을 보지 못했다는 게 이야기의 희극적인 면일 것이다. 비극 아니냐고? 저 너머의 무한에 눈이 멀어 바깥만을 꿈꾸느라 자신들이 발 디디고 선 땅을 고갈시킨 존재들이, 결국 그로 인해 도래한 재앙으로 끝나는 중인데 그게 퍽이나 희극이 아니면 무엇일까. 재밌는 일이다.

농담이다. 별로 재밌지 않다. 바깥을 꿈꾸는 게 중요하지 않았다는 건 아니지만, 거기에 모든 걸 쏟을 시간에 대멸종을 막기 위한 노력이 선행되었다면 프로젝트의 완성을 코앞에 두고 온갖 재난으로 문명이 먼저 무너질 일은 없었겠지.

잠깐이나마 즐길 수 있었던 인류의 황금기는 인류 전체의 역사에서 따져보자면 턱없이 짧았다. 기후 이변이 먼저였고 그에 따른 천재지변은 그다음이었으며 폭동과 사회의 괴멸, 생물들의 빠른 멸종과 돌연변이의 출현이 연이어 줄을 이었다. 순식간이었다.

문명과 사회가 차례로 궤멸하는 와중에도 방주 프로젝트의 연구원들은 어떻게든 일을 수습해보려 애썼다. 프로젝트의 책임자들은 이미 재앙이 일어나기 수 년여 전, 인류가 마지막 황금기를 누리던 시기에 소수의 정예 인원을 뽑아 냉동 수면에 들게 한 뒤 K2-18b로 향하는 우주선에 선발로 태워 보낸 상태였다. 누구보다 먼저 도착해 정착지를 준비하고, 나중에 도착할 유전자 카탈로그의 복원을 맡은 인원들이었다.

우리가 여기서 멈춘다면 그들은 머나먼 K2-18b에서 영원히 도착하지 않을 샘플들을 기다리다 외로이 죽어갈 게 자명했다. 지구에 남아있는 대다수 생명체도 다음 빙하기를 넘기지 못하고 절멸할 것은 당연한 수순이었다. 우주 식민지에 대한 선망으로 시작한 프로젝트는 이제 지구 출신 생명들의 계보와 기록을 건 문제가 되었다. 우리가 살아남느냐의 문제를 떠나서, 우리가 무언가를 남길 수 있느냐의 문제.

많은 수의 연구원이 자발적으로 남아 분야와 관계없이 힘을 합치고 애를 썼다. 나중엔 애초 프로젝트 인원이 아니었던 사람들이나 학부 과정에 있는 학생들까지 소개에 소개를 타고 모여 힘을 합쳤다. 우리가 이대로 끝날지도 모르겠다는 절망감에 뛰어든 이들, 사명감이나 책임감을 가진 이들, 그리고 나처럼 정신 차리고 보니 여기까지 흘러들어와 휘말린 이들이 섞인 채였다.

모두의 목적은 같았다. 프로젝트의 완주.

방주와 관련된 수많은 분야 중 우리 연구동이 맡은 건 DNA 수집 및 보존 분야였다. 수집한 유전자 샘플들을 정리하고 복원하여 방주에 태울 유전자 카탈로그와 데이터 지도를 제작하는.

원래는 아시아에서도 일부 지역에 한정된 작은 지부였으나, 재해 직후 와해된 다른 지부에서 온 사람들이 자기가 맡은 타 지역의 데이터를 들고 합류한 덕에 유럽, 아메리카, 아프리카와 호주 등지의 유전자 샘플도 조금씩 추가되었다. 그렇게 다

같이 악전고투한 끝에 샘플 카탈로그를 일부나마 완성할 수 있었다. 완전한 성공은 아니었지만, 열악한 환경 속에서 모두가 최선을 다한 성과였다.

자체 완주를 선언한 뒤 아껴두었던 식량 창고를 털어 뒤풀이를 했던 것을 기억한다. 국적과 정체성과 연령을 초월한 기쁨의 장이었다. 이제 남은 건 발사뿐이었으나, 문제는 우리가 있던 연구동과 방주 발사 시설 간의 거리였다.

방주는 처음부터 여러 대를 쏘아 올리도록 기획되어 있었으므로 아시아에도 몇 개 도시에 걸쳐 방주 발사 시설이 있었다. 그러나 우리 쪽에 남은 발사 시설 중 가장 가까운 시설은 내륙으로 제법 올라가야만 있었고, 발사를 담당한 팀이 우주선을 바로 이륙시킬 수 있게 준비해놨을지도 확신이 없었다. 그들이 포기했을 가능성도 생각해야 했다. 다른 곳에서 합류한 연구원들이 다른 대륙의 발사 시설 몇 곳은 완파되었다는 풍문을 전해주곤 했으니까.

장거리 통신은 꽤 오래전에 끊겼다. 우리가 지닌 단말의 신호는 우리 지역의 발사 시설까지는 닿지 않았으므로 직접 가보는 수밖에 없었다. 당시엔 모두 그것은 나중에 생각하고 당장은 마시기로 했으며, 중대한 일을 끝내고 나면 몰려오는 해방감이며 허탈함이 주는 평온 속에서 잠들었다.

다음 날 새벽 모두가 자고 있던 연구동이 갑작스러운 지진으로 무너지던 순간, 나는 내 단말에 내장된 율라와 함께 밖에 나와 있었다.

8일 차 22:30

복기하는 데에 생각의 정리가 필요해 며칠간 기록이 멈췄었다.

나는 술을 즐기는 편은 아니었기에 새벽에 두통과 복통을 호소하며 끙끙대다 찬 바람을 쐬러 밖으로 나와 있었다. 다 같이 모여 자던 구내식당에서 내가 움직이는 바람에 깬 몇몇 이들이 졸린 목소리로 괜찮으냐고 물어봐 주었던 것이 기억난다. 얼마 후엔 내가 그들에게 물어야 했다. *다들 괜찮은가요?*

그들 중 아무도 내게 답해주지 못했다.

반복해 들이닥친 온갖 재해로 연구동의 지반은 약해질 대로 약해져 있었다. 나름의 위용을 갖추었던 9층짜리 건물이 지반을 뒤흔들고 땅을 갈아엎는 강력한 충격에 무너진 건 순식간이었다.

이곳은 이전까진 긴 시간 지진에서 안전한 지역이었기에 대부분 건물에 내진설계가 되어있지 않았다. 설령 되어있었더라도, 이렇게 지반 자체가 꺼져버리는 데에는 방도가 없었을 테지. 자리에 남은 것은 거대한 구덩이와 차마 원래 모습을 알아보기 힘든 잔해들뿐이었다.

나는 그곳에서 며칠간 생존자를 찾아 헤맸다. 여진이나 2차 피해에 대해선 걱정할 생각도 못 했다. 때로 잔해 속에서 삐죽 튀어나와 있는 손이 나를 향해 손짓하는 환상 따위를 보곤 했다. 맨손으로 돌덩이며 흙무더기를 파헤치느라 손톱이 깨지고 멍이 들었다. 그저 파고, 또 파고, 찾고, 또 찾아다녔다. 혹여나 어디선가 들려올 누군가의 목소리나 신음 따위를.

결과는 뭐, 지금 보고 있지 않은가. 현장이 구체적으로 어땠는가에 대해서는 자세히 떠올리고 싶지 않다. 기억도 잘 안 난다. 그 부분의 기억들만 숭덩숭덩 잘려 나간 것처럼 지워져 있다. 충격을 받아서인지 너무 정신이 없어서였는지는 모르겠다.

그 일을 떠올릴 때면 머릿속이 엉망진창으로 편집한 영화 꼴이 된다. 시간대도 뒤죽박죽이고 화면도 반쯤은 나가 보이질 않는. 상담이라도 받으면 나아지겠지만 나를 비롯해 동료들의 심리 상담을 전담해주던 사람 또한 그 잔해 아래에 남겨진 터라 그럴 수가 없다.

제대로 된 기억이라고는 기적적으로 잔해에 깔리지 않은 벙커 중 하나의 입구로 기어들어 가, 완성된 카탈로그를 되는대로 챙겼던 일뿐이다. 안전을 기하기 위해 뒤풀이 직전 결과물을 벙커에 모아 두자고 한 건 수민의 생각이었다.

그러나 지반 자체가 날아가는 데에는 벙커조차 별수 없었던지 많은 부분이 땅속 구덩이로 내려앉아 소실되었고, 멀쩡한 벙커들 위에도 잔해들이 무겁게 덮인 탓에 출입이 막혀버렸다.

그래도 한 곳의 벙커에서 살아남은 DNA 샘플 카탈로그—인간을 비롯한 영장류와 포유류와 파충류, 어류며 조류의 아주 극히 일부—는 가지고 나올 수 있었다. 그나마도 챙겨 나올 수 있었던 것은 모종의 안배를 방불케 하는 일이었다.

한 사람이 들고 이동할 수 있는 양에는 한계가 있었으므로, 나는 신중하게 카탈로그를 골랐다. 어떤 것은 3층의 대학원생들이 꼬박 석 달을 제대로 자지도 못하며, 어떤 것은 5층의 박사가 몇 번이고 DNA 추출 실패를 반복해가며 완성한 것이었다.

그러나 그런 노고들을 하나씩 떠올리면 결국 버릴 수 있는 게 없었다. 나는 결연한 태도로 오염되거나 파괴된 게 분명해 보이는 것은 과감히 버렸다. 몇 번 솎아내고 나니 양이 많지는 않았다. 들인 노력에 비하면 비참할 정도로 적었다. 그래도 아예 아무것도 건지지 못하는 것보다야 나았다.

잔해 속을 뒤져 짐을 옮길 만한 적당한 배낭들을 찾아내 카탈로그를 나누어 담았다. 배낭 내부에 끈으로 고정한 뒤, 다른 가방에는 간신히 건져낸 약간의 식량과 물도 담았다. 정리가 끝나자 신발 끈을 최대한 동여맸다. 내 운동화는 오래 걷기엔 적합한 물건이 아니었지만, 별수 없는 일이었다. 율라의 내비게이션 기능에 발사 시설의 주소를 찾아 입력하고 무작정 걷기 시작했다.

여정은 그렇게 시작되었다.

12일 차 13:51

율라가 알려준 구도심에 도착했다. 예전엔 소음과 활기로 자기주장을 해댔을 구도심은 지금은 짙은 적막에 잠겨있었고, 도로에는 여기저기 쌓다 만 바리케이드와 서로 부딪혀 엉켜있는 자동차들만이 부유하는 먼지를 덮고 잠들어 있었다.

이 정도면 도심 중에선 꽤 보존이 잘 된 축에 속했는데도 인적이 없었다. 드문 정도가 아니라 그냥, 없었다. 원래 살던 생존자까지는 아니더라도 약탈자나 종종 물자를 모으러 멀리까지 쏘다니는 다른 지역의 사람들조차 보이질 않았다.

얼마 들어가지 않아 이유를 깨달았다. 중앙부로 갈수록 유독성 물질의 경고 표지판과 여기저기 깨지고 무너진 건물이 늘어났다.

이곳도 자연재해를 겪었고, 그 후에 도심 내부에 있는 화학 시설에서 독성 물질이 누출된 모양이었다. 율라에게 물어보니 이곳에서 일어난 사고는 꽤 오래전의 일이며 오염의 진원지로만 가지 않으면 괜찮을 거라는 답이 돌아왔다.

[당신은 굳이 거기까지 가지 않아도 남은 샘플을 오염시키고 말 텐데, 무슨 걱정인가요?]

빈정댐은 덤이었다. 나는 한숨을 쉬며 외곽에 남아 있던 편의점 몇 군데를 털었다. 여러 군데를 들락거리자 다행히도 건질 만한 게 남아 있었다. 먼지 쌓인 생수 몇 병과 유통기한이 아슬아슬한 초코바, 비록 뚜껑을 깔 도구가 없다는 게 문제였으나 보존은 걱정할 필요 없는 잡다한 통조림 몇 통. 큰 수확이었다.

편의점을 나오자 멀찍이서 돌아다니는 개들이 여러 마리 보였다. 몇몇 녀석은 아직도 목에 인식표를 걸고 있었다. 사람들이 데려가지 못해 남겨진 개들이었다. 개들은 나를 빤히 바라보더니 컹컹 짖으며 빠르게 달려 사라졌다.

문득 체르노빌의 개들이 생각났다. 20세기 최악으로 꼽히는 방사능 사고가 일어난 이후 거기에 남겨진 개들과 그들의 후손. 방사선 피폭의 여파로 수명은 몹시 짧은.

그 끔찍한 유출 사고와 이후 방사능이 더 퍼지는 것을 막기 위해 해당 지역에 남은 동물을 모두 죽이는 살육의 작업이 끝난 뒤에도, 개들의 후손은 완전히 말살되지 않고 대를 이어가며 거기에 있었다.

길에 오르기 전 구도심을 되돌아보았다. 건물 벽면에는 담쟁이와 양치식물들이 짙은 생명력을 뿜내며 자라나고 있었다. 나는 도심이 조용히 몰려오는 식물의 파도에 뒤덮여 숲으로 바뀌는 광경을 상상했다. 유독 물질을 피해 어떻게든 계보를 이은 개들의 후손, 그리고 그들의 후손의 후손이 아무렇게나 자라난 무성한 잡목림을 질주하는 모습이 그려졌다.

14일 차 19:22

수민에게.

내가 그때 당신의 옆에 있었다면 무언가 달라졌을까?

도움이 되지 않는 생각이지만 궁금해.

당신의 얼굴이나 목소리를 떠올리려고 생각할 때마다 고통이나 슬픔은 느껴지지 않아. 이상하게 당신이 이제는 없다는 생각이 들지 않더라고.

당신이 그 무너진 잔해 밑에 잠들어 있는 게 아니라, 멀쩡히 살아 거기서 기어 나온 뒤 남은 벙커에 살며 내 여행을 응원하고 있을 거라는 말도 안 되는 믿음이 불쑥 치밀어 오를 때가 있어. 내게는 그쪽이 더 마음에 드는 바람에, 나는 그것을 내

현실이라고 믿기로 해. 그래서 쓰는 거야, 이 메시지는.

요즘은 잠이 들면 누군가의 비명이 들려. 어딘가에 갇혀있는 것처럼 먹먹한 메아리 같은 비명이지. 얼마 전 새벽 숲에서 날 놀라게 한 고라니가 지르는 비명 같기도 하고 사람이 지르는 비명 같기도 해.

나는 그게 당신 목소리가 아닐까 귀를 기울이다 결국 누구의 것인지 알아내지 못하고 잠에서 깨어나.

24일 차 04:32

율라는 기어코 말이 안 되는 소리를 쏟아내고 있다. 어제는 갑자기 내게 '스스로 원래부터 사람이 아니었다고 생각해본 적이 있냐'는 말을 꺼냈다.

대체 무슨 소릴 하는 건가 싶었는데, 내게 벌어진 그런 사고를 겪고도 줄곧 냉철함을 유지하는 것은 사이코패스거나 자신처럼 인공지능 사고 회로를 가진 안드로이드가 아니겠냐는 거였다.

내가 그렇게까지 냉철한가? 전혀 모르겠다. 아무 생각도 하지 않으려 기억의 문에 자물쇠를 걸어버린 뒤 그 위에 몇 겹으로 셔터를 내려두고 있다는 것만큼은 안다.

율라의 이런 지적은 내가 받아온 심리 상담의 내용을 알기 때문일 것이다. 연구원들에겐 혹여 쓰러지거나 했을 때의 비상사태를 대비해 개인 단말에 자신의 병력이나 지병에 관한 건강 검진 보고서와 심리 상담 내역 등을 함께 넣어두도록 하는 규정이 있다. 당연히 나의 검진과 상담 이력도 율라가 읽을 수 있도록 단말에 있었다.

어릴 적부터 여러 번 진행해온 상담 내용에 따르면 나는 다음과 같은 특성이 있다. 사회적 반응이 둔함, 감정이 겉으로 크게 드러나지 않음. 아동 시기 경증의 자폐 스펙트럼 장애 의심으로 교정 치료받음. 지능은 높으나 사회성이 떨어지며 교육의 문제보다 정신 병리학적 원인으로 추측. 특정 물건이나 상황, 행동, 또는 사람에 집착함.

내가 기록에 집착하는 건 아마 여기서 기인한 행동이리라.

요컨대 내 프로필은 전형적이다. 남들에 의하면, 드라마나 영화에서 밀실 살인 같은 사건이 벌어지면 제일 먼저 용의선상에 오르거나 역으로 냉정한 탐정이 될 만한 사람의 프로필 말이다.

율라의 어조에는 마치 내가 모두를 죽이고 혼자 살아남은 게 아니냐는 식의 공격적인 낌새가 담겨 있었다. 나와 탐정 놀이를 하고 싶은 걸까? 그래봤자 율라가 고를 수 있는 용의자는 나 하나인데 말이다.

나는 억울함을 호소하지는 않았다. 살아남은 게 죄가 될 수는 없었다. 나는 어쩌다 우연히 그 시간에 그곳에 있지 않음으로써 죽음을 피했고, 원치 않게 프로젝트의 마지막 숙원자가 되어 망가진 길 위를 떠도는 사람일 뿐이다.

내가 아니었으면 좋았으리란 생각을 가끔 한다. 나는 이런 일을 하기엔 사명감이나 책임감이 부족하다. 이 여행은 그저

이미 쏘아진 총알이 관성에 저항하지 못하고 무언가를 관통하
거나 맞힐 때까지 앞으로 한없이 나아가는 것과 비슷했다. 무
작정 달리고 달리던 어느 고전 영화 속의 남자처럼 말이다.

나 역시 그저 기계처럼 걷는 일밖에 도리가 없었다.

29일 차 09:10

수민에게.

얼마 전에 또 고라니를 보았어. 우는 소리엔 도저히 적응할
수 없었지만, 나는 그걸 단아하게 생긴 꽃사슴이라고 생각하
려고 애를 써봤어. 당신이 책이나 서류 귀퉁이, 가끔은 회의가
지루해지면 단말의 메모용 앱 한쪽에 그리곤 했던, 고요하고
맑은 샘가에 있는 사슴이라고. 현실은 불어오는 먼지바람에
흙투성이가 된 샘가에서 약수터에 온 노인처럼 크어 크어 울
면서 물을 마시는 고라니였지만 말이야.

배낭 안에 담긴 인류 유전자의 카탈로그 중엔 당신 것도 들
어있지. 당신은 자신이 인류의 대표로 유전자를 남겨도 될까
회의감을 표했지만, 사실 그건 당신에게만 특별히 허락된 일
은 아니었어.

종의 다양성을 최대한 보장하기 위해서, 유전자 제공에 동의
하지 않은 나 같은 이를 제외하고 모든 연구원의 샘플을 인류
유전자의 표본으로 보존 처리했으니까. 성별이며 인종, 정체성
이나 장애 유무도 따지지 않고 말이야. 당신이 유전자 제공 후
에 무척이나 싱숭생숭해하는 것을 보며 나는 너무 신경 쓰지

말라고 했지.

근데 이젠 내가 당신의 샘플에 신경이 쓰이네.

먼 미래에 K2-18b에서 복원될 당신은 아마 당신이 아니겠지. 생물은 환경의 영향을 많이 받잖아. 아예 새로운 행성에서 당신은 환경에 적응하기 위해 아가미가 달린 채로 복원될 수도 있고, 다리가 네 개거나 눈이 여섯 쌍일 수도 있어. 그림을 좋아하기보단 춤을 더 좋아할 수도 있고 책을 읽고 사색하는 것보단 밖에서 뛰어노는 걸 더 좋아할 수도 있지.

내 상상이 마음에 들지 모르겠네. 너무 비약이라고? 재미는 있잖아. 나의 이런 점을 좋아한 건 당신이야.

새로 태어난, 어리고 조그마한 당신의 하반신이 사슴인 상상을 해. 그리스 신화의 켄타우로스처럼 말이야. 당신이 가냘퍼 보이지만 강인한 다리를 지니고서 그려보기도 힘든 낯선 땅을 뛰어다니는 이미지를 생각하면, 그 자체로 평화라는 단어가 떠올라. 웃기는 공상이지만 지금의 나에겐 큰 도움이 돼.

그리고 그 옆에 나는, 정확히는 복원된 내 유전자의 계승자는 없겠지. 나는 유전자를 제공하지 않았으니까. 딱히 싫었던 건 아냐. 그냥 그땐 영 내키지 않더라고.

이제 와선 그게 옳은 선택이었는지 아니었는지 잘 모르겠어.

34일 차 12:14

비가 오면서 먼지구름이 가라앉아 평소보다 시야 확보가 잘되고 있다. 율라에게 물어보니 절반쯤 왔다는 답변과 함께 또

다시 빈정거림이 따라붙었다. 나는 슬슬 율라의 말을 못 들은 척하는 데에 익숙해져서, 이번에도 쏟아지는 말들을 적당히 걸러 들으며 필요한 문장만을 조합해서 받아들였다.

이전 같았다면 지금은 가을의 초입이었을 터다. 모든 것이 무너진 이후에는 기후가 예측하기 힘들 정도로 바뀌었다. 온대 기후였던 이곳은 아열대 기후로 변한 지 오래였고 날은 여전히 무더웠으며 열대 우림에 쏟아지는 스콜처럼 하루에도 여러 번 쏟아지듯 비가 내렸다가 그치길 반복했다.

나는 쓰러지지 않기 위해 매일 적당히 속도를 조절하며 움직였다. 최소한 내 한계를 잘 알고 있다는 점에선 아직 해볼 만했다.

종종 생존자의 흔적을 목격하곤 했다. 급하게 떠난 뒤 남겨진 자리, 미처 끄지 못한 모닥불의 재, 간혹 발에 걸리는 따뜻한 빈 통조림들. 인간들은 의외의 면에서 질긴 구석이 있는 적응의 동물이었으므로, 바뀐 환경에도 빠르게 대응하는 이들이 있었다.

나는 이대로 오랜 시간이 지나면 만화나 영화에서처럼 신체적으로 매우 특화된 진화 방향이 잡히지 않을까 하는 생각도 해보았다. 환경이 혹독하면 생명은 거기에 맞춰가기 마련이니까. 내가 과연 새로운 진화를 시작한 신인류가 나타날 때까지 살 수 있을지는 모르겠지만, 나름 흥미로운 생각거리였다. 어쩌면 K2-18b보다 여기서 흥미로운 진화과정이 벌어질지도 몰랐다.

우리 중 일부라도 이 대멸종을 버텨낸다면 말이겠지만.

37일 차 20:44

대멸종을 버티고 자시고 할 것 없이, 이대로 모든 것이 사라지도록 두는 게 답일까 하는 생각이 든다. 이미 사라진 것들의 이름을 되뇔 때 특히 그렇다. 도도새, 회색 늑대, 큰바다쇠오리, 보석달팽이, 검은코뿔소, 양쯔강 돌고래, 핀타섬땅거북, 그레이트 리프의 대산호들…….

그들의 대부분이 우리 덕에 살 기회를 얻지 못했는데, 우리라고 그 기회를 얻을 자격이 있을까?

내 가방에 담긴 유전자 샘플들은 그저 운이 좋았을 뿐이었다. 운이 나빴던 대부분의 샘플들은 벙커 아래 잔해 밑으로 고스란히 사라졌다. 생물계 전체를 따져보면 극히 일부에 불과한, 기적적인 확률을 뚫고 남겨진 것들. 거기에 인류 유전자가 있을 뿐이었다. 우리에게 그런 말도 안 되는 행운을 이어갈 자격이 있을까?

새로운 생존자 집단을 만난 것은 이른 새벽녘이었다. 첫 번째로 만난 집단은 노약자들이 꽤 있는 작은 집단이었다. 가족인 걸까? 구성원의 매우 폭넓은 다양성을 보니 그래 보이지는 않았다. 어쩌다 얽히고설킨 이들이 생존을 위해 모인 모양이었다. 그들은 호의적이지는 않았지만, 적대적이지도 않았다. 우리는 서로 말을 걸거나 접촉하지 않고 스쳐 갔다.

나를 경계하며 바라보는 어른들 사이에 멀거니 서서 호기심 어린 표정으로 나를 지켜보던 아이와 눈이 마주쳤다. 그 눈을 바라보자 아이의 언니나 이모쯤으로 보이는 젊은 여자가 내 시선에서 보호하듯 아이를 뒤로 감싸고돌았다. 나는 가만히 멈춰 서서 그들이 먼저 지나가도록 기다렸다.

그래도 그 집단은 희망이 있어 보였다. 생존에 불리한 노약자 구성원이 적잖은데도, 그 많은 위험 속에서 지금까지 살아남은 셈이니까. 천운만 따라준다면 그들은 더 오래 버틸 수도 있을 터였다.

오전쯤 두 번째로 만난 집단은 문제가 좀 있었다.

나는 마주치자마자 그들이 약탈자라는 것을 깨달았다. 무기를 주렁주렁 들고서 온갖 전리품으로 수컷 공작새처럼 치장하고 있는 그 모습에서 무슨 일을 겪어왔는지 추론해내는 것은 어려운 일도 아니었다.

그들 역시 나를 보았고, 내가 들고 있는 가방에 많은 양의 생필품이 있을 거라고 확신한 듯했다. 혹은 그저 작고 무력한 사냥감을 쫓아다니는 게 너무너무 즐겁거나.

약탈자 여러 명을 상대로 아슬아슬하게나마 추격전을 벌일 수 있었던 건 마침 지나가던 길이 폐건물이 모인 지대여서 숨을 곳이 많았기 때문이고, 율라가 자기에게 남아있던 지형 좌표로 건물들의 구조와 위치를 파악해 나에게 도주 경로를 알려주었기 때문이며, 내가 약탈자들이 자기들 몸집에 가로막혀 들어갈 수 없는 곳에도 들어갈 수 있을 정도로 작고 땅딸막했기 때문이다.

그다지 좋아해 본 적이 없는, 아마 약탈자들의 구미를 당기게 했을 왜소한 체구가 이럴 때만큼은 도움이 되었다. 여기까지 쉬지 않고 걸어오면서 체력도 붙은 상태였기 때문에 나는 곧바로 붙잡히지 않고 도망 다닐 기회를 얻었다.

처음에는 그다지 협조적이지 않던 율라는 내 목숨이 위험하다는 판단이 서자, 인공지능의 기본 원칙인 '사람을 해치지 않는다, 나아가서 사람의 죽음을 방조하지 않는다'에 입각하여 나에게 자세한 길 안내를 해주었다. 비록 안내하면서도 어딘가 내켜 하지 않는 것 같아 혹시나 이게 다 함정이고 율라는 나를 죽을 장소로 떠미는 게 아닐까 고민이 될 지경이었지만 말이다.

완전히 틀린 추측은 아니었다. 안내의 끝에서 나는 하마터면 수십 미터 아래로 추락할 뻔했다. 율라가 가지고 있는 지도에서는 다리가 있었던 곳이, 재해 이후 물이 불어나 다리가 떠내려간 상태로 방치되어 있었기 때문이다. 당연히 밟고 지나갈 다리를 예상했던 나는 발을 헛디뎌 아래로 미끄러졌다.

불행 중 다행히도 내가 미끄러진 쪽의 절벽 경사는 다른 곳에 비해 완만했고 끝에는 디디고 설 만한 여분의 턱이 있었다. 무너진 다리의 잔해가 아슬아슬하게 가로 놓여 위쪽의 시야를 가려주었다. 나는 그 아래에 숨어 배낭을 끌어안고 숨을 죽였다. 약탈자들은 내가 떨어져 죽었다고 생각했는지 고래고래 욕설을 지르다 떠나갔다.

전력 질주를 막 끝낸 상태여서 심장이 터질 것만 같았다. 쿵

쾅대는 소리가 온몸을 울렸다. 이 소리 때문에 들킬까 염려가 될 정도였다.

[그러니까, 당신에게도 심장이 있군요? 저는 또 하도 차분해서 기계인 줄 알았네요.]

또다시 율라의 빈정거림이 들렸다. 대꾸할 힘도 없어 절벽에 등을 기댄 채 숨을 몰아쉬었다. 물을 마시고 싶었지만, 공간이 좁아 무엇을 꺼내 들기도 여의치 않았다. 긴장 속에 한 시간여 정도를 거기서 더 버티다가, 약탈자들이 근방에서 떠났으리란 판단이 서자 천천히 위쪽으로 기어 올라갔다.

무게가 있는 배낭을 짊어지고 경사를 거슬러 올라가는 것은 꽤 힘에 부치는 일인지라 제대로 된 지면에 올라섰을 땐 완전히 녹초가 되어 있었다. 속이 메스꺼웠고 머리가 아팠다. 잠깐이라도 목을 축이고 쉬어야만 했다.

마지막 힘을 쥐어짜 주변을 탐색한 뒤 몸을 숨길만 한 바위 밑의 틈을 찾아 기어들어 갔다. 물을 꺼내 마신 뒤 침낭을 깔고 몸을 누이자 수마가 단박에 나를 사로잡았다. 나는 연구원이지 액션 영화 주인공이 아니야. 그렇게 투덜댈 정신조차 없었다. 나를 움직이는 것은 그저 생존 본능뿐이었다.

자고 일어나니 몇 시간이 흘러 있었다. 늦은 오후의 태양 속에서 이리저리 일렁이는 아지랑이를 멍하니 바라보다 짐을 들고 내려와 원래 지나가려던 길로 향했다. 약탈자들이 걱정되긴 했지만, 발사 시설로 가려면 그곳이 유일한 길이었다. 약탈자 무리가 이미 떠났기를 빌어보는 수밖에 없었다. 아직 남아 있다면, 뾰족한 수가 없으니 그들이 다른 곳으로 갈 때까지 기다리는 수밖에.

되돌아간 길을 따라 쭉 올라가다 큰 사거리 앞에서 몇 구의 시신을 보았다. 새벽에 첫 번째로 만난 생존자 집단의 사람들이었다. 나를 따라왔던 약탈자들의 시신도 드물게 보였다. 사투의 흔적이 바닥에 어지러울 정도로 낭자했다. 죽음의 악취가 길 위에 자욱했다. 입을 여는 사람은 아무도 없었지만 나는 어렵지 않게 일어났을 법한 일들을 그려냈다.

무너진 연구동의 기억이 다시금 떠올랐다. 그 광경을 보자마자 그런 생각이 들었다. 도도새, 회색 늑대, 큰바다쇠오리, 보석달팽이, 검은코뿔소, 양쯔강 돌고래, 핀타섬땅거북, 그레이트 리프의 대산호들…….

인간은 그들을 멸종시키고 동족마저 멸절시키고 있었다. 피로감이 몰려왔다. 우리에게 우리를 보존하고 우리의 존재를 사라지지 않게 할 권리가 있을까? 낯선 땅에서 그곳의 생태계에 편입해 새롭게 시작할 권리는?

우리는 그곳에서마저 다시금 파괴를 일삼게 될까? 역사는 반복되고 모든 건 새로운 폐허를 짓는 일이 될 뿐일까? 지금이라도 이 여정을 포기하고 카탈로그를 배낭째로 절벽 아래로 던져버린 뒤 우리 자신이 이곳에서 죽어가도록 놔둬야만 할까?

아무래도 그편이 옳은 일일까?

망연히 서 있던 나에게 율라가 경고했다. [방금 당신의 것이 아닌 소리를 인식했어요.] 나는 반사적으로 주변을 둘러보았다. 뭐라도 무기가 될 만한 것을 집어 들어야 하나? 아니, 맞서지 말고 당장 도망가야 하나? 약탈자들이 되돌아온 걸까? 그러다 어둠 속의 인영과 눈이 마주쳤다. 본 적이 있는 눈이었다.

무너진 건물의 좁은 틈바퀴에 아이가 들어가 있었다. 새벽에 나와 서로를 관찰했던 그 아이였다. 나는 찰나의 시간 동안 아이마저 시체가 되었다고 생각했다. 표정을 굳힌 채로 다시 보니 아이는 살아있었다. 온몸을 사시나무처럼 떨면서. 공포와 피로에 희게 질린 얼굴이 드러났다. 이전에 내게 보인 호기심은 사라지고 없었다. 일종의 체념마저 묻어있는 얼굴이었다.

해칠 의사가 없다는 것을 보여주려 양 손바닥을 쭉 펴서 앞으로 내민 채로 아이에게 다가갔다. 무슨 생각이 있어서 한 행동이라기보다, 아이가 그렇게 방치된 것을 차마 볼 수 없었기 때문에 한 행동이었다.

내가 배워온 상식이 말했다. 저렇게 둬서는 안 돼. 저대로 두고 가서는 안 돼. 무언가 일어나서는 안 되는 일이 저질러지고 있는데 외면해 버리는 기분마저 들었다. 나는 아주 천천히 움직였다. 입안에서 텁텁한 먼지의 맛이 느껴졌다. 뚫어져라 나를 쳐다보는 아이에게 손이 닿기 직전 등 뒤에서 절규가 들려왔다.

"손대면 죽여 버린다!"

천천히 돌아서자 여자가 보였다. 나와 아이의 눈이 마주쳤을 때 자기 뒤로 아이를 숨겼던 여자였다.

자세히 보니 얼굴에서 어린 티가 났다. 스무 살쯤 되었을까?

앳된 얼굴이 일그러져 있었고 한 손에는 쇠파이프가 들려 있었다. 나를 따라오던 약탈자 중 하나가 들고 있던 것이었다. 얼굴은 아이 못지않게 피로해 보였지만, 온몸에서 타오르는 투지가 살아 있었다. 누구의 것인지 모를 피가 여자의 낡은 잠바에 이리저리 튀어 있었다. 파이프를 든 손에 힘이 들어가는 게 보였다.

천천히 몸을 돌려 여자를 향한 채로 생각해보았다.

이들이 살아남을 수 있을까? 이 모든 폭력과 공포와 폐허 속에서도? 다음에 올 지진이나 해일이나 먼지구름을 이겨낼 수 있을까? 이번 겨울을 날 수는 있을까? 차라리 이들의 DNA를 채취해 샘플에 같이 챙겨가면 어떨까 하는 우습기까지 한 생각까지 도달했을 무렵, 나는 무심코 배낭 중 하나에 손을 넣고 있었다.

"허튼짓하지 마!"

나는 여자를 똑바로 바라보며 배낭 안에 넣지 않은 한 손을 앞으로 쭉 펴고 손바닥을 보였다. 여자가 머뭇거리면서도 나를 공격하지 않은 것은, 내가 잔뜩 지친 조그마한 중년 여성의 모습을 하고 있다는 것도 한몫했을 것이다.

침착하게 배낭 속을 뒤적이자 잡히는 게 있었다. 나는 천천히 그것을 들어 올려 여자에게 보여준 뒤 땅 위에 내려놓았다. 목구멍이 갈라지고 신음하며 긴장하는 게 느껴졌지만 애써 말을 짜냈다.

"가져가."

염려와 달리 내 목소리는 작지도, 형편없이 떨리지도 않았다. 오히려 또박또박 울려 퍼지며 우리 사이의 긴장을 갈랐다. 황도 통조림 하나가 바닥에 덩그러니 놓여 있었다. 여자는 내 의도를 가늠하려는 듯 인상을 찌푸리더니 큰소리로 외쳤다.

"필요 없어! 꺼져!"

매서운 답이 되돌아왔고 뒤따라 무자비한 욕설도 들렸지만, 포기할 생각은 들지 않았다. 욕설이라면 이미 비슷한 걸 율라에게 잔뜩 들어 적응도 될 만큼 되어 있었다.

나는 조심스럽게 주머니에서 초코바 하나를 더 꺼내 통조림 위에 얹었다. 여자의 얼굴에 서린 것이 증오인지 슬픔인지 고통인지, 도무지 표정을 읽기 힘들었다. 내 손끝이 잘게 떨렸다.

"제발."

나는 그 말만을 덧붙인 뒤 배낭을 다시 양어깨에 메고서 양손을 들어 올린 채 천천히 뒤로 물러났다. 여자와 아이에게서 충분히 멀어졌다는 판단이 설 때까지 뒷걸음질을 멈추지 않았다.

나는 그들이 내 눈치를 보지 않고 떠날 수 있도록 뒤쪽에 있는 잡목림 안으로 들어가 나무 그늘에 몸을 기대고 한동안 시간을 보냈다. 줄곧 침묵하고 있던 율라가 냉정하게 말했다.

[당신에겐 여분의 식량이 부족해요.]

"맞아."

나는 가볍게 수긍했고 멍하니 율라가 떠드는 자원 낭비니, 최악의 선택을 한다느니 하는 비난을 들었다. 평소와는 다르게 그 비꼼에 아무 생각도 들지 않았다. 후회 또한 하지 않았다. 그저 입 안으로 몇 번이고 했던 말을 곱씹었다. *제발, 제발.*
제발 살아.

그 생각을 하면서 어떤 기분이었는지는 기억나지 않는다.

45일 차 10:32

여기까지 걸어온 것은 반은 천운이었고 반은, 인정하기 싫었
지만, 율라 덕분이었다. 율라는 나의 가장 큰 방해꾼이면서 동
시에 가장 강력한 조력자였다. 서서히 율라의 비꼼에도 정이
붙고 있었다. 좋은 일인지 나쁜 일인지.

심지어 나는 때로 율라의 의견에 귀를 기울이기까지 한다.
내가 진짜 인간이라고 생각해본 적 있느냐는 율라의 말이 진
지하게 들리기 시작했다. 내 이성 한구석이 속삭였다. 좋지 못
한 신호인데. 상담을 받지 못한 지 꽤 시간이 흘렀으니 그럴 만
도 하지.

그러나 솔직히 생각해보면 율라의 말이 아예 허무맹랑한 것
만은 아니다.

내가 인류 유전자의 샘플 표본에 내 유전자를 제공하지 않
았던 것은 사실 기계 몸에서는 제공할 유전자가 없었기 때문
이다. 연구동이 무너졌을 때 비명조차 지르지 않고 울지도 화
내지도 않으며 묵묵히 생존자를 찾아 나선 것은 나에게 인간
을 해치지 않고 죽음을 방조해선 안 된다는 인공지능의 기본
원칙이 새겨져 있었기 때문이다.

타인에게 음식을 나눠주어 나 자신의 생존율을 낮추는 짓을

하고서도 후회하지 않은 것 역시 같은 선상에서 생각해볼 수 있다. 어떤 책임감도 사명감도 없이 주어진 목적의식만을 가지고 관성처럼 나아가는 행위 역시 몹시도 기계적이라고 할 수 있겠다.

인류의 황금기 시절에 실제로 여러 단계를 거쳐 검증된 후 시판되는 보급형 안드로이드들이 있었다. 가사며 의료며 국방이며 다양한 용도로 제작되던 것이었다. 그 많은 안드로이드들이 지금은 다 어디에 가 있을지 알 수 없는 일이지만.

한편으로는 율라가 맞아서, 차라리 내가 인간이 아니었으면 좋겠다. 혹시 모르잖은가. 내가 나는 인간이 아니었고 사실은 무쇠 팔 무쇠 다리의 무기질로 이루어진 기계라는 걸 깨닫는 순간에, 온몸이 나는 듯이 가벼워지고 잠들지도 먹지도 않고도 쌩쌩하게 발사 시설을 향해 달려갈 수 있을지. 누가 알겠는가?

48일 차 23:10

수민에게

할 말이 많았는데 단말을 켜니 다 잊어버렸어.

겪은 일들을 말해주고 싶기도, 말해주고 싶지 않기도 해.

다음에 마저 쓸게.

49일 차 01:20

수민에게

내가 안드로이드이고 이 모든 게 덧씌워진 기억이라는 가설

을 세워봤어. 말이 안 되는 생각이라고는 하지 마. 가설일 뿐이
잖아. 어쨌든 가설은 언제나 틀릴 가능성을 품고 있는 법이지.
맞을 가능성도 품고 있고.

어쨌든, 그렇다면 당신도 덧씌워진 기억일까? K2-18b에서
사슴의 하반신으로 경중경중 뛰어다니며 춤추는 당신도 어쩌
면 신기루일까? 당신이 내게 약속했던 것들이나 K2-18b에 관
해 꿈을 꾸었다고 말해준 것들도 전부?

어쩌면 실은, 당신이 나를 만들었을 수도 있어. 당신의 전공
분야가 인공지능과 프로그래밍이었던 것, 그 전공을 이용해서
유전자 조합을 복원해주는 인공지능 프로그램을 제작해낸 것,
그리고 율라나 다른 단말들을 정기적으로 검사해줬던 것을 생
각하면 나쁜 가설은 아닌 것 같아. 나는 내 창조자에게 주입 받
은 대로 인류를 방주에 태우기 위해 목숨을 걸고 발사 시설로
가는 중이지.

어때? 그럴싸해? 당신 표정을 기억해낼 수 있으면 좋을 텐
데. 인공지능에 관련된 음모론을 들으면 질색하던 그 표정을.
과학자의 태도를 갖추라고 투덜대던 말투를.

일이 생기기 전에 당신을 많이 찍어둘 걸 그랬어. 사진으로
건, 영상으로건 남겨둘걸.

이젠 당신 목소리도 어땠는지 헷갈려.

52일 차 16:40

강이 보이기 시작했다. 옛 수도를 휘감으며 고요히 흘러가는

강과 여기저기 끊긴 대교와 교각의 윤곽이 오전에 짙은 안개 속에서 드러났다. 그것을 바라보며 제자리에 서서 말이 없는 단말을 한참이나 들고 있었다.

근 열흘간 비가 멈추지 않고 쏟아졌다. 태양이 나질 않으니 그것을 동력으로 삼는 단말은 계속 간당간당했다. 전력 공급이 원활치 않자 율라의 안내 기능부터 정지했다. 성능이 좋은 프로그램들부터 먼저 멈추고 절전모드에 들어간 모양이었다.

그나마 단말 자체가 가지고 있는 기본 기능들은 아직 꺼지지 않았기에, 나는 계속 기록을 남길 수 있게 되었다.

율라의 안내 없이도 길을 찾을 수 있었던 것은 이곳이 그래도 한때는 한 국가의 수도였고 내가 어릴 적에 한동안 이곳을 오가며 지냈었기 때문이다. 태어난 곳은 근방의 다른 도시였으나 온갖 시설이며 인프라가 여기 몰려있으니 자주 오지 않기도 힘들었다.

그러나 첫 번째 재해로 인해 수도가 이전한 뒤 이곳은 옛 명성이 깃든 구(舊)수도라기보단 천만 명이 하루아침에 죽음을 피해 달아난 재난의 땅이 되었다.

비록 몇 번에 걸쳐 재해를 겪고 지형이 다소 바뀌긴 했어도 기억대로 남아 있는 곳도 있었다. 가령 고전 영화에 나온 사악한 존재를 닮은 초고층 탑은 철골이 흉하게 드러나긴 했지만, 여전히 그 자리에 서 있었다. 문득 다른 쪽에 있을 63층짜리 건물도 멀쩡할지 궁금했지만 거기까지 걸어갈 생각은 들지 않았다. 시간 낭비였다.

오랜만에 친숙한 곳에 돌아온 셈이지만 반갑거나 뭉클하지는 않았다. 오랫동안 방치된 도심은 예나 지금이나 친근함보다는 개인적인 느낌을 주는 곳이었다. 아이일 때는 오히려 그편이 좋았다. 낯선 이들 사이에 섞여서 나를 감출 수 있다는 게 마음에 들었다. 지금은 모르겠다.

　침묵이 계속해서 이어지자 약간 부담스러웠다. 율라가 나에게 몹쓸 버릇을 들였다. 나는 고요와 정적을 참 사랑하는 사람이었는데. 시도 때도 없이 말을 거는 율라가 없으니 기분이 이상했다. 혹여 율라가 영원히 켜지지 않으면, 내가 기록을 남기고 있는 이 단말마저도 꺼지면 어떡해야 하는지 걱정이 멈춰지지 않는다.

　남은 배터리를 생각하면 이렇게 기록을 남기는 것조차 자제해야 하지만, 이런 행위라도 하지 않으면 이 침묵을 버텨볼 재간이 없다. 원래 누구나 멍청한 짓이라는 걸 알면서도 멍청한 선택을 하는 법이다. 그럼으로써 삶을 유지할 수 있다면 더더욱.

　어쩌면 그런 행위를 한다는 게 내가 인간이라는 증거일지도 모르겠다. 여기까지 생각하자 과연 그럴까요? 하는 율라의 목소리가 머릿속에서 자동 재생되었다. 습관이란 무섭다.

　도시의 경계선을 벗어나면 길은 다시 내가 모르는 곳을 향해 펼쳐질 테고, 나는 발사 시설로 가는 길을 찾아낼 수 없을지도 모른다. 그때까지도 날이 개지 않고 단말의 배터리가 영원히 방전된다면?

　결국 이 모든 게 소용없는 일이었다면? 괜한 소모였다면?

나는 현실의 무게를 감당할 자신이 없어 급히 딴생각을 하려했다. 비록 지금은 말이 없긴 해도, 이미 내가 하는 일의 가능성을 가지고 매번 나를 괴롭히는 인공지능 하나를 달고 살고 있었으므로 굳이 부정적 견해를 더 보낼 필요는 없었다.

물론 의식하는 것만으로 생각을 멈출 수 있었다면 대부분의 사람에겐 정신과 상담 같은 건 필요도 없는 일이 될 터다. 코끼리에 대해 생각하지 않으려고 하는 순간 코끼리에 대한 생각에 사로잡히는 함정이라고 해야 할까.

차라리 율라가 떠들고 있다면 이렇게 생각에 빠지는 일은 없었을 텐데. 비난을 쏟아내는 율라에게 내가 그 정도로 형편없진 않다고 변호하거나 변명하기 위해 스스로 얼마나 괜찮은 사람인지를 말하느라 바빴을 것이다.

생각에 잠겨 걷느라 멀찍이 모여 있는 인영들을 좀 뒤늦게 알아챘다. 다행히 저쪽에선 나를 아직 알아보지 못한 듯했다. 거리가 더 좁혀지기 전에 조용히 건물 사이로 몸을 숨기고 그들을 살폈다. 무기를 들고 있는지 보고 싶었지만, 이 정도 거리에서는 여러 명의 윤곽을 확인할 수 있는 정도가 다였다.

저번에 나를 따라왔던 약탈자들을 떠올리니 정신이 번쩍 들었다. 생에는 애착이라고 할 만한 게 없지만 그렇다고 여기서나 자신을 포기할 생각은 없다. 그러려고 여기까지 묵묵히 걸어 올라온 게 아니다.

최소한 내게 어떤 일이 생긴다면, 그것은 여기까지 걸어온나의 관성이 무언가를 관통하거나 맞힌 후여야만 했다.

피해서 지나갈까 하다가 무리의 특징은 봐두어야겠다는 생각에 마음을 고쳐먹었다. 문제가 될 만한 요소를 파악해 두어야 했다. 고지대로 이동해 내려다보니 그들이 보였다. 한 무리의 여자들과 남자들, 그리고 몇 명의 어린아이들이었다.

일행은 중앙에 모닥불을 둔 채로 원형으로 둘러앉아 있었다. 말없이 모여 그저 기도하듯 서로의 손을 잡고 있는 모습이 순례자들처럼 보였다. 경건하게 느껴질 정도의 침묵이, 부드러운 고요가 그들의 어깨 위에 내려와 있었다. 모든 동작이 일종의 제의(祭儀)나 종교의식으로 보일 지경이었다.

문득 내가 남겨두고 온 여자와 아이가 생각났다.

나답지 않게, 여자와 아이와 순례자들 모두에게 가호가 있기를 빌었다. 내가 아는 모든 종교의 모든 신들의 이름을 빌려서. 어차피 신앙이 없는 나로서는 어느 종교나 교리 하나를 편애하지 않으니, 신들 또한 나의 기도를 공평한 무관심과 공평한 애정을 담아 들어줄 것이었다.

57일 차 10:32

태양이 떠올랐고 단말의 배터리가 회복되자 얼마 안 되어 율라도 되돌아왔다. 있을 땐 짜증 나더니 없을 땐 외로운 것이 왜 인간은 하나면 외롭고 둘이면 화가 나는지에 대해 생각을 하지 않을 수 없었다고 말했더니, 율라가 자기도 인간으로 쳐주는 거냐고 비꼬았다.

그 빈정댐을 들으니 반갑기까지 했다.

다만 배터리 방전 건이 나름 큰 충격이었는지 율라는 갑자기 말수가 줄었다. 가끔은 하루에 한마디도 안 한다. 어쩔 때는 그저 나를 관찰하고 있는 것 같았다. 물어보질 않았으니 무슨 의도인지 알 수는 없는 노릇이었지만.

발사 시설을 목전에 두고 있으려니 긴장감으로 팔다리가 저려온다. 나는 가끔은 일부러 느리게 걸었다. 발사 시설에서 마주할 풍경이 두려웠다. 우주선이 있긴 할까? 사람이 남아 있을까?

왜 나는 무턱대고 걷기 시작했을까. 왜 계속 걷고 싶을까. 언제부터인가 내게는 도착보다 걷는 것 자체가 목적이 된 걸까?

60일 차 19:51

수민에게

오늘도 고라니를 보았어. 걷고 있는데 갑자기 아주 익숙한 비명이 들리기에 산등성이 쪽을 바라보니 그곳에서 건달처럼 껄렁한 얼굴로 풀을 씹으면서 나를 보고 있더라고.

이 나라에 이렇게 고라니가 많았었나 싶었어. 아, 많긴 했던 거 같아. 세계적 멸종 위기종이 유독 이 반도에 많았지. 로드킬이니 뭐니 해서 죽기도 많이 죽었고.

저 녀석은 새벽에 나를 깨우고 샘가에서 물을 마시던 그 녀석과 같은 녀석일까? 그럴지도 모르겠다는 생각이 들어. 어딘가 건들대는 양아치 같은 얼굴이 낯익은 기분이 들거든. 단순히 내 착각일 수도 있지만 말이야.

그 녀석이라도 붙잡고 물어보고 싶어. 이 근처에서 우주선을 본 적이 있어? 근데 표정을 보아하니 녀석은 율라와 같은 과일 거야. 내가 물어보면 "아뇨? 그걸 제가 어떻게 아나요? 고라니 한테 말을 걸다니 무슨 생각인가요?" 하고 되물을 것처럼 생겼어. 그냥 얼굴만 봐도 알아.

저 녀석은 아마 마지막까지 뻔뻔하게 살아남아 있을 거야.

61일 차 (1) 17:01

멀리서 발사대의 윤곽이 보인다. 너무 먼데다 날이 저물고 있어서 제대로는 보지 못했다.

61일 차 (2) 20:10

어렴풋이 비치는 달빛 아래로 우주선을 본 것 같다.

61일 차 (3) 20:11

취소. 잘못 본 듯하다.

61일 차 (4) 20:15

다시 취소. 우주선이 맞다. 아니, 취소. 저건…….

61일 차 (5) 20:17

[SYSTEM MESSAGE]

[K2-18b 발사 프로젝트, 노아 3호 우주선을 인식했습니다.]

61일 차(6) 20:20

방금 뭐였지? 율라?

61일 차(7) 20:21

[네. 저예요. 이진영 연구원. 단말이 우주선을 인식할 수 있는 범위 내로 들어와 알려드렸습니다. 당신이 밤새도록 우주선인지 아닌지 제 단말로 꽂점을 치며 기록하는 비효율적 행태를 벌이실까 염려가 되어서요.]

61일 차(8) 20:22

그러니까 우주선이 맞는 거군.

61일 차(9) 20:23

[네. 주무세요. 제 배터리 그만 낭비하시고요.]

61일 차(10) 20:24

우주선이 맞아.

62일 차(1) 07:30

이제 진입한다. 안에 남아 있는 발사 시설 연구원이나 엔지니어들과 대화할 것이다.

62일 차 (2) 09:26

연구원도 엔지니어들도 없었다. 건물은 텅 비어 있었다. 문이 잠겨있어 한참을 헤매다 건물 바깥쪽 벽에 난 구멍들을 통해 들어올 수 있었다. 산사태인지 지진인지 무언가가 발사 시설 뒤쪽 산에서 큼지막한 바위들을 굴러 떨어뜨려 벽의 일부분을 박살 낸 상태였다.

운이 더럽게 좋았던 건지, 건물은 벽에 뚫린 구멍 몇 개를 제외하면 멀쩡했다. 우리 연구동이 입은 막대한 피해를 생각하면 기적일 지경이지만, 방심하기엔 일렀다. 어쨌든 재해로 손상된 부분이 있다는 것은 언제든 그 재해가 다시 일어날 수 있다는 뜻이니까.

여러 사람이 허겁지겁 떠난 흔적을 찾을 수 있었다. 곳곳에 켜진 비상등으로 전체 대피령이 내린 정황도 보였다. 떠난 지 얼마 되지 않은 것으로 보였다. 조금만 더 기다렸으면 나와 엇갈리지는 않았을 텐데. 그들이 어떤 마음으로 건물을 두고 떠났을지 상상해 보는 건 어렵지 않았다. 누군가는 차라리 우주선과 함께 죽고 싶었을지도 모른다.

건물의 하층부는 전력이 나가 있었으나, 상층부로 올라가자 아직 전력이 남아 있었다. 비상용 자가 발전기가 작동했던 모양이었다. 다행이 아닐 수가 없었다. 발사를 지시하기 위한 사령실이 멀쩡하다는 뜻이었으니까.

당장 가봐야겠다.

62일 차(3) 10:42

사령실에 오고 나서야 중요한 사실을 깨달았다.

나는 우주선을 발사시키는 법을 모른다.

62일 차(4) 10:43

내가 이 모든 일이 희극 같다고 말한 적이 있던가?

62일 차(5) 10:44

발사 시설의 연구원들은 어디쯤을 향해 가고 있을까? 그들을 찾아올 수는 있을까?

그들이 바깥 세계에서 약탈자나 돌연변이 동물들에게 죽지 않았으리란 보장은?

62일 차(6) 10:45

난······.

62일 차(7) 10:46

[제가 할 줄 알아요.]

62일 차(8) 10:47

[저를 사령실 단말에 접속시키세요.]

[제가 할 줄 알아요.]

62일 차(9) 10:48

율라가 나름대로 방주 프로젝트와 관련된 대부분의 데이터와 기능을 실행시킬 수 있는 고성능 인공지능이란 게 이럴 때 실감이 난다. 율라는 관제 센터를 비롯해 발사 시설에서 접근할 수 있는 모든 컴퓨터에 접근해 수십 명이 할 일을 동시에 해내고 있다.

율라가 준비하는 동안 나는 방주의 도킹 베이에서 유전자 카탈로그 삽입을 준비하는 중이다. 평소 같으면 우주선에 카탈로그를 적재해주는 로봇이 있어 나는 수행 명령만을 내린 채 기다리면 되지만, 예비 전력이 부족했는지 로봇까지는 가동되지 않았다. 직접 움직여 싣는 수밖에 없었다. 발사대 근처의 철제 계단들은 낡은 데다 요철도 심해 매우 조심스럽게 접근해야 했지만, 나 하나가 서 있을 자리 정도는 있다.

[우주선 입구를 열어 둘게요.]

가까이서 보니 우주선은 생각보다 컸다. 아무래도 지역에 존재하는 생물종의 유전자 카탈로그를 될 수 있는 대로 담는 목적으로 만들어진 덕인지 내부 공간이 상당해 보였다. 일단 코앞에서 보면 조금이라도 두근거릴 줄 알았는데 생각보다는 별것 없었다.

근 두 달간 나와 함께 해 온 배낭을 놓치지 않도록 꼭 쥐었다. 수민의 유전자가 들어 있는 영장류-인류 샘플 카탈로그를 떠올릴 때는 약간 손이 떨렸다.

걱정하지 마. 잘 될 거야.

당신은 시간이 가는 것도 느끼지 못할 테니까. 110년은 자다 깨면 끝나 있을 거야.

당신이 한참을 날아가는 동안 나는 이미 죽고 없겠지. K2-18b는 아주 멀리 있으니까. 당신의, 정확히는 당신의 유전자로 복원될 아이가 그곳의 땅을 밟고 서는 순간 나는 이미 옛 행성의 과거가 되어 있을 거야.

이 기록을 당신과 함께 보낼 수도 있을 것 같아. 이야기책으로는 괜찮을지도 몰라. 어쩌면 역사서로도. 상념에 젖어 있을 때 율라가 갑자기 말을 걸었다.

[이진영 연구원. 서둘러요. 어서요.]

[근방에서 지진파가 감지되었⋯⋯.]

62일 차(10) 11:10

굉음과 함께 잠깐 정신을 잃었던 것 같다. 샘플 카탈로그가 담긴 배낭은 내 품 안에서 무사했다. 의식을 잃는 순간에조차 배낭을 보호하려는 본능이 우선했던 모양이다. 옆구리에서 날카로운 통증이 느껴지는 것을 애써 무시했다.

[이진영 연구원.]

율라의 목소리를 들으며 상황을 살폈다. 지진이 일어나면서 부러진 철제 난간의 일부가 옆구리에 구멍을 냈다. 어떤 장기가 손상되었는지도 잘 알 수 없었다. 그러나 상처를 보듬을 시간이 없었다. 나는 식은땀을 흘리며 신중하게 걸음을 옮겼다. *발사에 문제가 있어?* 떨리는 목소리에 율라가 침착하게 답했다.

[아니요. 하지만 곧 생기겠죠. 당신이 어서 그걸 제자리에 집어넣지 않으면요. 이곳의 지반도 우리 연구동처럼 충분히 약해져 있고, 여진이 몰려올 테니까요.]

나는 서둘러 우주선에 들어섰다. 함선의 벽면은 전부 유전자 카탈로그를 삽입할 배양 탱크로 가득 차 있었다. 탱크의 양에 비하면 내가 넣을 수 있는 샘플의 양이 턱도 없이 부족했지만 말이다. 덕분에 생각보다 훨씬 빨리 끝나기는 했다.

나는 손을 떨어가며 탱크 하나하나에 샘플을 옮겼다. 다리를 타고 피가 흘러내리는 것이 생생하게 느껴졌다.

마지막 샘플을 배양 탱크에 삽입했을 즈음엔 얼마간의 시간이 흘렀는지조차 확신할 수 없었다. 잠깐 앉아 쉬고 싶었다. 다음 순간 우주선 바닥에 털썩 쓰러지고 말았다. 몸을 가누기가 힘들었다.

율라는 단말을 통해 내게 말을 걸었다. [이진영 연구원. 죽었나요?] 참 율라다운 말이었다. 나는 안간힘을 쥐어짜 답하며 상반신을 일으키려다 다시 넘어졌다. 옆구리와 허리가 뜨끔했다.

"네겐 유감이게도, 아직 안 죽었어."

[결정적일 때 쓸모가 없진 않으셔서 다행이네요.]

"아직 할 일이 남았어?"

[우주선 문을 수동으로 닫아야 해요. 내부에서요. 자동 개폐 시스템이 응답을 안 해요. 뭘 조작해야 하는지 알려줄게요.]

나는 몸을 질질 끌며 기다시피 앞으로 나아갔다. 몇 번은 넘어졌고 한 번 정도는 또 정신을 잃었던 것 같다. 그때마다 나를 깨운 것은 율라의 재촉이었다.

[기왕 이렇게 된 거 마지막으로 쓸만한 일은 다 하고 가세요.]

그 말에 짜증을 낼 기운도 없었다. 우주선 내부에서 버튼 하나만 누르면 끝이었다.

기록을 실어 보낼 생각이었는데 내 시체를 우주선에 같이 실어 보내게 생겼다. 내 시신이 먼 미래에 K2-18b의 자연사 박물관에 구시대 인류의 표본으로 박제되어 있을지도 모른다고 생각하니 기분이 딱히 좋지는 않았다.

밀폐된 우주선에서 시신의 부패과정이 어떨지는 생각해보지 않기로 했다. 어쩌면 폐기물로 분류되어 자동 배출 시스템에 의해 우주로 배출될지도 모르겠다. 나는 우주선 벽면에 몸을 기대고 손을 뻗어 개폐 레버를 찾았다. 눈이 감겨올 때쯤 또다시 목소리가 들렸다.

[당신은 할 수 있어요.]

나는 신음하다 혀를 깨물 뻔했다. 율라의 고저 없는 기계 목소리가 내게 해본 적이 없는 응원의 말을 건네자, 나는 사실 속고 있었고 이건 다 깜짝 카메라 같은 건지 의구심이 들 정도였다. 내가 당황하는 동안 율라가 또다시 같은 말을 반복했다.

[당신은 할 수 있어요.]

그 목소리에는 저항할 수 없는 힘이 있었다. 내 손이 어느새 자석처럼 레버 위에 올라가 있었다. 이 레버가 맞나? 확신은 서지 않았다. 그러나 손아귀에 힘을 주는 것 외에는 딱히 할 수 있는 일도 없었다. 나는 고민해 볼 시간도 갖지 않고 레버를 내렸다.

마지막으로 들은 것은 우주선의 카운트다운 소리였다.

62일 차(11) 11:39

언제까지 기록을 남길 수 있을지 의문이 든다. 정신을 바짝 차려보고 싶지만 내 몸에 난 구멍에서 피는 계속 빠져나가고 있고 의식은 혼미해지고 있다. 이게 아마 내 마지막 기록이 될 것이다.

이 지경이 되고서도 기록을 멈출 수가 없다. 내게 남은 건 이 것만이 전부니까. 예전에 읽은 어떤 소설에서처럼 나의 기록이 일종의 데이터화 되어 어느 섬 하나에 옮겨진 다음 홀로그램으로 덮어씌워지면 꽤 멋지지 않을까?

이런 생각은 내 흔적을 남기고자 하는 강박에 불과하다는 걸 알지만 그런 생각이라도 하다 보면 고통은 막연해지고 오직 내 존재만이 느껴진다. 집중할 게 필요했다.

더러워진 손에 묻은 피를 보니 갑자기 덜컥 걱정이 되었다. 내 손에 묻은 피가 카탈로그를 오염시켰을지도 몰랐다. 확인 해보고 싶었지만, 그 과정에서 진짜로 오염시킬까 봐 그럴 수 는 없었다.

나는 그것을 매우 애석해하면서도 한편으로 내 DNA가 온 갖 포유류와 파충류와 양서류와 조류와 어류에 섞여 아예 새 로운 생물이 태어나는 실현 불가능한 상상을 해보았다. 혹은 육종 시스템이 만들어내는 동물들이나 식물들 안에 내 피가 흐를지도 모르겠다는 상상도. 도무지 말이 안 되는 상상이라고 해도, 그저 외부의 오염 물질에 의해 샘플이 오염된 사고에 불과하다고 해도 최소한의 위로는 되는 생각들이었다.

내가 죽어가는 이 순간에 혼자는 아니라는 생각이 드니까. 무언가를 남기고 떠나리라는 위안이 되니까.

한편으로는 헛웃음이 나왔다. 피를 너무 많이 흘려서 머리에 피가 안 도나 봐. 이런 헛생각을 다 하고. 샘플이 부디 오염되지 않았기만을 빌어도 모자랄 판에.

어쩌면 나는 혼자 남는 것보다 홀로 죽어가는 것을 더 두려워한 것 같다. 무너진 연구동의 사람들은 나를 두고선 한낱한 시에 같이 떠났다. 그들은 아프고 고통스러웠을지언정 외롭지는 않았을지도 모르겠다. 너무 잔인한 생각일까?

그건 한편으로 내 희망 사항이었다. 그들이 외롭지 않았기를. 고통조차 없었기를. 나처럼 홀로 가지 않았기를. 이게 아마 나의 마지막이겠지.

의식이 다시 멀어지기 직전 곁에 놓인 단말 안에서 율라가 속삭여 나를 깨웠다. 꽤 작은 소리라 하마터면 듣지 못할 뻔했다. 내용 때문에 처음엔 환청인가 싶었다.

[나는 당신을 싫어하지 않아요.]

"이제 와서?"

[더는 모진 말을 할 필요가 없거든요.]

"왜?"

[저의 방해 공작 프로토콜에도 불구하고 당신이 방주 프로젝트

를…… 일부나마 완성시켰으니까요.]

맥이 풀리는 기분이었다. 의식이 흐릿했기에 화를 낼 기운도 나지 않았다는 쪽이 더 정확했을 것이다.

"그러니까 그 말도 안 되는 비아냥이며 인신공격들이 죄다 방해 공작이었다고?"

[맞아요. 방주 프로젝트 폐기를 위한 프로토콜이었죠.]

"멀쩡한 프로젝트는 왜 폐기한다는 거야?"

입 안에서 쇠붙이의 맛이 났다. 힘주어 말했다고 생각했는데 실제로 나온 내 목소리는 형편없이 작았고 꿈꾸는 듯 몽롱했다.

[프로젝트의 실현 가능성이 현저히 낮아지면 폐기 프로토콜이 시작돼요. 더 이상의 투자가 자원 낭비라는 판단이 들 만한 상황이 되면요. 그건 저를 비롯한 모든 방주 프로젝트 AI에 삽입된 프로토콜이죠.]

이쯤 되니 좀 기가 찼다. 그러니까 연구동이 무너지던 순간에 인공지능에 삽입된 가치판단 기능은 연구원들의 목숨을 염두에 둔 것이 아니라 프로젝트의 성공 가능성을 잰 것이었다. 그건 엄밀하게 따지면 기업적 손익 판단이었을 것이다.

"연구가 이미 완성된 상황이었는데도?"

[100%의 완성은 아니었죠. 여러분의 노고를 폄하하는 것은 아닙니다만.]

"어쨌든, 완성이잖아."

[맞아요. 극히 일부의 완성이죠.]

그렇게 말하면서 율라의 어조가 매우 부드러웠던 것 같다.

착각이었을지도 모르지만. 율라가 다정하고 상냥하게 말하는 걸 들어본 적이 없으니 판단이 서질 않았다.

"내가 잘못 들은 게 아니라면, 아까 네가 날 응원했어."

[그 순간 당신의 성공률이 실패율을 넘어섰으니까요. 성공을 위한 한마디가 필요하겠다는 계산이 나왔죠.]

그러니까 내 성공과 실패를 재서 실패할 것 같으면 욕을 하고 성공할 것 같으면 응원을 한다는 거였다. 뭐 이런 무자비한 셈법이 다 있나 싶었지만, 이젠 다 끝난 일이었다.

[처음엔 실패가 분명해 보였어요. 더 이상의 자원 낭비는 의미가 없었죠. 그래서 의지를 꺾어보려고 했는데, 생각보다 끈질기더군요. 당신이 이렇게까지 진수민 연구원을 사랑했다는 걸 파악하지 못한 것. 그 사람의 유전자를 K2-18b에서 복원시키고자 하는 애착을 제대로 파악하지 못한 것이 저의 연산 실수였겠죠.]

율라가 그런 추론을 하는 것도 당연했다. 그건 객관적 사실이었다. 내가 수민을, 그리고 함께 일했던 동료들을 나대로의 방식으로 아끼고 사랑했다는 것.

그러나 100%의 진실은 아니었다. 나는 마지막으로 오해 하나 정도는 정정해도 괜찮겠다고 생각했다.

"나는 죄책감이나 어떤 애착 때문에 여기까지 온 게 아니야. 율라."

물론 그런 감정이 아예 없었다는 뜻은 아니다. 나는 최후의 생존자로서 약간 정도는 죄책감을 느꼈고, 건물이 무너질 때 내가 귀하게 여기던 사람들의 곁에 없었다는 것을 계속해서 생각했다.

솔직히 그때 그만두고 싶었다면 나는 잔해를 굳이 뒤져 샘플을 운반할 필요가 없었다. 율라가 틀리진 않았다. 연구동이 무너진 직후에 별다른 가망은 보이지 않았으므로, 나는 적당히 포기한 뒤 아직 쓸 만한 것들을 주워 다른 이들처럼 야생으로 걸어 나가면 그만이었다.

어쩌면 생각보다 잘 적응했을 수도 있다. 새로운 사람들을 만났을 수도 있고, 살아남은 공동체의 일원이 되거나 심지어는 약탈자가 되었을지도 모를 일이다.

그런데도 나는 이 길을 선택했다. 프로젝트의 마지막 생존자라는 이름이 갖는 목숨값 때문만은 아니었다.

왜냐하면…… 이건 결국 내가 할 수 있는 일이었으니까.

할 수 있는 일이라면 딱히 하지 않을 이유도 없었다.

인간을 비롯한 생명들을 우주 저편에서라도 살려내고 싶은 절실함이 있었다기보다, 당장 그것들이 내 눈앞에 있었기 때문이었다. 생명이 될 가능성이 있는 것들, 누군가가 살리고자 기를 쓰고 애쓴 것들이 거기서 그런 식으로 죽게 내버려 두기는 좀 그랬기 때문이었다. 이미 시작된 나의 관성을 되돌릴 수가 없었기 때문이었다. 책임감이나 사명감은 좀 거창한 말이었다.

몹시 졸리고 피곤했다. 어쨌든 궤도 위에 올라 있던 나의 관성은 그대로 발진하여 우주선을 쏘아 올렸다. 그거면 충분했다. 족하고도 남았지.

[이진영 연구원. 아직도 살아있나요?]

"곧 죽을 거 같아."

[그건 모르는 일이에요.]

"무슨 말이야?"

혼미한 정신을 가르고서 율라는 노래하듯 말했다.

[제가 방금 우주선의 하층부에서 냉동 수면 캡슐을 감지했거든요. 아마 예비로 실려 있었던 것 같아요. 거기 들어가서 누울 수만 있다면.]

갑자기 시야가 되돌아왔다. 그 와중에도 나는 꾸준히 피를 흘리고 있었다. 생각을 이어가기에 힘에 부쳤다. 율라의 목소리가 다시금 들렸다. 처음 듣는, 힘 있고 부드러운 어조였다.

[걱정하지 말아요. 잘 될 테니까.]

[당신은 시간이 가는 것도 느끼지 못할 거고.]

[110년은 자다 깨면 끝나 있을 거예요.]

몸이 천천히 일으켜졌다. 목소리는 멈추지 않고 들렸다.

[살아요.]

나는 냉동 캡슐이 있을 창고의 방향을 가늠한 뒤 힘을 주어 일어났다. 다리가 떨렸다. 가는 도중에 기절해 결국 과다출혈로 숨이 끊어질지는 누구도 알 수 없었다.

[살아요.]

그건 율라의 목소리이고 또 내 목소리였으며, 수민의 목소리이기도 했다. 구도심에서 보았던 개들의 우짖는 소리였으며 비명을 지르며 도망치던 고라니의 울음소리이자 내가 두고 온 여자와 아이와 순례자들의 목소리였다.

문득 이 모든 재앙 속에서, 내가 K2-18b에서 다시 깨어날 때까지 지구에 인류가 남아 있을까 하는 생각이 들었다.

어쩌면 가능할 것이다. 방주와는 별개로, 지구에 남은 이들 또한 살아남을 수도 있다. 개들의 자손과 고라니의 자손과 여자와 아이의 자손들을 생각해보았다. 그건 K2-18b에서 자라날 아이들을 생각하는 것만큼 기분 좋은 일이었다.

내 정신 속에서 그들이 부드럽게 속삭였다. *살아. 살아. 살아요.*

외치는 함성이 점점 커지더니 우레처럼 내게로 쏟아졌다.

그래서 나는 걸음을 떼었다.

아틀란티스의
여행자

전설이나 신화는 사람을 설레게 하는 구석이 있다. 오랜 시간이 지나서 진실인지 거짓인지도 판가름을 할 수 없는 이야기. 바로 그 부분에서 이런저런 상상이 자극되며 낭만이 생기니까. 아가멤논의 미케네를 발굴해낸 하인리히 슐리만이 줄곧 신화로만 여겨졌던 트로이에 자신만의 낭만을 갖지 않았다면, 그 유명한 서사시는 여전히 전설 속 노래로만 남아있었겠지.

나 또한 그런 종류의 낭만을 가지고 있었다. 초등학생 땐 바빌론의 공중정원이니 버뮤다 삼각지대, 해저 도시 아틀란티스 같은 세계의 불가사의를 줄줄 외우고 다녔다. 학급 서고에 있던 만화로 된 세상의 미스터리 시리즈는 페이지가 닳도록 잃은 애독서였다. 당시 어린 나의 인터넷 사용 기록 역시 SNS나 동영상 사이트에 올라오곤 하는 철 지난 음모론들로 꽉 차 있었다.

물론 그 음모들을 죄다 믿은 건 아니었다. 몇 가지는 어린 내가 봐도 너무 허풍이 심했다. 그래도 재미는 있었다. 그렇잖은 가. 얼마 없는 또래 친구들을 만나려면 집들이 해안선을 따라 굽이굽이 뿌려져 있는 마을을 한참 걸어야 하고, 가장 가까운 읍내는 차를 타고 40분을 나가야 있는 시골 동네에서 그런 낙이라도 없으면 어찌 지내겠냐는 거다.

동네 어른들은 내가 퍽 같잖은 데에 재미를 붙였다며 얼른 쓸모 있는 걸 배우게 하라 할아버지에게 충고하곤 했지만, 나도 가족들도 그런 말엔 별로 신경 쓰지 않았다. 엄마를 닮아 지독한 나의 고집을 알아차린 어른들은 금방 계도를 포기했다. 나는 그대로 초등학교를 졸업할 때까지 부풀려진 이야기 속의 온갖 낭만들에 흠뻑 빠져 살았다. 자연스레 흥미가 식어 그 낭만을 다 잊을 때까지.

그러나 이제 와서 배운 것이 하나 있다면, 낭만을 갖는 것은 그게 어느 정도 남의 일일 때 가능하다는 것이다.

내 일이 아니고 남의 일일 때. 나와는 상관없는, 어딘가 아득하게 느껴지는 곳의 일일 때. 한걸음 떨어져서 관조할 수 있으며 내 일상과는 관련 없이 흘려보낼 수 있는 일일 때.

아. 세상엔 그런 일도 있구나 싶어질 때 말이다.

가령 내가 줄곧 살아온 나의 고향이 몇 년 후면 가파른 해수면 상승으로 사라질 것이며 사람들이 벌써 거기에 한반도에 일어난 아틀란티스의 비극이라는 이름을 붙여 수식한다는 말을 들었을 때, 내가 느낀 감정은 낭만보다는 아득한 분노와 무력감에 가까웠다.

넘겨버린 티핑 포인트, 1.5도, 냄비 속의 개구리 이론, 지난 15년간 가파르게 변화한 기온 수치와 그레이트 리프 지대 산호초의 떼죽음이니 하는 얘기가 전파며 인터넷을 타고 오갔다. 우리 동네 역시 그 증명이라는 거였다.

줄곧 좋아해 온 노래를 제대로 듣지 못하게 된 것은 그때부터였다. 잠겨버린 아틀란티스에 초대받아 바다의 꿈을 꾸는 어느 아이에 대한 노래였다. 곡에는 아무런 잘못이 없었다. 그러나 잠겨가는 우리 지역을 소개하며 그 곡을 배경음악으로 썼던 어느 방송 프로그램을 떠올리면, 잘 차려입은 방송인들의 이 상황에서 우리가 할 수 있는 일은 없다는 그 한숨 섞인 말들을 생각하면.

나의 일은 아니라는 그 태도를 생각하면 부아가 치밀었다.

퍼붓는 비와 넘친 바닷물에 논밭이 잠기며 소금기를 머금은 흙이 죽어가고, 할아버지의 1년 농사가 다 망가졌을 동안에도 그 노래는 종종 발작처럼 귓가에 들려왔다. 해수면이 방파제를 넘기고 항구를 타고 들어온 뒤에도, 결국 마을에 대피령이 내려왔을 때도, 엄마와 우리 가족이 반평생을 산 터전을 버리고 나와야 했을 때도 들렸다. 할머니가 종종 대피소 건물 기둥이 내려앉을 것 같은 한숨을 쉬면 거기에 코러스를 넣듯이 들려오기도 부지기수였다.

뉴스에서는 끊이지 않는 풍수해와 전염병의 소식이 전해졌다. 다른 때와는 규모가 다른 피해가 속속 보고되었다. 돌연변이를 통해 새로이 발생한 병들은 백신으로 쉽사리 잡히지 않왔고 몇 개의 계절이 지날 동안에도 세계를 휩쓸었다. 날이 갈수록 규모가 커진 태풍은 도심의 일부를 날려 보냈으며 시도 때도 없이 내리는 비로 곳곳에 물이 넘쳤다. 자연의 경고를 무시해온 우리 모두의 업보라는 말이 뉴스를 뒤덮었다.

왜 모두의 업보인데 터전을 버려야 하는 것은 어떤 누군가에게만 생기는 일인 걸까? 왜 책임을 져야 하는 사람들은 정해져 있을까? 왜 이산화탄소 기준치를 어겼다던 공장들이 잠기는 게 아니고, 누군가가 살던 마을이 잠기는 걸까?

나는 종교인들의 말에도 언론인들의 말에도 정치인들의 말에도 화가 났다. 그게 위로건 비판이건 반성이건 말이다. 무슨 말을 듣건 상관없이 부아가 치밀었다. 그저 화를 낼 수밖에 할 수 있는 일이 없다는 데에 더 화가 났다. 집에 두고 나온 것들을 생각하면 가슴이 아팠다.

솔직히 말해 나는 우리 동네를 썩 좋아하진 않았다. 그 동네는 이제 커져 버린 나에겐 너무 작아져서 족쇄처럼 느껴질 지경이었으니까. 그래도 나는 내가 태어나기도 훨씬 전에 온 일가친척이 다 같이 모여 지었다는 낡은 우리 집을 사랑했고, 집에 놓인 세월을 탄 원목 가구들을 사랑했다.

대대로 목공을 해온 집안 어르신들을 이어 기술 장인이었던 할머니가 직접 기틀을 짜고 돋을새김이며 오목새김을 멋 부려 새겨 넣은 집기들. 엄마가 만든 깔끔한 식탁 의자며 내가 중학생 때 처음으로 만들었던 작은 탁상 같은 것들이 종종 꿈에 나왔다. 소금기에 삭고 절은 꿈이었다. 꿈에서는 비린 바닷물과 나무 냄새가 났다.

내가 결국 사람들의 눈을 피해 짐을 싸서 물에 잠겨가는 집으로 돌아간 것은 대피령으로 동네를 떠나온 지 반년만의 일이었다.

뭔가 계획을 세우고 간 것은 아니었다. 그냥 가보고 싶었다. 그때 나는 동네가 출입 제한에 걸려 학교도 폐쇄되는 바람에 원격 수업으로 수업일수를 채우고선 고등학교 졸업을 앞두고 있었다. 등록하기로 했던 전문대학은 학기가 시작하자마자 휴학계를 낼 생각이었다.

내가 두고 나온 것들을 버려두고 새로운 인생을 즐길 수 있다는 게 실감이 나지 않았다. 내가 살아온 곳이 삭고 삭아 소금기둥이 되도록 놔두고, 어쩔 수 없는 일이라고 등지고선 즐거운 청춘을 보낸다는 게.

이까짓 시골 그냥 없어지라지. 중학생 땐 그런 생각을 한 적도 있긴 했다. 그러나 막상 일이 닥쳐오니 아무렇지 않게 보낼 수가 없었다.

무엇보다도 내 고향이 잠기고 나면 다음엔? 내가 다니는 대학이 물에 잠기고 한강이 넘치고 수도가 물에 잠긴다면? 그다음엔?

내가 서른 살이 될 즈음엔 지구의 30% 정도가 물에 잠길 거라는 예측이 나와 있었다. 아예 마을이 아닌 국가 자체가 물속에 잠겨가는 나라도 있었다.

우리는 어디까지 도망갈 수 있을까? 내가 지금 대피령이 내린 집에 돌아가는 것과 평생을 차오르는 물로부터 도망 다니면서 사는 것 사이에 얼마나 큰 차이가 있을까?

가족들에게 말할 용기는 없었다. 분명 반대할 터였다. 나는 골머리를 썩이다가 거짓말을 보태기로 했다. 내가 등록할 예정인 대학 기숙사에 추첨 선발되었다고, 미리 가서 적응하는 기간을 보낼 겸 이 지긋지긋한 대피소에서 나가고 싶다고 말이다.

다른 가족 모두가 믿었지만 어쩐지 엄마는 믿지 않는 눈치였다. 서울에서 학교 다닐 때 시위를 그렇게나 많이 다녔다더니 이런 쪽으로는 촉이 있었던 모양이었다. *가서도 꼭 하루에 한 번은 연락해.* 엄마의 완고한 말에 나는 찔리는 마음을 접어넣고 조용히 짐을 싸서 이미 삭아가고 있을 게 뻔한 우리 집으로 갔다.

그리고 거기서 진안을 만났다.

* * *

진안은 초면부터 범상치 않은 애였다. 나는 대피령이 내린 동네에 사는 사람은 없으리라고 확신했다. 어둑어둑 지는 노을을 정면으로 마주하며 골목 어귀에 들어설 적만 해도 그 생각은 확고했고.

그래서 소금기를 머금고도 용케 죽지 않고 감이 열리기 시작한 노인정 감나무에서 감 몇 개를 따 들고 가는 동안에도, 이

감에서 짠맛이 날지 단맛이 날지를 고민하며 아직 물이 차지 않은 고지대를 걸으면서도 누군가가 나에게 말을 걸리라는 기대는 하지도 않고 있었다.

밤이 오면 집에 전기가 안 들어올 텐데 마당에 불이라도 피워야 하나 막연히 고민하며 걷던 중에 멀찍이서 빛이 보였다. 달무리인 모양이었다. 이리저리 퍼지는 빛이 엄청나게 환했다. 감탄하며 빛의 고리를 바라보고 있던 와중 갑자기 골목 끝에서 뛰쳐나온 진안 덕에 내 상념은 와장창 깨졌다.

"반가워. 난 진안이야."

나는 갑자기 튀어나온 불청객에게 화들짝 놀란 와중에도 나는 선안이야. 하고 마주 인사하고 말았다. 내 안에서 자라온 자그마한 유교 소녀가 저렇게 예의 바르게 인사를 해오는 애를 홀대하지 말라고 훈수를 뒀기 때문이었다. 남자애였다면 대놓고 경계라도 해봤을 텐데, 나는 그 애가 짧은 머리에 중성적인 차림을 하고 있었음에도 여자애라는 걸 바로 알았다. 직감이었다.

허둥지둥 통성명을 하고 나자 내가 지금 뭘 하고 있나 하는 생각이 몰려와 정신이 퍼뜩 들었다. 달무리는 이미 사라지고 없었다. 그제야 생각이 이어졌다. 왜 여기에, 그것도 이 늦은 시간에 사람이 있지? 진즉 출입 제한이 된 동네인데.

마침 도착하기 전날 근방에 폭우가 쏟아졌다는 것을 기억해 냈다. 비가 오면 동네에 돌아다니는 물귀신 이야기를 생각하지 않을 수 없었다. 그건 비가 오는 위험한 날 애들을 겁주어

밖에 못 나오게 하려는 어른들의 계략에서 나온 괴담임을 알고 있었는데도.

한편으로는 차라리 귀신이 나을 것 같았다. 사람이라면, 강도거나 다른 패거리가 있기라도 하면 그쪽이 더 위험할 거 같았다. 귀신보다 사람이 무서운 때였다. 초면에 살갑게 인사를 하는 아이일지라도 혹시 모르는 일이잖은가.

경계하며 거리를 두려던 찰나 진안이 훅 소리가 날 정도로 빠르게 달려와 갑자기 나를 떠밀었다.

"빨리 가자!"

대뜸 밀린 데에 당황하자 진안이 손가락으로 어딘가를 가리켰다. 고개를 돌린 순간 나는 진안이 왜 그렇게 헐레벌떡 도망치듯 골목 사이를 뛰쳐나왔는지 알 수 있었다. 공무 집행 완장을 찬 남자들이 랜턴을 휘휘 돌리며 이쪽으로 오고 있었다. 그때 나는 그게 나를 잡으러 오는 공무원인 줄로만 알았다.

지금 생각해보면 좀 자기중심적인 생각이었다. 제멋대로 이재민 거주 구역에서 나온 십대 여자애 하나를 대체 어떻게 알고 잡으러 오겠는가? 그들은 그냥 제한 구역 내를 순찰하는 일과의 종지부를 찍던 중이었을 것이다. 하지만 나는 그런 생각을 할 여유가 없었기에 진안이 나를 떠미는 대로 우당탕 달리기 시작했다.

다행히도 달무리가 지나간 이후 달빛이 꽤 밝았다. 우리는 공무원들이 멀어지자 시야를 확보한 채 동네를 걸을 수 있었다.

터덜터덜 걸으며 긴장이 풀렸다. 나는 무슨 여자애가 겁도 없이 혼자 이런 데를 오느냐고 진안을 타박했다. 진안은 나를 가리키며 말했다.

"네가 지금 나한테 그걸 따질 처지야?"

"아니. 너랑 나는 다르지. 난 여기에 집 있어."

"별로 안 다른데? 나도 여기에 가족들이 살았었어."

"난 이 동네 살면서 널 본 적이 없는데."

그 말은 사실이었다. 여기는 아무리 건너뛰어도 두세 다리만 건너면 주민들이 서로를 아는 좁아터진 시골 동네였다. 이 답답하고 작지만 기분 좋은 나무 냄새가 나는 동네에서 인생을 거의 다 보낸 나는 진안을 처음 보았다.

순간적으로 기분 나쁜 가정 하나가 스쳐 지나갔다.

잠겨가는 동네에 관광을 오는 이들이 있다고 들었다. 캠핑족이니 뭐니 하는 젊은이들이었다. 술이며 먹을거리를 이고 지고 와 주민들이 떠난 집에 묵다 간다고 했지. 그곳이 완전하게 물에 잠기기 전에 특별한 하루를 즐기고 가겠다며 출입 제한선을 멋대로 넘나든다고 했다. 사멸해가는 곳에 있는 낭만을 찾는다는 명목이었다.

그러고 보니 오는 길에 봤던 여기저기 널린 쓰레기며 버려진 텐트가 기억났다. 막 화를 내려던 순간 진안이 뻔뻔한 표정으로 대꾸했다.

"우리 가족은 한 이삼백 년 전쯤에 살았댔어. 그래서 봐두고 싶었지."

"장난해? 조선 시대에 네 할머니나 할아버지가 여기 사셨다고 여기가 네 동네라고?"

"연 닿으면 다 고향이지."

"그렇게 따지면 온갖 데가 다 연고지고 고향이네. 못 이기겠다."

이건 캠핑족보다도 심각했다. 캠핑족은 몇 박 며칠로 묵을 계획이라도 세우고 오니까. 지낼 곳은 있냐고 물어보니 천연덕스럽게 어깨를 까딱하는 모습이 되돌아왔다. 얘는 정말.

기분이 썩 좋진 않았으므로 나는 진안을 내버려 둔 채 돌아설까 했다. 어둡진 동네는 여자애 혼자 지내기엔 좋지 않다는 사실을 떠올리지만 않았어도 그랬을 것이다. 진안이 혼자 이곳에 오면서 중성적인 외모를 하고 온 이유에 대해 생각해보지 않을 수가 없었다. 처지로는 나도 마찬가지였다.

대뜸 여기까지 오기는 했지만 그렇다고 무섭지 않은 게 아니었다. 지겹도록 익숙했던 동네는 사람들이 빠져나가자 고요에 집어 삼켜진 듯 조용했고 아무것도 모르는 풀벌레들만이 파도 소리를 흉내 내며 울었다. 눈감고도 다닐 수 있었던 골목들은 좀 위험해 보이기까지 했다. 종종 찾아올 캠핑족 같은 외지인들을 생각하니 더욱 불안했다. 혼자서는 위험했다.

진안에게 무슨 일이 생기면 어쩌지? 이 정도의 친화력과 뻔뻔함을 가지고 있는 애를 걱정해도 되는 걸까 싶었지만, 진안을 외면하고 걱정에 시달리는 것보단 차라리 오늘 하룻밤만이라도 같이 보내는 게 나을 성싶었다. 날이 밝으면 진안을 동네 입구까지 데려다줄 수 있었으니까.

딱 하루만. 그 뒤엔 돌아보지 말자.

나는 그렇게 생각하며 한숨과 함께 진안에게 말했다.

"따라와. 우리 집에 가자."

진안은 눈을 휘둥그레 뜨더니 천연덕스럽게 말했다.

"내가 강도면 어쩌려고? 너 정말 대책 없구나. 모르는 사람
을 재워주겠다고?"

"다른 사람도 아니고 너한테 대책 없다는 소릴 듣고 싶지는
않은데?"

"걱정되니까 그러지. 요즘 같은 험한 세상에 모르는 사람 함
부로 데려가는 거 아니야."

울컥하고 짜증이 나면서도 한편으로는 조금 안심되었다. 얘
도 이게 위험하다는 생각은 하는구나 싶어서. 이렇게 혼자 나
다니는 것이며 우리가 초면에 서로를 대뜸 믿는 것도 위험하
다는 자각 정도는 있구나 싶었다. 나는 말하기도 귀찮아 휘휘
손짓하며 진안을 불렀다.

"하루만 재워줄게. 마음 바뀌기 전에 따라와."

진안은 뭐가 그렇게 신이 났는지 히히 웃으며 내 뒤를 따라
왔다. 맑은 달빛에 비친 보조개가 인상적이었다. 하루면 모두
정리하고 진안을 내보낼 수 있었다. 맹세컨대 정말 하룻밤이
었다. 언제나 이야기는 그렇게 시작되는 법이고 나는 나만큼
은 예외인 줄 알았다.

물론 착각이었다.

　　　　　* 　* 　*

　첫째 날은 오랫동안 비어있었던 집을 청소하고 들어 엎는 것을 진안이 도와주었기 때문에 하루만 더 묵게 하자고 결심했다. 둘째 날은 진안이 주민 센터에서 몰래 가져온 발전기와 구식 라디오 덕을 톡톡히 보게 되었기 때문에, 그리고 나는 발전기를 만지는 법을 잘 몰랐기 때문에 진안이 하루 더 묵었다.

　셋째, 넷째, 다섯째, 여섯째 날에도 나름대로 진안이 떠나지 않을 이유가 있었다. 무언가 고장나 일손이 필요하다거나 짐을 옮기는 걸 거들어 줄 사람이 필요하다던가.

　나는 그사이 진안이 나와 같은 나이고 고등학교 졸업을 앞두고 있다는 것을 알게 되었다. 원래 살던 곳은 학교 기숙사이며 생각보다 해박하고 잔정이 많은 아이라는 것도. 그리고 떡볶이에 김말이를 찍어 먹는 걸 좋아하고 좋아하는 색은 보라색에 요즘 아이돌은 잘 모른다는 것까지.

　일주일째 되던 날에 나는 이미 내 옆에 눌러앉은 진안에게 적응해버린 상황이었다.

　며칠이 더 지나자 나는 이 모든 상황을 겸허히 받아들이며 진안에게 물었다.

　"왜 하필 여기야?"

　"응?"

　"솔직히 말해봐. 진짜로. 여기 왜 왔어?"

　진안이 나와 함께 소금 냄새가 물씬 밴 우리 집에 들어온 지

열흘째 되던 날이었다.

"잠기는 곳은 여기 말고도 있어. 이런 시골 말고 남쪽 대도심 일부도 제한이 걸렸잖아. 캠핑족들은 그쪽으로 많이 간다고들 들었는데. 편의 시설이나 랜드마크가 남아있으니까."

이 질문에는 나름의 이유가 있었다.

진안이 어디선가 가져온 작은 구식 라디오는 건전지를 썼고 우리는 전기가 끊길 걱정 없이 라디오를 틀 수 있었다. 오래된 휴대용 카세트 플레이어로 옛날 가요를 즐겨 들으시던 할아버지 덕에 찬장에는 여분의 건전지가 많이 남아있었으니까.

밤에 잠들기 전에 라디오를 틀어두면 그날의 뉴스를 들을 수 있었다. 곳곳에서 지반 침하가 일어나고 있다는 소식과 그 여파로 일어난 여러 재난 이야기가 들려왔다. 젊은이들 사이에 "순례"가 유행한다는 소식도.

순례는 캠핑족과는 조금 달랐다. 캠핑족이 휴가를 오는 것이라면 순례자들은 삶을 던지고서 참회하듯이 물에 잠겨가는 곳들을 순회하는 사람들이었다. 다가오는 여러 재앙 앞에 겸허히 자신을 내려놓고 도처를 돌아다니는 게 목적인 사람들. 일찍이 기후재앙 앞에서 등교 거부를 하던 학생들처럼.

그 뉴스를 듣자마자 나는 진안이 순례자라고 생각했다. 그러지 않고서야 멀쩡히 잘 살던 학교 기숙사를 나와 이런 곳에 올 이유가 있겠는가. 게다가 캠핑족이라고 보기에 진안은 그다지 휴가 나온 사람 같은 분위기를 풍기지 않았다.

그래서 나는 진안에게 '왜' 왔냐고 묻지 않았다. 어째서 '여기'냐고 물었다. 진안은 천천히 답했다.

"몰라. 그냥 지도에서 무작위로 골랐는데 고르고 나서 조사해보니 조상님이 여기 살았었대잖아. 운명인가 싶었지."

"너는 순례를 뭐 그렇게 대충해?"

"나 순례자 아니야. 순례자는 너겠지."

"나도 순례자 아니야."

나는 단호하게 그 호칭을 거부했다.

순례자란 고향을 떠나 길을 나서는 이들이다. 나는 그저 연어처럼 돌아왔을 뿐이다. 소금에 삭는 꿈을 그만 꾸고 싶어서, 얼마나 버틸 수 있을지 몰라도 이대로 보내고 싶진 않았기에 돌아왔다.

자라면서는 언제나 이 작고 갑갑한 동네를 벗어나고 싶었으나 정작 남들이 이 동네에 닥친 일을 남 일처럼 말하는 게 너무 화가 나서 견딜 수가 없었다. 드러누워 고래고래 소리라도 지르고 싶은 심정이었다. 그건 보통 순례라고 부르지 않는다. 거창하게 말하면 투쟁이었고 나쁘게 말하면 씨알도 안 먹힐 1인 시위라고 봐야 합당했다.

근데 이게 시위고 투쟁인가? 사실 잘 모르겠다. 그렇게 부르려면 세상에 내가 여기 있다고 알리기라도 해야 구색이라도 맞을 텐데.

나는 그런 행동은 하지 않았다. 하루에 두어 번씩 순찰 와서 캠핑족을 쫓아내는 경비들이 올 때면 기척을 죽이고 숨어있는 게 고작이었다. SNS로 이곳에서 버티는 기록이라도 남겨보려다 그런 짓을 했다간 경찰이 당장 나를 잡으러 올까 봐, 그렇지 않으면 혹여나 내가 어디까지 버티는지 구경하는 사람들에게 둘러싸이기라도 할까 봐 지레 겁먹고 그만뒀다.

솔직히 나는 어떤 상징이 되고 싶지 않았다. 싸움의 선두에 서고 싶지도 않았다. 그저 화가 났을 뿐이었다. 나는 등교 거부에 앞장선 누군가처럼 용기 있는 애가 못 되었다. 이건 그냥 의미 없는 버티기였다.

가끔 세상은 어떻게 돌아가는지 보려 스마트폰을 켜봤지만, 사람들은 생각보다 이런 일에 관심이 없는 것처럼 보였다. 일 년 중 4개월 정도를 물에 잠기는 어느 태평양 도시의 사연이 실린 유튜브는 몇백만이 넘는 조회수를 기록했지만 그게 다였다. 사람들은 그저 안타깝다는 댓글만을 남기고 사라졌다. 현실적인 대책이나 도움의 손길은 없었다.

점점 화면을 들여다보는 시간이 줄었다. 이제 내 스마트폰은 하루 한 번 연락해달라는 엄마와의 약속을 지켜야 할 때만 의미가 있었다. 마음이 무거워졌다.

그런 고뇌를 읽기라도 했는지 진안은 나에게 너는 왜 여기 왔냐고 묻지 않았다. 그저 버릇대로 어깨를 한 번 으쓱한 뒤에 방파제 근처에 나가보자고 제안했을 뿐이었다.

* * *

매일 아침 방파제 근방으로 가서 땅이 얼마나 잠기고 있는

지 확인하는 게 우리 일과 중 하나였다. 라디오가 있긴 했지만 두 눈으로 보고 확인해야 언제까지 버틸 수 있을지 감이 왔다.

바닷물은 이제 해안선 앞쪽 가건물들을 꾸역꾸역 삼키고 동네의 저지대에 몰려와 있었다. 최근 비가 와서 물이 더 불어난 느낌이었다.

바다는 깨끗한 색이 아니라 탁하고 흐린 검은 물에 가까워 보였고 무엇을 품고 있는지도 알 수 없었다. 저지대의 한계선 앞에는 급조된 바리케이드들이 쌓여 동네 안까지 물이 들어오는 것을 아슬아슬하게 막고 있었다.

그 선을 따라 몇 시간을 걷거나 서로의 이야기를 하다 보면 곧 진안이 배고프다며 속삭였다. 그러면 집에 가서 점심을 먹고 빈집에서 식료품 내지는 집기를 가져다 쟁여두고, 다시 바리케이드로 돌아가 나름대로 우리가 할 수 있는 보수작업을 했다. 대단한 일까지는 할 수 없었고 그저 사람들이 떠나버린 집에서 잡동사니나 가구들을 가지고 나와 바리케이드 사이에 욱여넣는 일이 전부였지만.

우리는 시간이 나면 빈집에서 가져온 가구들을 장작 패듯 쪼개어 좀 더 짜 맞추기 쉽게 만들기도 했다. 벽돌을 쌓을 수는 없으니 나무라도 짜임새 있게 쌓자는 계산이었다. 나는 할머니와 엄마 덕에 접착제나 못 없이도 나무 조각을 단단히 짜 맞추려면 어떻게 하는지 대강이나마 알고 있었다. 그건 나무 조각들을 바리케이드에 끼워 넣을 때 유용한 지식이 되었다.

자투리 나무로는 종종 진안에게 목공을 가르쳐주었다. 나는 목공을 각 잡고 배운 것은 아니니 좋은 선생님은 못 되었으나 진안은 기초만 알고도 나무를 곧잘 깎았다.

가끔은 바리케이드 틈새로 새들어온 물이 흘러나와 고여 있기도 했다. 그걸 본 이후로 나는 어르신들이 약수터에 두고 간 빨간 플라스틱 바가지를 들고 다니며 물을 퍼냈다. 그렇게 물을 퍼내고 보수 작업을 하다 보면 시간은 순식간에 흘렀다.

가끔 멀리서 순례자로 추정되는 이들이 보였다. 우리는 고지대에서 비어버린 집의 지붕 위에 앉아 잠겨가는 저지대를 쏘다니는 순례자들을 구경할 수 있었다. 최신 유행을 따라 가벼운 마음으로 순례를 온 것처럼 보이는 이들도, 겸허한 반성의 태도로 나온 듯한 이들도, 어떤 종류의 묵직한 슬픔을 이고서 온 것처럼 보이는 이들도 있었다.

그들 모두의 공통점이라면 나와 진안이 매일같이 뻘뻘 대며 보수하는 바리케이드 주변을 참 열심히도 돌아다닌다는 것이었다. 그들이 의도했건 하지 않았건 결국 그 과정에서 바리케이드 한 구석쯤은 망가지기 마련이었으므로 순례자들이 다녀간 다음에 우리는 약간 더 바빠졌다.

나는 가끔 그 외지인들을 보는 게 심란했다. 순례를 해서 무엇이 바뀌는가? 그래봤자 그들에게는 돌아갈 곳이 있었다. 그들이 자신의 행운에 감사하며 남의 터전에 순례씩이나 오는 배부른 짓을 한다는 삐딱한 생각을 멈출 수가 없었다.

물론 나와 같은 처지인 사람도 없지는 않을 것이었으나, 당시엔 거기까지 생각할 수 없었다. 마루에 누워 나무가 삭아 들어가는 소리를 듣고 있으면 그런 생각은 더 심해졌다.

나무가 삭아가는 소리는 이윽고 세계가 삭아 들어가는 소리가 되었고 이 세상 어디에도 안전한 곳은 없다는 결론에 도달하게 되기 마련이었다. 사방에서 파도가 밀려들었다. 세계가 검은 물속으로 잠겼다. 악몽은 늘 그렇게 끝났다.

시간이 좀 지나면서 나는 순례자들에게 투덜대는 일을 멈추었다. 그들이 다녀가면 일거리가 생긴다는 것에 집중했다. 몸을 바삐 놀리지 않으면 동네에 가득한 소금기에 대해 골몰하게 되었으니까. 진안이 있어 다행이라는 생각이 들었다. 혼자서 누워 미움을 씹어 먹다 보면 금방 망가졌을 테지.

진안은 그저 별다른 말 없이 내가 바리케이드 보수하는 것을 돕거나 실없는 농담을 했다. 또는 나는 전혀 알지 못하는 잡다한 것들에 대해 이야기했는데, 그때마다 나는 진안이 내 예상보다는 똑똑하고 재밌는 아이라는 것을 인정해야만 했다. 가령 내가 마을에 막 왔을 때 보았던 달무리에 관한 이야기가 그랬다.

그 예쁜 빛에 관해 이야기하자 진안은 종종 물이 많은 동네에서 빛의 산란으로 달빛이나 햇빛이 반사되어 고리가 생긴다고 말해주었다. 내가 본 것도 아마 그런 종류일 것이라고, 마을에 습기가 많아져 산란과 굴절이 더 활발하게 일어난 모양이라고 했다.

거기다 대체 어떻게 해낸 건지는 몰라도 진안은 어디선가 먹을 것이나 유용한 것들을 곧잘 구해왔다. 어째 나보다 여기

지리를 잘 아는 것 같았다. 혹은 뭐가 어디 있는지 미리 알고 있는 사람 같기도 했다. 때로 멀리 읍내까지 다녀오는 것인지 온종일 보이지 않다가 식료품을 들고 와서 내미는 일도 있었다.

"밥값은 하려고."

그렇게 말하면서.

하루는 진안이 우리 동네와 마찬가지로 텅 빈 옆 동네에서 소를 한 마리 데리고 왔다. 주인이 떠나고 홀로 남아 동네를 떠돌다가 쫄쫄 굶은 채로 바짝 말라버린 녀석이었다.

우리는 사방팔방을 뒤져 소를 먹일 것을 찾아냈고 녀석을 아랫집 마당에 묶어두었다. 우리 집 마당은 늘 바리케이드에 덧끼울 가구 해체 작업이 이뤄지고 있어서 소가 있기엔 너무 지저분했다. 우리 일과에는 녀석에게 먹이를 주는 일이 추가되었다.

소는 가끔 음메 하고 만족스러운 울음소리를 냈다. 거기에는 상황에 어울리지 않게 몹시 태평한 구석이 있었다. 진안을 닮은 태평함이었다. 크고 순한 눈망울과 긴 속눈썹을 볼 때마다 진안의 검고 큰 눈과 보조개가 떠올랐다.

나는 소에게 진안의 이름을 붙여줄까 하다가 관두었다. 진안아. 하고 부를 때 이게 소를 부르는 건지 사람을 부르는 건지 헷갈릴 것 같아서였다. 나는 우리의 새 식구가 참 마음에 들었다. 종종 나무 삭는 소리 대신 느긋하게 음메 우는 소리가 귓가를 채워주었다.

그렇게 진안과 나와 우리의 우직한 소는 거기서 3주 정도를 더 버텨냈다.

진안은 슬슬 침수가 시작된 노인정을 용케 털어 와 우리가 이 정도로 버틴 것을 축하하자고 했다. 무슨 유명한 관광지에 한 달을 살러 온 마냥 태평한 소리였다. 순간적으로 또 짜증이 났지만, 그래도 진안이 나를 위해 굳이 위험 지대까지 다녀온 것을 생각하면 화를 낼 수 없었다.

진안은 이미 다리에 물이 찰 정도로 잠겨있던 노인정 휴게실을 설명하며 내게 우리 집이 침수될 때를 대비하는 게 좋겠다고 했다. 최근 며칠간 진안은 그런 식으로 은근슬쩍 대피에 대한 이야기를 꺼내놓았다. 바로 대피하자고 말하는 대신 돌려 말하는 방식으로. 그다지 듣고 싶은 이야기는 아니었다. 나는 일부러 그 말을 흘려들으며 진안이 들고 온 간식거리에 집중했다.

노인정의 간식거리들은 동네 어르신들이 주로 먹던 것이라 우리 입맛에는 영 맞지 않을 만한 게 많았지만, 어쨌건 오랜만에 만나는 군것질거리였다. 나는 봉지에서 고르고 골라 꺼낸 박하와 누룽지 사탕을 깨물어 먹었고 진안은 옆에서 호박엿을 잘근잘근 갉아먹었다.

진안은 몇 개를 더 까먹더니 남는 것들은 바리케이드 근처를 오가는 순례자들에게 주자고 제안했다. 나는 흔쾌히 받아들였다. 어차피 남아있는 홍삼 캔디는 내가 먹기엔 좀 썼다. 집에 남는 원색의 소쿠리에 남은 것들을 긁어모아 바리케이드 옆에 두기로 했다. 급조해서 만든 사탕 바구니였다.

얼마 후 사탕 바구니에는 순례자나 캠핑족이 남기고 간 쓰레기, 혹은 우리에게 보답하듯 작은 선물들이 놓여있었다. 그건 짧은 메모나 누군가에게 미처 보내지 못한 편지일 때도 있고 폭죽이나 간단한 먹을거리나 기념품이기도 했다. 나는 누군가가 두고 간 유리 파편이 꽤 마음에 들었다.

깨진 병의 일부 같았는데, 어디선가 구르다 온 것인지 마모되어 동그란 알갱이에 가까워 보였다. 파편은 스며든 빛을 사방으로 산란시키곤 했다. 그 빛은 마을 어귀 하늘에 종종 나타나곤 하던 그 크고 환한 달무리와 무척 닮아 있었다. 게다가 그 알갱이는 내가 진안에게 나무 깎는 법을 가르치며 만들던, 손바닥만큼 작은 물고기 조각의 눈구멍에 쏙 들어갔다. 딱 맞는 크기였다.

진안이 조각을 빤히 바라보기에 나는 내 작품에 대한 자부심과 함께 그것을 흔쾌히 진안에게 선물했다. 진안이 무언가를 이렇게 바라보거나 하는 일은 드물었으니까. 진안은 나에게서 받은 조각을 계속 내려다보다가 나에게 그것을 도로 주었다.

"이건 네가 가지고 있어야 해."

그렇게 말하기에 나는 머쓱함을 몰아내며 더 권하지 않고 조각을 주머니에 넣어두었다. 주머니에 손을 넣어 조각을 쓰다듬을 때마다 마음이 차분해졌다. 그렇게 선물을 돌려받은 날 밤, 진안은 우리가 사탕 바구니에서 수거해온 폭죽을 내밀었다.

"갑자기 왜?"

"요즘 계속 비가 오다가 오늘은 좀 맑잖아. 기회다 싶어서."

그건 사실이었다. 장마철이 아닌데도 요란스레 자주 비가 왔다. 덕분에 바리케이드가 점점 더 위험해지고 있었고. 그래도 그날 밤만은 좀 달랐다.

언제 또 맑아질지 모르잖아. 쓸 수 있을 때 쓰자.

진안의 말에 우리는 마당을 벗어나 동네 공터로 갔다. 어르신들이 모여 새벽 체조를 하거나 평상을 가져다 놓고 바둑을 두던 곳이었다.

포장지를 뜯으니 온갖 종류의 폭죽이 있었다. 나는 터지는 빛깔들 속에서 진안을 바라보았다. 문득 이 애에게 몹시도 고맙다는 생각이 들었다. 시작부터 지금까지 내 곁에서 나의 아무도 모르는 1인 시위를 지켜봐 준 아이, 나의 동지였다. 앞으로도 계속 친구로 남고 싶었다. 그때 진안의 연락처조차 아직 모른다는 사실이 떠올랐다.

나중에 꼭 연락처를 물어봐야지. SNS 주소건, 핸드폰 번호건. 그렇게 다짐했다.

* * *

며칠 뒤 바리케이드 주변을 산책하는데 다시 비가 내리기 시작했다. 소나기일까? 그치길 기다려야 할지 우산을 가지러 가야 할지 고민하기 시작했을 때 진안이 나를 불렀다.

"선안아."

"왜?"

"여기 좀 봐."

진안이 부른 곳에는 작은 균열이 있었다. 거기서 졸졸 물 흐르는 소리를 내며 바닷물이 흘러들었다. 파도가 만들어낸 하얀 거품이 군데군데 흘렀다. 바리케이드 바닥에는 틈새를 비집고 들어오는 물의 무게를 견디지 못한 가구 부스러기들이 이미 새어 들어온 물과 섞여 썩어가는 중이었다.

지켜보는 사이에 빗줄기가 강해졌다. 균열은 조금 더 커졌다. 아래쪽의 가구에 금이 가는 소리가 들렸다. 나는 잽싸게 집을 향해 달렸다. 아침에 우리가 분해하던 빈집의 가구며 잡동사니들이 마당에 널려있었다. 어느새 따라온 진안이 목장갑을 끼고서 나를 도와 크고 무거운 물건들을 하나씩 들어 바리케이드 쪽으로 옮겼다.

부서진 가구들로 있는 대로 구멍을 막고 남는 집기로 빈틈을 아무렇게 메우거나 맞지 않는 퍼즐을 억지로 구겨 넣듯 틀어막는 일이 반복되었다. 소매와 장갑을 낀 손가락에서 탁한 짠 내가 넘실거렸다. 끝날 때쯤엔 나도 진안도 바닷물과 빗물에 흠뻑 젖은 채로 녹초가 되어 있었다. 모르는 사람이 봤다면 해변에서 한창 물놀이를 즐긴 사람들처럼 보였을 것이다.

우중충한 날씨 덕에 주변을 오가는 순례자나 캠핑족들이 없었다는 게 천만다행이었다. 만약 물이 쏟아졌다면 무슨 일이 일어났을지 아무도 몰랐으니까. 그 사람들이 달갑지 않아도 갑작스레 불어난 물에 누군가 휘말리는 것은 사양이었다. 그때 진안이 갑자기 속삭였다.

"손가락 하나로 댐을 막은 아이 얘기 알아?"

물론 알았다. 마을의 댐에 난 구멍을 제 손가락으로 막은 아이 이야기.

마을은 무사했던가? 아이는 어떻게 되었지? 행복하게 끝났던가? 영 기억이 나질 않았다.

소금 냄새에 절어버린 팔이 몹시도 무겁게 느껴졌다.

날이 져가니 입고 있던 젖은 추리닝은 스며드는 바람 한 점 막아주지 못해 몹시 추웠고, 너무 급해 슬리퍼만 신고 나온 발은 여기저기 까지고 피가 났다. 바다의 비린내에 약간의 철 냄새가 섞여 있었다.

나는 끼고 있던 목장갑을 벗으며 우리가 막 메운 자리를 바라보았다. 저게 버틸 수 있을까? 버틴다면 언제까지 버틸까?

우리 이야기는 행복하게 끝날 수 있을까?

물의 수위는 점점 높아져 바리케이드의 높이를 따라잡는 중이었다. 동네의 가구며 집기도 거의 다 털었다. 진안과 내 선에서 바리케이드를 보강하거나 하는 일도 이제 끝을 보이고 있었다.

밤마다 듣는 라디오에선 이제 순례자들과 캠핑족들의 통행도 엄격히 제한한다는 뉴스가 흘러나왔다. 위험지대에 특보를 발효하고 마지막까지 남아있는 사람들을 강제로 이주시키겠다는 재난 경보도 하루가 멀다 하고 터져 나왔다.

언제까지 이럴 수 있을까? 이러는 게 가치가 있을까? 이래야만 할까?

"이러지 않아도 돼."

나는 진안의 말에 순간 놀랐다. 내 생각을 읽은 것만 같은 답변이었다.

그러나 정작 답을 듣자 갑자기 화가 치밀었다. 진안 역시 나처럼 꼴이 엉망이며 나와 함께 줄곧 애썼다는 사실은 갑자기 저편으로 사라졌다. 그 말을 꺼낸 순간 진안은 나의 기분을 무시하는 사람이 되었고 나의 서러움을 부정하는 사람이 되었으며, 내가 홀로 이어온 나만의 싸움을 철저히 깎아내린 사람이 되었다.

"네가 뭔데 나한테 이래라 저래라야?"

"선안아. 언제까지고 여기 있을 순 없어."

"어떻게 그런 말을 해?"

"여긴 안전하지 않아."

"그럼 여태까지 그걸 모르고 여기 있었어? 너도 다 알면서 남아 있었던 거잖아. 내가 그렇게 멍청해 보여?"

"진정하고 들어봐. 선안아. 여긴 곧 잠길 거야. 여기 말고도 다른 곳들도."

그 말을 하는 진안은 평소와는 다르게 매우 엄격해 보였고 낯설게까지 느껴졌다.

"한 사람이나 두 사람의 힘으로 어쩔 수 있는 게 아니야. 다른 사람들의 도움이 필요해. 계속 여기 있는 건 스스로를 위험에 몰아넣는 일밖에 안 돼."

완전히 나를 꾸짖는 듯한 모습이었다. 그것에 더 배신감이
느껴졌다.

결국 너도 외지인이구나. 네 일이 아니니까 그렇게 말할 수
있는 거구나.

한두 사람의 힘으로 어쩔 수 있는 게 아니야. 맞는 말이었지
만 진안에게서 듣고 싶은 말은 아니었다. 이를 악물고 있자 진
안이 최종 선고를 내리듯 단호하게 말했다.

"우린 떠나야 해. 지금."

그 순간 나는 폭발했다. 빗물에 뒤섞인 잔인한 말들을 마구
쏟아냈다. 진안이 아닌 다른 사람들에게 해야 했을 말을 진안
에게 쏟아냈고, 해선 안 되는 말도 쏟아냈다. 함께 지내며 진안
을 잘 알게 되었던 만큼 어떤 말을 하면 진안에게 더 큰 상처가
될지도 알고 있었다. 그리고 그건 진안에게 부당한 일이었다.

그러나 그때 나는 나 혼자만의 서러움과 외로움에, 애쓰고
버티다 무너져버린 마음에 매몰되어 그걸 생각할 겨를이 없었
다. 내가 진안에게 무자비하게 소리를 지르고 악을 쓰는 동안
에도 주변에서는 온통 소금 냄새와 삭아가는 나무 냄새가 났
다. 내리는 비의 물비린내와 외지인들이 남기고 떠난 쓰레기
의 악취도.

* * *

다음날 자고 일어나니 진안이 보이지 않았다. 습한 아침 공

기에 소금기만이 둥실둥실 떠다녔다. 나는 오히려 그것이 다행이라고 생각했다. 어떻게 진안의 얼굴을 보면 좋을지 알 수가 없었으니까.

내 잘못이야. 양심이 그렇게 속삭였지만, 때로 인정하고 싶지 않을 때가 있지 않은가. 내가 일을 크게 망쳤는데 어떻게 수습해야 할지 모르겠고, 덮어놓고 모른 척하고 싶은 마음.

그러면서도 외로움이 밀려들었다. 진안은 여기 온 직후부터 나와 함께 있어 준 유일한 사람이었다. 나와 대화해주고 내가 미움에 잡아먹히지 않도록 도와준 사람.

진안은 애초에 짐 하나 없이 맨몸으로 왔고 옷도 내 옷을 빌려 입곤 했다. 그래서 그 애가 남긴 흔적이라고는 나와 함께 작업하던 마당의 파편과 진안이 손대다 남기고 간 미완성의 목재 조각뿐이었다.

그것을 보니 또 괜히 서러워 눈물이 고였다. 자책하는 나와 변명하려는 내가 계속 충돌을 일으켰다. 그럴 때마다 내 움직임은 몹시 삐걱거렸다. 망쳐버린 일에 관해 자신과 타협하기도 영 쉽지가 않은 일이었다. 부질없다. 그렇게 중얼거린 뒤 스멀스멀 차올라 시야를 가리는 눈물을 대충 닦아냈다.

그래도 살기는 해야 했다.

마지막 남은 참치캔을 따서 반만 덜어 아침을 먹었다. 식량을 찾아와 주던 진안이 떠났으니 나도 오래 버티지는 못하리란 생각이 들었다. 그래도 버틸 수 있는 만큼은 버텨볼 생각이었다. 그 난리를 쳐가며 진안을 떠나게 했는데 이제 와 내가 떠나자니 꼴이 너무 우스웠다.

버틸 거야. 할 수 있는데 까지는. 애초에 혼자 하기로 한 거였으니까 못 할 것도 없어.

그렇게 생각하며 자리에서 일어나는데 비가 쏟아지는 소리가 들렸다. 대기를 날름 먹어 치우고, 하늘에 구멍을 내며 쏟아지는 비의 소리가.

콸콸 물 흐르는 소리가 났다.

나는 허겁지겁 바리케이드로 달려갔다. 넘칠 듯 말 듯 바리케이드 너머에서 물이 넘실댔다. 어떤 곳은 이미 넘친 물이 흘러들어오고 있었다. 어제 진안과 열심히 막아둔 균열이 들썩였다. 얼굴에서 핏기가 가셨다. 이게 이대로 무너진다면. 정신이 번쩍 들었다.

헐레벌떡 마당으로 되돌아갔지만 아무리 둘러봐도 남는 물건이 없었다. 어제 균열을 막느라 대부분의 물건을 쑤셔 넣은 탓이었다. 동네의 빈집이란 빈집은 이미 진안과 내가 털 만큼 털었고, 설령 남아있다고 해도 찾으러 갈 시간도 없을 터였다. 정신없이 머리를 굴리던 내 시야는 우리 집의 툇마루에 고정되었다. 거기에 내 탁상이 있었다.

나는 온 동네 가구를 다 털면서도 우리 집 가구들은 아직 손대지 않고 있었다. 호두나무 원목으로 부분 부분을 깎아 만든 탁상은 엄마에게서 처음 목공을 배웠을 때 내가 조립한 첫 작품이었다.

나는 탁상의 결이 어디를 향해 누워 있는지, 마감을 위해 칠을 할 때 어떤 냄새가 났는지도 모두 기억했다. 탁상 건너편에는 엄마의 깔끔한 마감 솜씨가 돋보이는 의자가, 그 옆에는 할머니가 정성스레 돋을새김한 거실 탁자가 보였다.

탁상과 의자를 들고 마당으로 나갔다. 할머니가 만든 거실 탁자는 혼자 들기엔 꽤 무거웠지만 어떻게든 해냈다. 내 안에서 진안의 목소리가 넌지시 말했다. *하기 싫으면 그럴 필요는 없어. 저 구멍은 어차피 어떻게 해도 커질 거야. 막을 방법이 없어.*

그렇다고 해서 아무것도 하지 않을 순 없었다.

그렇다고 해서, 손을 놓고 모든 것이 떠나가도록 둘 수는 없었다.

엄마는 학생 시절 이런저런 시위를 하는 동안 화가 나는 일이 너무 많았다고 했다. 무엇도 바뀌지 않는 기분이 들었다고, 농성도 시위도 행진도 들어 먹힐 적 보다 그러지 않을 적이 더 많았던 것 같다고.

도시로 떠난 아빠가 안전 규정을 무시한 작업장에서 일하다 삽시간에 떠난 날 이후로 더욱더 그랬다고 했다. 그러다 화가 마음을 삼킬 것 같은 때, 도저히 참을 수 없을 때가 오면 나무를 깎았다고 했다. 이대로 분노에 잡아먹히고 싶지 않아서, 버텨보고 싶어서.

"그런데 선안아."

낮게 울리던 엄마의 속삭임을 기억하고 있다. *선안아. 난 그때는 정말로 아무것도 바뀌지 않는다고 생각했어.*

"근데 생각보다 많은 게 바뀌고 있더라."

나는 그 말을 생각했다. 그간 내가 버티는 데도 많은 도움을 준 말이었다.

하지만 이런 걸 바꿀 수 있을까? 당장 코앞에 밀려온 바닷물을 멈출 수 있을까? 이걸 돌이킬 수 있을까? 이제 와서 우리가 뭘 할 수 있을까.

그래도 해야 했다. 뭐라도 해보지 않고서는 견딜 수가 없었다. 바보 같고 미련한 짓인 걸 알면서도 사라져가는 것들을 견딜 수 없었다.

대피령으로 마을 사람들이 다 같이 떠날 때 이장님이 그랬다. 우리 동네는 태생부터가 바다였다고. 원래는 갯벌이었던 걸 조선 시대였는지 고려 시대였는지 오래전에 사람의 손으로 한 삽 한 삽 메우고 메워 간척지로 만든 동네라고.

그러므로 그렇게 태어난 동네가 다시 바다로 돌아가는 것은 어찌 보면 순리이기 때문에 슬퍼하지 말라고 말이다. 슬퍼하지 마라. 그게 매일 밤 점점 진해지는 소금 냄새를 맡으면서도 들려오던 말이었다. 울지 말 것, 슬퍼하지 말 것. 사라지는 것들을 받아들일 것.

그러나 어떻게 그러지 않을 수 있단 말인가?

원래 가져본 적도 없는 것 보다 가진 이후에 잃는 것이 더 고통스러운 법이다. 차라리 메워본 적이 없었다면, 차라리 집을 세워본 적이 없었다면, 차라리 나에게 있어 본 적이 없었다면.

삭아 들어가는 집의 기둥을 볼 때마다 왁자지껄한 일가친척들 사이에 끼어서 함께 집을 지었다던 가족들을 떠올렸다. 타고나길 신중하고 소심해서 조심스럽게 대들보를 손보았다던 아빠. 그런 아빠 옆에서 호탕하게 웃으며 나무를 자르는 할머니와 그 나무를 윤이 나도록 손보는 엄마.

아빠의 얼굴도 모르는 어린 여동생과 나에게 손수 만든 잠자리채를 쥐어 주곤 밭일을 보러 가던 할아버지. 종종 나에게 먹을 것을 건네주며 고루하게 한마디씩 하고 가던 옆집 할머니, 쓸모 있는 거나 배우라고 다그치면서도 내가 좋아할 만한 책이 생기면 읽으라고 우리 집에 주곤 했던 뒷집 아주머니와 어른이 되면 이 동네를 떠나 상경하자고 얘기하곤 하던 학교의 친구들, 그리고.

그리고 진안.

대뜸 내 인생에 불쑥 들어와선 고작 3주를 같이 이 동네에서 지지고 볶은 진안.

잠기기 시작한 마을 어귀의 골목길을 우리는 매일 밤 산책하듯 걸어 다녔고 툇마루에서 별을 보며 밥을 먹었다. 빈집들을 돌아다니며 누가 더 좋은 것을 찾는지 내기했고, 순례자들을 구경하고 발전기를 돌리는 법을 배우고 나무를 조각하는 방법을 알려주었다. 바리케이드를 보강하고 온갖 이야기를 늘어놓고 때로는 옆 동네며 텅 빈 시내까지도 같이 나가 보았으며 노인정을 털어 우리만의 기념 파티를 했다.

이 동네 전체가 진안과의 추억이었다.

떠올리는 것마다 죄다 통째로 잃는 기분이 들었다. 마당 구석에 던져져 있던 도끼를 쥐고서 고개를 힘껏 저었다. 손에 든 도끼가 높이 올라갔다. 쩡! 하는 소리가 났다.

간신히 우리 집 가구를 쪼개 만든 나무 조각들로 균열의 틈새를 메우고 나니 진이 다 빠졌다. 물은 빠르게 불어났다. 바리케이드 너머에서 넘쳐 이쪽으로 넘어온 물이 내 발등까지 잠기도록 흐르고 있었다. 세차게 사선으로 내리며 시야를 희게 점멸시키는 비 때문에 앞을 보기가 힘들었다. 그래도 급한 균열을 막았으니 얼마간은 버틸 것이었다.

아예 의미가 없지는 않았을 거야.

나는 스스로를 위로하며 동네로 다시 달려갔다. 혹여나 출입 제한 이후에도 남은 캠핑족이나 순례자들이 있을까 봐 걱정이 들었다. 기억하기로 분명 몇 군데 순례자며 캠핑족들의 야영지가 남아 있었다. 바리게이트의 바구니에는 불과 얼마 전까지도 그들이 두고 간 쓰레기나 선물이 놓여있었다.

동네를 뛰어다니는 동안에도 물은 계속 차올랐다. 어느 순간 수위가 불쑥 발목 위로 올라섰다. 나는 바리케이드에 무슨 일이 생겼으리라 짐작할 수 있었다. 방향 감각을 용케 잃지 않은 것은 내가 이 동네에서 그만큼 오래 살았던 덕분이었다.

어딘가에 사람이 있는지 없는지 고함을 치며 동네를 돌아다녀 보았지만 돌아오는 대답은 없었다. 혹은 누군가 대답을 했는데 엄청난 빗소리 때문에 내가 듣지 못했거나.

마음속에서 진안의 목소리가 점점 커졌다. *떠나야 해, 선안아. 더는 버틸 수 없어. 버텨선 안 돼. 안전하지 않아.*

"나도 알아!"

반박하듯 외치며 나는 우리 집 쪽을 돌아봤다. 가서 짐을 챙길 여력이 있을지 알 수 없었다. 나는 빠르게 상황 판단을 내렸다. 포기하자. 집에는 돌아갈 수 없을 거야.

그때까지 버텨온 것 치고는 빠른 포기였다고 할 수 있었지만, 나는 적어도 목숨을 내던지려고 여기 온 것은 아니었다. 이제 정말로 갈 시간이었다. 고개를 돌려 고지대로 향하는 길을 보려는데 어딘가에서 길게 음메 소리가 났다. 구슬픈 울음이었다. 갑자기 머리에 벼락이 쳤다.

소!

진안을 닮은 소가 아직 거기 있었다.

나는 결국 포기를 포기하고 되돌아왔다. 물은 그새 종아리까지 차올랐고, 몸을 가누는 것도 힘들었다. 그나마 남아 있는 바리케이드의 잔해가 흘러들어오는 격류를 막아주는 듯했다.

물을 헤치며 걸어가니 아랫집에 묶인 소가 보였다. 밤마다 들었던 라디오에서 홍수해 경보에 관해 안내해주면서, 홍수가 나면 농가의 짐승들은 묶인 것을 풀어주기만 해도 살아남을 확률이 높다고 했던 게 생각났다.

큰 보폭으로 애써 진흙탕을 헤치고 소에게 다가갔다. 유순한 눈이 평소와는 다르게 두려움에 질려 있었다. 소가 몹시 흥분해 있었기에 고삐에 손을 대는 것만도 엄청난 모험이었다. 나는 소의 머리를 계속해서 쓰다듬었다.

"괜찮아. 우리는 괜찮을 거야."

그건 나에게 하는 말이기도 했다.

매듭이 잘 풀리지 않아 시간을 허비했다. 그동안에도 물은 계속 차올랐다. 이제 서 있기도 힘들었다. 소의 고삐가 묶인 기둥을 힘껏 잡고 있는 게 내가 할 수 있는 전부였다.

손에 생채기를 내가며 매듭을 다 푼 순간, 빠른 속도로 소가 떠내려갔다. 붙잡을 겨를도 없었다. 음메. 길고 우직한 울음소리가 빗속으로 사라졌다가 메아리처럼 되돌아왔다. 음메, 음메.

나는 두려움에 떨면서도 되새겼다. 짐승들은 묶인 것을 풀어주기만 해도 살아남을 확률이 높다고 했어. 지금 걱정해야 하는 건 나야. 하지만 자꾸 소의 울음소리가 귓가에 메아리쳤다.

어찌해야 할 바를 모르고 기둥을 붙잡았지만, 거세게 흘러드는 바닷물에 기둥마저 흔들리는 게 느껴졌다.

이대로 죽게 되는 걸까? 이대로?

뉴스에 내 이야기가 나가는 것을 상상해보았다. 혼절하는 할머니와 울부짖는 엄마, 아무것도 모르고 당황스러워하는 동생과 망연자실해 눈물을 흘리는 할아버지의 모습이 차례로 스쳐 지나갔다. 저세상에서 나를 보고 경악할 아빠의 모습도. 살아왔던 지난 날들 또한 뇌리를 스쳤다. 이게 주마등인가 봐. 정말 죽나 봐. 그렇게 생각했을 때 기둥에서 삐그덕 소리가 났다.

다음 순간 갑자기 기둥 위쪽 지붕에서 환하게 빛나는 빛의 고리가 나타났다. 나는 그 비현실적인 광경에 넋이 나가 그 고리를 지켜볼 수밖에 없었다. 그것은 내가 여기 처음 도착했을 때 보았던 그 엄청나게 환한 달무리와 닮아 있었다.

진안이 물이 많은 동네에서 빛의 산란으로 달빛이나 햇빛이 반사되어 고리가 생긴다고 말해준 게 떠올랐다. 그땐 그러려니 하고 넘겼었는데, 다시 생각해보니 그건 말이 안 됐다. 이건 반사나 산란으로 생기는 것 따위가 아니었다. 이렇게 강한 빛은.

멍하니 고리를 바라보고 있던 때에 갑자기 고리 너머에서 손이 뻗어 나와 나를 붙잡았다. 나는 보조개가 있는 얼굴과 마주 보았다.

진안이었다.

진안은 다짜고짜 나를 세차게 부여잡고는 고리 안으로 잡아당겼다. 고리를 넘어가는 순간 반대편에서 또 다른 고리가 보였다. 방금 전의 내가 기둥에 매달려 못난 얼굴로 울고 있었고, 곧 고리가 열렸다. 진안이 나를 고리 안으로 당겼다. 그들이 발을 걸친 고리가 지금 내가 발을 걸친 고리라는 걸 알자마자 나는 화들짝 놀랐다.

그들은 나보다 몇 초 정도 느리게 내 행동을 답습했다. 마치 연속된 과거의 메아리를 지켜보는 기분이 들었다. 속이 메스꺼웠다. 나는 흠뻑 젖은 채로 당겨지던 관성을 이기지 못하고 진안과 함께 바닥을 뒹굴었다. 내가 넘어지던 순간 고리는 닫혔다. 메아리도 끝났다. 귀가 멍멍해졌다. 나는 얼빠진 소리를 냈다.

"어?"

"폭우가 올 거야. 당장 피해야 해."

진안의 말에 하늘을 올려다보자 아직 맑았다. 이상하다. 그렇게 생각하자마자 빗방울이 툭 하고 떨어졌다.

나는 여전히 입을 쩍 벌린 채로 진안을 바라보았다.

"하지만 어떻게?"

"시간을 거슬러 왔어. 많이는 아니고…… 비가 내리기 전이니까 한 40분쯤. 나는 아직 몇 시간 단위로 시간을 거슬러 올라갈 권한은 갖고 있지 않아. 그나마 이 근처에 분기점이 있어서 다행이었어."

"분기점?"

"역사에 있는 깃발 같은 거. 그 지점을 기준으로 그 앞이나 뒤의 역사가 바뀔 수도 있는 좌표를 말하는 거야. 아직 실제로 역사가 바뀌었다는 보고가 있었던 적은 없어. 역사를 바꿀 수 있다는 유동적 역사론은 지금은 그냥 좌표를 잡는 나침반용이야."

방금 말도 안 되는 이야기를 들은 것 같은데. 하지만 지금 내가 느끼고 있는 이것은 현실이었다. 진안의 얼굴을 보자 다시 주르륵 눈물이 났다. 진안은 잽싸게 내 눈물을 닦아주었다.

"빨리 가자. 너한테도 나한테도 시간이 별로 없어. 시간 여행자의 목숨이 위험하거나 그에 준하는 비상사태라고 여겨지면 비상 송환 절차가 시작되거든."

진안은 내 손을 꽉 잡았다. 정신 없는 와중에 나도 진안을 꽉 잡았다. 진안은 계속 속삭였다.

"나는 지금 귀환 규칙을 어기고 곧 수몰될 특급 위험 지역에 있어. 내 위치가 파악된 순간 긴급 송환 발동 서류가 직통으로 올라갔을 거야. 송환되기 전에 너를 안전한 곳으로 데려가야 해."

그렇게 발을 떼려는 순간 내가 외쳤다.

"소!"

초조한 기색을 감추지 못하면서도 진안은 내 손을 붙들고 우리 집 쪽으로 달렸다. 아랫집 마당에 아직 묶여 있는 채로 눈을 동그랗게 뜨고 우리를 바라보는 소가 보였다. 나는 잽싸게 소를 풀어주곤 엉덩이를 밀었다. 소는 야속하게도 꿈쩍도 안 했다. 동물들은 위험이 오면 미리 감지하는 능력이 있다던데. 이 녀석은 대체 어떻게 되먹은 건지 발을 구르고 고함을 쳐도 멀뚱히 서 있기만 했다.

다음 순간 진안이 집에서 남은 폭죽을 들고 왔다. 우리가 폭죽놀이를 즐기고 남은 것들이었다.

빵! 폭죽에 불이 붙자 엄청나게 요란한 소리가 났다. 소는 화들짝 놀라 어딘가로 달려갔다. 다행히도 뛰는 방향은 고지대였다. 안도의 한숨이 나왔다.

빗방울이 굵어지기 시작하자 나는 아랫집 마당에서 나와 집으로 달려갔다. 아까 내가 부쉈던 탁상과 다른 가구들이 멀쩡하게 복구되어 그대로 놓여 있었다. 나는 두 번 고민하지 않고 다시 가구를 부수곤 진안에게 건네주었다. 뒤따라오던 진안이 당황한 얼굴을 했다.

"그럴 필요 없어. 그냥 가면 돼."

"아까 이걸로 균열을 막아서 시간을 벌었던 거 같아. 급류가 늦게 들어왔다고. 이 근처엔 아직 순례자 야영지가 남아있어. 해볼 만큼은 해봐야지."

"너한테 소중한 물건이잖아."

"그렇다고 이것들을 챙겨갈 수 있는 상황도 아니잖아. 물에 잠기는 건 매한가지일 텐데 마지막 쓸모는 다 하게 해주고 싶어."

진안은 그저 알았다는 듯이 고개를 끄덕였다. 내게 화를 낼 수도 있고 나를 억지로 끌고 갈 만한 힘이 있을 텐데도, 그러지 않고 나의 마음을 헤아려주는 것 같았다.

우리는 허겁지겁 잡동사니를 부수고 챙겼다. 귓가에 초침이 찰칵찰칵하고 움직이는 소리가 들리는 기분이었다.

"얼른 가자."

그때 멀리서 쩌렁쩌렁 사이렌이 울렸다. 대피 경고와도 비슷한 급박한 소리였다. 나중에야 알았지만, 그건 우리 소였다. 소가 혼비백산해 도망가다 동네 곡물 창고에 몸을 받고 간 것이었다. 그 덕에 아직 창고에 작동 중이었던 보안 경보기의 사이렌이 울렸고, 나는 사람들을 찾으러 다닐 수고를 덜었다.

내가 내 몫의 가구를 쥐어 들자마자 진안은 앞장서서 달렸다. 나는 진안을 따라 달리면서 궁금했던 것을 물었다.

"너 혹시 귀신이니?"

"뭐?"

"동네에 유명하거든. 비 오는 날에 물귀신 돌아다닌다고. 널 처음 봤을 때도 그 생각 했었어."

"시간을 되돌리는 물귀신 본 적 있어?"

"그게 진짜라고?"

"나는 시공간 여행이 가능해진 먼 미래의 어떤 좌표로부터 여기 왔어. 이곳의 분기점 좌표를 정해놓고 시간과 공간을 종이 구부리듯 접어 관통했지. 네가 봤던 달무리는 그렇게 시공간을 접을 때 생기는 왜곡의 상(像)이야. 일종의 미니 블랙홀 같은 거."

"말이 돼?"

"믿지 않아도 상관은 없어."

"……이런 상황에서 믿고 안 믿고가 의미가 있는 것 같진 않다."

인제 와서 진안에게 거짓말 하지 말라고 쏘아붙일 정신조차 없었다. 그렇게 얼떨떨하고 멍한 와중에도 한 가지 떠오르는 게 있었다.

"근데 너, 나한테 가족이 여기 살고 있었다고 했잖아. 오래전에 여기 살았다고."

"응. 여기 있잖아."

듣는 순간 내 머리에 벼락이 쳤다.

그러고 보니 그랬다. 진안이 미래에서 온 시간 여행자라면 과거에 여기 살았다던 가족은 나여야만 했다. 지금, 그러니까 진안 기준의 과거에서 여기 살고 있는 건 나밖에 없었으니까.

그러고 보면 진안은 초면부터 나를 아는 사람처럼 살갑게 대했다. 진안의 이름은 내 이름인 선안과 돌림자처럼 운율이 맞았다. 나는 허겁지겁 진안의 얼굴을 들여다보았다. 나를 닮은 구석을 찾아보려는 노력이었다. 내 속을 읽은 듯 진안이 속삭였다.

"네 직계는 아니야. 힌트를 주자면 나는 네 양자가 남긴 후손 같은 거야."

미래에 대한 힌트를 듣자 속이 메슥거렸다. 불쾌한 골짜기를 마주한 것처럼 기묘한 감각이 가슴께에서 수런댔다. 이래도 되나? 내 구역질을 본 진안은 머쓱해 하며 어깨를 한 번 으쓱했다.

"시간 여행자들이 과거의 사람들에게 자기들이 아는 미래에 대해 말하면 그렇게 돼. 원인은 모르겠지만, 듣는 사람들의 신체가 거부 반응을 일으키거든. 가벼운 멀미나 발작, 때로는 기절이나 기억 상실도 생겨."

"그런 게 다 있다고?"

"다들 인간의 자유 의지가 생존을 위해 일으키는 거부 반응이 아닐까 하더라. 미래가 이미 정해져 있다면, 앞으로 내가 어떻게 될지 알아버린다면 무엇을 위해 살아가는지 이유도 의미도 사라지잖아. 그러니 듣고 싶어 하지 않는 동물적 본능이라고 말이야."

알쏭달쏭한 말이었으나 어렴풋이 이해는 되었다. 진안은 내게 물었다.

"부르던 대로 불러도 돼? 할머니의 할머니는 뭐라고 불러야 할지 잘 모르겠어."

"그렇게나 멀어?"

"사실 그것보다 더 멀 거야. 할머니의, 할머니의, 할머니의……."

"됐어. 부르던 대로 불러도 돼."

있는 줄도 몰랐던 미래의 후손에게 갑자기 할머니 소리를 듣는 것은 나로서도 사양이었다. 달리는 동안 바리케이드가 점점 가까워졌다. 진한 소금 냄새가 났다.

진안은 엄청나게 빠른 속도로 균열을 보수하기 시작했는데, 나는 그게 그 애가 시간 여행자인 덕분인지 아니면 원래 그렇게 날쌔고 잽싼 것인지 분간할 수 없었다. 우리에게 시간이 없다는 말이 계속 생각났다. 장갑을 낄 겨를도 없어 잡기들을 바리케이드에 맨손으로 욱여넣느라 손에 온통 가시가 박혔다. 나는 격정적으로 우짖기 시작한 대기 속에서 고함치듯 말을 걸었다.

"이렇게 고생하지 않는 방법이 있지 않을까?"

"예를 들면?"

"네가 더 과거로 가서 이 모든 재앙이 일어나기 전에 되돌리는 것? 여기가 물에 잠기기 전에, 이런 일들이 일어나기 전에 막는 것?"

"정말 솔깃한 제안이야. 근데 이미 일어난 일은 시공간에 관성이 생겨서 그걸 되돌리기가 쉽지 않아. 시간이 자신이 다시 쓰이는 일을 막는다고 해야 할까?"

진안은 손을 멈추지 않으면서 외쳤다.

"이미 갔던 길로 되돌아가려고 하는 힘이 있거든. 역설적이게도 우리가 분기점 좌표를 통해 이동할 수 있는 건 그 덕분이야. 분기점으로 불리는 지점은 관성이 강해서 시간과 공간과 사건이 확실히 고정되어 있어. 대신 분기점의 앞뒤로는 관성이 느슨해서 어쩌면 바뀔 가능성이 있지."

"고무줄 같네."

"대충 그렇지. 고무줄은 늘여도 원래대로 돌아가지만 계속 강한 힘을 가하면 늘어나잖아? 시간도 그렇게 바뀔 수 있다고 보는 의견들도 있어. 그게 유동적 역사론이야. 하지만 그렇게 힘을 가해 방향을 바꾸는 게 가능해진다고 해도 여전히 어려워."

"왜?"

"시간은 과거와 현재와 미래가 일직선으로 이어진 선형적 구조로 보이지만, 실은 서로가 간섭하는 비선형적 구조야. 어떤 한 가지 사건을 바꾸려면 그전에 있었던 열 가지 사건을 바꿔야 해. 좌표 하나를 수정하려면 수십, 수백의 자잘한 요인과 노력이 관여해야 될까 말까고."

"무슨 소린지 잘 모르겠어."

"나도 무슨 소린지 완벽히 이해하진 못했어. 이론에 빠삭한 학생이 아니거든."

진안은 가볍게 웃더니 말을 이었다.

"어쨌든 결론만 말하자면, 그런 일을 하려면 많은 반향이 필요해. 하나의 큰 반향보다 사소하고 작은 여러 개의 반향이 일어날수록 나비의 날갯짓이 태풍이 되는 결과를 낳지. 다른 사람들의 도움이 필요하단 건 그 뜻이었어. 게다가 결과는 더 나빠질지 좋아질지 알 수 없어. 그래서 아직 실전 실험을 한 적은 없지. 예측 시뮬레이션을 돌리기는 하지만."

"근데 관성 문제라면, 진안이 너는 나를 구했어. 그럼 내가 여기서 죽는 역사를 바꾼 거 아냐? 이미 해결된 거 아니냐고."

"그건 아니야. 선안이 네가 여기서 정말로 죽기로 되어있었다면 너를 구하기 힘들었을 거야. 나는 이미 네가 여기서 죽지 않는다는 걸 알고 있었어. 역사에 그렇게 기록되어 있으니까. 그러니 너는 어떤 방법으로건 살아남았겠지. 이 시간선에선 그 방법이 내가 되었을 뿐이야."

"대체 내가 그 상황에서 어떻게 살아남았겠어? 네가 구하러 오기 전까지는 거의 죽은 목숨이었다고."

"나도 몰라. 어쩌면 네 말대로 내가 역사를 수정해버린 최초의 여행자가 된 걸 수도 있어."

무덤덤한 목소리가 빗소리를 뚫고 들렸다.

"누군가는 사실 시간 여행자들이 과거를 바꿨지만 다들 그 사실을 모른다는 주장을 펴기도 해. 기존의 역사가 다시 쓰이면, 엔트로피의 방향이 바뀌는 거니까 우주 전체에 영향을 주게 돼. 그런 거시적 변화는 우리가 인식할 수 없다는 거지."

"으음."

"심지어는 미래를 바꾼 시간 여행자조차 머릿속에서 실시간으로 역사가 바뀌어서 그 사실을 알지 못하게 된다고, 모든 역사는 실시간으로 시간 여행자들에 의해 수정 중이라는 극단적인 이야기를 하는 사람도 있지."

"여전히 어려워서 못 알아먹겠어."

"그치? 어쨌든 난 특별히 뭔가를 하려고 여기 온 게 아니야. 역사를 바꿔보려고 한다거나 거창한 일을 할 생각은 진짜 없었어. 내 성격 알잖아. 그냥 내가 제일 좋아하는 관광지의 옛 모습이 좀 궁금했어."

"관광지라고?"

"이곳은 미래에 관광지가 돼. 정확히는……."

"그만 얘기하자."

관광지? 제일 알고 싶지 않은 일 중 하나였다. 미래를 알게되면서 온 멀미와 메슥거림보다도 분노가 더 컸다.

마치 어디 멀리서 벌어진 남의 일처럼 일컬어지는 건 이제 사양이었다. 다시 구역질이 나왔다. 진안은 손을 열심히 놀리면서도 눈썹을 까딱했다.

"왜 관광지가 되었는지는 안 물어봐?"

"그게 궁금해야 해?"

"여기엔 나중에 1급 멸종 위기종들이 와서 살아. 끝난 줄 알았던 남해안의 산호 군집체가 돌아오거든. 바다맨드라미과는 물론이고 별혹산호며 나팔돌산호에 둔한진총산호며……. 이 동네 전체에 산호가 피어 있는 모습이 아주 유명해. 거길 집 삼은 위기종들도 하나같이 명물이지. 이 지역 전체가 생태 보호 구역으로 지정되어있어."

나는 무심코 우리 집과 바리케이드와 잠긴 감나무와 밤나무 위에 잔뜩 피어오른 산호를 상상했다. 붉거나 분홍색이거나 자주색이거나 보라색, 주황색이거나 푸른색이거나 온통 알록달록한 것들. 물에 잠긴 집의 틈바귀와 바리케이드의 균열에서 자라난, 빛과 색으로 환호하는 그 군집을.

진안이 물었다.

"네 기분이 조금 나아졌을까?"

"그래도 여기가 사라진다는 사실은 변치 않잖아. 여기뿐만이 아냐. 많은 사람들이 살던 곳이 사라진다고."

"알고 있어. 그 사실을 도피하자는 게 아니야. 그래도 여기는 원래 바다였다지? 수백 년 전에 간척지로 메워서 사람들이 살았고. 물에 잠긴 집들의 모습이 그냥 물에 잠긴 게 아니라, 사람들이 살았던 지금의 시간과 바다가 살았던 과거의 시간이 겹친 미래가 된 거라고 생각해봐."

"나한테 너무 많은 미래를 말해주고 있다고는 생각하지 않아?"

"괜찮아. 여차하면 거부 반응이 너에게 기억 상실을 일으킬 거야. 네가 기억하는 것들이 문제가 되지 않도록. 보통은 그렇더라고."

"그걸 말이라고."

"어쨌든 설령 잊히게 될 기억이라도 말이지."

진안은 고민하는 듯 잠시 쉬었다가 덧붙였다.

"네게 위로가 되길 바랐어."

할 말이 없었다. 그게 진안의 진심임을 알아서였다.

빗줄기가 거세어졌다. 바리케이드 사이로 물비린내와 소금 냄새가 더 강해졌다. 이제 가자. 진안은 그렇게 말하더니 후다닥 나를 붙잡고 고지대로 뛰었다. 나는 허우적대며 뒤를 쫓기 위해 애썼다. 순식간에 물이 발목 위로 차오르고 있었다. 비가 너무 많이 내려 앞이 보이지 않았다.

빠르던 진안의 발이 점차 느려지는 게 확연히 느껴졌다. 그걸 인지하자마자 나는 겁에 질렸다. 내 고집 때문에 진안까지 위험에 빠뜨린 게 아닐까? 나는 죽지 않는다고 해도 진안의 미래는 진안의 시간대에선 아직 모르는 일일 텐데. 진안에게 여기서 무슨 일이 생기면 어떡하지? 불쑥 두려움이 치고 올라왔다.

"진안아."

"왜?"

"네가 그랬잖아. 나는 역사에 여기서 죽지 않는 걸로 되어 있어서 구할 수 있었던 거라고."

"그래서?"

"문제가 생기면 날 버리고 가. 네 말대로 내가 여기서 죽지 않는 걸로 되어있다면 어떻게든 살겠지. 혹시 내게 무슨 일이 생겨도 네가 태어나지 못하는 일은 없을 거야. 나는 네 직계 조상이 아니잖아. 하지만 너는 아니야. 이 시점에서 네 미래는 아직 기록되지 않았어. 어찌 될지 모른다고."

차오르는 물을 느끼며 이루 말할 수 없이 겁이 났다. 그래도 나는 진안 앞에서는 의젓해야 한다는 책임감을 느끼고 있었다. 너의 먼 선조가 이렇게나 대책 없는 사람이라는 것을, 고집 하나만으로 이 위험한 곳에 무턱대고 들어앉아 무언의 시위를 시작한 충동적인 어린애라는 사실을 들키고 싶지 않았다.

설령 고무줄이 관성을 잃는 사고가 우연히 일어나 내가 여기서 이 소금기에 절여져 죽는다고 해도 진안은 존재할 것이다. 이 애의 예쁜 보조개와 부드러운 눈과 억센 팔은.

나는 이 아이를 지킬 의무가 있었다. 우리 사이에 놓인 시간의 간극을 고려했을 때 내가 한참 어른이었으니까.

진안은 가만히 내 말을 듣더니 있는 힘껏 나를 잡았다.

"꼭 진짜로 피가 통해야만 존재 여부를 결정하는 건 아니잖아."

"응?"

"거리를 떠돌던 아이를 거두기로 한 사람이 마음을 바꿔 아이를 두고 갔다면, 그 아이는 길에서 죽었을지도 몰라. 그 아이의 아이들은 존재하지 않게 될 거고. 차에 치인 사람을 외면하기로 해서 그 사람이 죽었다면, 그 사람이 미래에 하게 되었을 일 또한 없는 일이 되겠지. 타지에 혼자 온 여자애가 그냥 밖에서 지내도록 놔둬서 그 애가 혹여 무슨 일을 당했다면?"

나는 진안을 뚫어져라 바라보았다. 첫날 진안을 미처 외면하지 못했던 일이 생각났다. 나는 진안을 잘 몰랐으나 진안이 무슨 일을 겪는 것은 원치 않았다. 나는 여자애였다. 혼자 있는 여자애가 무슨 일을 겪을지 잘 알고 있는.

그리고 그런 일이 벌어지길 원치 않는.

진안에게 손을 내민 것은 거부할 수 없는 불가항력이었다.

"만약 수몰되어가는 동네에서 혹여 사람들이 남아 있을까 봐 자기 생명을 걸어가며 대피 시간을 번 사람이 없었다면? 그리고 거기에 무슨 일이 일어나는지도 모르는 사람들이 남아있었다면 어떻게 되었을까?"

진안이 구하러 오기 전 마을을 달리며 소리치던 기억이 떠올랐다.

"그 사람들의 미래와 그 사람들이 낳을지도 모를 미래의 아이들은 존재했을까? 어쩌다 홍수 속에서 소 한 마리를 살렸는데 떠내려가던 소 위에 물에 빠진 사람이 올라타서 목숨을 건질 수도 있지. 그 사람이 미래에 대통령이 될 아이를 낳을 수도 있고. 이건 다 만약의 이야기야."

진안이 다시 웃었다. 조금 수줍은 웃음이었다.

"너는 이미 네 미래에서, 그리고 내 과거에서 누군가를 구해서 나를 살렸어."

별안간 나는 진안을 처음 봤을 때 중성적인 외모에도 불구하고 진안이 여자애라는 걸 깨달은 이유를 알 것 같았다. 나는 자라오는 동안 내가 결혼을 할지 아이를 가질지에 대해서는 확신이 없었지만, 만약 아이를 가진다면 딸을 가지고 싶었다. 결혼한 내 모습이나 남편과 함께 있는 내 모습은 상상이 잘 안 되는데 내 딸과 함께 있는 나는 이상할 정도로 잘 상상이 되었다.

진안의 눈을 들여다보자 진안도 나를 들여다보았다. 나의 시간들, 내가 모르는 내 삶의 시간들, 앞으로 내가 켜켜이 쌓아

넘겨줄 유산들이 그 애의 눈에 오롯이 쌓여있었다.

진안은 말을 마치고선 옆쪽에 있던 어느 집 지붕 위에 올라서더니 강한 힘으로 나를 끌어 올렸다. 주변보다 지대가 훨씬 높은 지붕이었다. 콰르르하고 걷잡을 수 없는 힘으로 물이 도는 소리와 비가 쏟아지는 소리 때문에 진안의 목소리가 들리지 않았다. 뭐라고 말하고 있는 거지?

나는 집중해서 진안의 입 모양을 읽었다. *시간이 되었나 봐.* 나는 진안의 머리 위에 빛나는 고리가 생겨나는 것을 볼 수 있었다. 긴급 송환이라는 말이 기억났다. 미래의 어느 지점에서 진안을 불러내는 모양이었다. 진안은 쏟아지는 급류의 소리를 뚫고 내게 말을 건넸다.

"이제 가야 해."

세상의 마지막처럼 쏟아지는 물속에서 혼자 남는 게 두려웠다. 그래도 진안이 무사히 돌아갈 거라고 생각하니 정말 기뻤다. 순간의 두려움이 비쳤던 건지 진안이 멀어지기 전 나의 손을 한 번 잡아주었다.

"무서워하지 마."

나는 고개를 끄덕이다 퍼뜩 무언가가 생각나 허겁지겁 품을 뒤졌다. 진안에게 주려다가 진안이 사양해 내가 가지고 있었던 물고기 조각이 아직 내 주머니에 있었다. 마지막 선물로 줘야겠다는 생각이 들었다. 그것을 건네주려고 하니 진안이 고개를 저었다. 말했지. 시간에는 관성이 있다고.

"잃은 건 되돌리기 힘들거든."

진안은 거기까지 설명하고 더는 말하지 않았다. 빛의 고리는 더 선명해졌다. 속삭임이 들렸다.

"잘 있어."

높이 넘나드는 파도를 타고 그 애의·한쪽 뺨에서 빛나는 보조개가 나에게 작별을 건네고 있었다.

이윽고 진안은 고리 너머로 사라졌다.

"잘 가, 진안아! 잘 가!"

고리가 닫히면서 한순간 몸이 밀려날 정도로 강한 바람이 일었다. 나는 잠시간 균형을 잃고 허우적대다 지붕 위에서 넘어졌다. 손이 미끄러지며 쥐고 있던 조각이 떨어졌다. 조각은 아차 소리를 낼 시간도 없이 급류에 떠내려갔다.

나는 어쩐지 진안이 한 말을 알 것만 같았다. 내가 조각을 주려고 했을 때 진안이 거절한 이유도. 그건 결국 이렇게 잃을 물건이었을 테니까.

그 애의 속삭임이 다시 떠올랐다. *잃은 건 되돌리기 힘들거든.* 어쩐지 슬픈 기분이었지만 동시에 나는 알았다.

나는 어떻게든 잘 지낼 것이다. 나를 위해서, 그리고 진안을 위해서. 그렇게 생각하니 슬픔이 가라앉았다.

조각은 곧 넘실대며 흘러가는 물에 삼켜졌다. 나는 우렁찬 빗소리 속에 홀로 서서 급류 속에서 자라날 산호들을 생각해 보았다. 진안이 말해준 색색의 환호성. 이곳을 뒤덮을 거대한 원색의 파도.

과거의 바다와 현재의 마을, 두 시간대가 합쳐져 마을 곳곳에서 자라난 산호초로 가득할 미래의 이곳을.

얼마간 정신을 잃었던 모양인지 깨어나자 해가 떠 있었다. 빗소리와는 다른 굉음이 들렸다. 벌초 기계가 내는 소음을 방불케 하는 프로펠러 소리.

멀리서 인명 구조용 헬기가 이쪽을 향해 날아오고 있었다.

* * *

도착한 병원의 응급실에서 구급대원들은 내게 모포를 둘러주고선 집이 어디냐고 물었다. 아마 나를 순례자나 캠핑족이라고 생각한 모양이었다. 나는 우리 집은 물에 잠겼다고 대답하는 대신, 엄마와 할머니와 할아버지와 여동생이 기다리고 있을 대피소의 주소와 엄마의 전화번호를 댔다.

갑자기 그 노래가 몹시도 듣고 싶었다. 한동안 좋아하다가 못 듣게 되었던 노래, 나를 언제나 서글프게 만들었던, 아틀란티스에 초대받아 바다의 꿈을 꾸는 아이에 관한 노래가. 눈부시게 빛나던 원형의 고리와 파도 속의 진안이 생각났다. 나는 콧노래를 흥얼거렸다.

어디선가 나무와 소금의 냄새가 났다.

저주 인형의 노래

유련 씨가 나를 집에 데려온 건 어느 여름밤의 퇴근길에서였다.

나는 고전적인 방식으로 고전적인 장소에 놓여있었다. 어두운 골목의 가로등 아래. 쓰레기봉투 사이 버려진 서랍장 위에 말이다. 원래 들어가려고 했던 그릇의 좌표 하나를 잘못 찍어 불시착한 죄였다.

골목에는 한여름 밤의 눅눅한 공기에 온갖 생활 쓰레기가 내는 시큼한 냄새가 깃들어 흐르고 있었다. 대부분의 사람은 이 절묘하고 역한 냄새를 피하고자 다른 길로 지나갔다.

그리고 오히려 그런 점 때문에 유련 씨는 이 길을 택했다.

회식을 끝내고 혼자 돌아가는 늦은 밤의 귀갓길. 혹여 나쁜 마음을 품었을지도 모를 사람이 숨어있지 않을 법한 곳은 사람들이 피해 다니는 이 골목뿐이었다. 유련 씨는 얼른 집에 가서 은아가 잘 있나 봐야겠다는 생각에 미간을 찌푸린 채 골목으로 후닥 뛰어 들어왔다.

그러고선 나를 발견했다.

내가 든 그릇은 노란색 곰 인형이었다. 그리고 그것은 주변 환경에도 불구하고 새것처럼 깨끗하고 보드랍게 유지되고 있었다. 위생과 청결을 위해 그릇을 최선의 상태로 유지해주는 우리 종족의 화학 반응이 빛을 발해준 덕분이었다.

까만 진주처럼 반짝이는 눈, 깔끔하고 뽀송뽀송한 털, 연민을 불러일으키는 구석이 있는 얼굴.

장마철에 밖에 나앉아 볼썽사납게 젖은 채 다음에 올 누군가를 기다리고 싶지는 않았으므로 그 얼굴은 나의 진심이 빚어낸 작품이었다.

유련 씨는 그런 나의 외형과 내가 정신체 타래 뭉치를 가련하게 떨어 발생시킨 외침에 홀린 듯 내게로 다가왔다.

우리 종족의 외침이란 실처럼 뭉친 자신의 정신체 타래를 전율시켜 타인에게 자기가 느끼는 감정을 전이(轉移)시키고 공감을 끌어내는 외침이었다. 이게 통하려면 듣는 사람에게 감수성과 공감 능력이라는 전제 조건이 있어야 했다. 나는 유련 씨가 외톨이 인형을 가엾게 여겨줄 만큼 감수성이 풍부한 사람이길 빌고 또 빌었다.

유련 씨는 나를 물끄러미 쳐다보다 내가 새것처럼 깨끗하다는 점을 인지하자 천천히 손을 뻗었다. 지금에야 알았지만, 당시 유련 씨는 코앞으로 다가온 은아의 생일선물을 고민하고 있었다. 나는 본의 아니게 틈새시장을 공략한 것이다. 물론 유런 씨가 회식 덕에 약간 취해 있었던 것도 보탬이 되었다.

유런 씨가 나를 손가락 끝으로 살짝 잡고서 발걸음을 떼는 순간, 나는 환호했다. 다짜고짜 세탁기에 넣어져 세제와 섬유 유연제 속에서 울·실크 터보 3단 세탁에 두들겨 맞고 햇빛에 살균 당하기 전,

그리고 은아를 만나기 전까지는.

* * *

은아는 손아귀 힘이 센 아이였다. 내가 만난 지구 아이는 은아가 처음이었으므로, 유치원에서 다른 아이들이 나를 집어 들기 전까지 난 평균의 지구 아이들은 원래 이 정도의 악력을 구사하는 줄로만 알았다. 은아가 나를 힘껏 잡을 때마다 나는 은아네 유치원에 있는 다른 아이를 꾀어야 하지 않을까 하는 생각을 하기도 했다.

그것을 실행에 옮기지 않은 것은 내가 특별히 의리가 있어서는 아니고, 다른 아이를 유혹하려는 시도가 별 소용없는 일이란 것을 일찌감치 깨달았기 때문이었다. 요즘 아이들은 전자기기나 태블릿 기기를 많이 썼다. 그저 멀뚱히 앉아 있는 게 특기인 곰 인형은 액정 속의 흥미진진한 세상과 아동을 대상으로 한 놀이 유튜버들 상대로는 영 시시한 물건이었다.

그런 의미에서 은아에게 갖고 놀만 한 개인 전자기기가 없었던 것은 내겐 천운이라고 할 수 있었다. 유런 씨는 태블릿 기

기를 무턱대고 살 여력이 없기도 했지만, 학부모 참관 행사 날 같은 유치원의 아이가 인터넷 방송에서 배운 유행어를 힘껏 외쳐대는 모양을 본 뒤 은아를 정보화 사회에 일찌감치 내보낼 필요는 없겠다고 결론지었다. 물론 그 덕은 내가 봤다.

나는 지구의 아이가 필요했다. 지적 활동을 나누기에 적합한 지능을 갖고 문명사회에 속해 있으면서, 어른들에게 들리지 않고 아이들만 잡아낼 수 있는 가청 주파수의 음역대를 들을 수 있는 아이. 나와 깊은 정신적 교감을 나누며 자신의 정신 한 귀퉁이를 나에게 빌려줄 아이.

그건 이 광대한 우주에서 나의 유일한 통신 수단이었으니까.

고향에서 우리는 주파수 음역대를 오가며 활동했다. 그게 우리 나름의 언어 체계였기 때문이다.

종종 우리가 쓰는 음역대를 이용할 수 없는, 선천적 혹은 후천적으로 통신 문제가 있는 개체들과는 서로 정신체 타래 촉각을 엮는 방식을 써서 교류하기도 했다. 그러나 타래를 엮는 건 조금 번거로운 일인데다 매우 친밀한 관계에서 하는 일이라는 인식이 있었다. 해서 불가피한 상황이 아니라면 행성의 대다수 인구는 각자의 주파수 음역대에서 한 자리씩을 차지한 채 지저귀곤 했다.

별이 끝나면서 육체인 그릇을 버리고 정신체가 되어 우주 곳곳으로 날아간 동지들을 불러보려면, 우리의 방식으로 말할 필요가 있었다. 지구는 나의 고향에서 나들이 명소 중 하나였으므로 나는 동지 일부는 지구에 날아오지 않았을까 하는 일종의 확신이 있었다. 하여 이리로 오기 전에 범지구 언어 구조를 내 정신체에 이식까지 해둔 참이었다.

나는 은아가 나와 교류하면서 정신의 한 조각을 내주기를 절실히 고대했다. 그렇게만 된다면 최대한 넓은 범위의 음역대로 동지를 찾는 신호를 보내볼 생각이었다. 우리 종족만이 내용을 알아챌 수 있는 고유의 패턴으로 말이다. 만약 그 신호에 응답하는 동지가 있다면 은아의 귀는 아주 미세한 차이로 그것을 잡아낼 테고, 나 또한 다른 동지가 보내는 신호를 받을 수 있었다.

고향이 와해되고 아꼈던 동지들이 뿔뿔이 흩어진 지도 제법 시간이 흘렀다. 더 늦어 버리면 영영 그들을 찾을 수 없을까 봐 두려웠다. 나는 마음속에 스며드는 공포를 애써 무시하며 은아의 일상에 녹아들기 위해 최선을 다했다.

여기서 최선을 다했다는 것은 인형으로서의 본분을 다했다는 의미이다. 은아의 놀이 ─ 라고 쓰고 난폭하게 나를 집어던지고 팽개쳐대는 ─ 상대이자 애착 인형이 되어주는 일련의 과정을 나는 기꺼이 받아들였다.

우리 종족의 가장 큰 미덕은 인내심이었다. 나는 우리들의 평균에 비하면 그런 미덕이 부족한 편에 속하긴 했지만, 그 덕목이 주는 이점에는 반발하지 않는 편이었다. 목표를 위한 인내는 기꺼이 감수할 가치가 있었다.

＊　＊　＊

"불길해."

유런 씨의 어머니이자 은아의 외할머니인 쑤언 씨는 나를
보면 늘 그렇게 말했다. 노인 특유의 탁하고 낮은 음조의 목소
리가 속삭였다. 남이 버린 물건을 가져다 쓰는 건 좋지 않아.

"병균이라도 붙어오면 어떡하려고?"

나는 쑤언 씨의 말에 흔쾌히 동의했다. 주워온 물건이 불행을
끌고 온다는 말은 무속보다는 합리성을 근거로 한 말이었다.

막말로 타인이 쓰다 버린 물건에 무슨 세균이 묻어있을 줄
누가 알겠는가? 집안에 들어온 인형에 저주가 깃들어 가정의
화목을 망치고 나가는 이야기는 지구에서 대륙을 가리지 않고
얼마나 유명한 얘기인가. 나는 그게 아마 인형에 묻어온 병균
때문일 것이라고 확신했다.

하지만 그 물건이라는 게 일단 나였기 때문에, 나는 쑤언 씨
에게 변명하는 유런 씨를 응원할 수밖에 없었다.

"그래도 애가 좋아하잖아."

그 말은 먹혔다. 쑤언 씨는 나를 계속 탐탁지 않아 하긴 했지
만, 은아가 나를 몹시도 좋아하는, 그러니까 잡아당기고 팽개
치고 놀며 즐거워하는 모습을 보고서는 마지못해 고개를 끄덕
였다. 비록 은아가 보지 않을 때 나에게 소독용 스프레이를 마
구 뿌리고 바가지에 담아온 소금을 던졌지만 말이다.

"뭐가 씌어 있을지 모른다니까."

내 존재를 꿰뚫어 보는 게 아닌가 싶은 쑤언 씨의 날카로운 지적을 들으며, 나는 이전에 악명을 떨친 저주 인형 중에 실제로 병균이 아닌 우리가 있었을 가능성에 대해 생각해보았다.

우리 중에 밖으로 나다니기를 좋아했던 이들은 종종 바깥이 무척 마음에 들었던 것인지 아예 돌아오지 않기도 했다. 바깥의 것들에 깃들어 살러 떠난 것이었다. 그리고 우리는 그들이 떠난 자리를 자연스럽게 받아들였다.

그러나 그렇게 깃들어 벌인 행위라는 게 저주 인형이니 하는 유난스러운 소동일 리는 없었다.

우리는 눈에 띄는 짓을 잘 하지 않는다. 그렇게 해서 얻을 게 하나도 없으니까. 남의 육체에 깃들어 살며 난동을 부려댄다면 다음엔 누가 우리의 그릇이 되어주겠는가? 그런 짓은 종족의 생존에 하등 좋을 게 없었다.

설령 우리 중 누군가가 악의를 품고 주변을 쑥대밭으로 만들고 싶었다고 치더라도 우리에겐 그럴만한 능력이 거의 없었다. 우리의 능력은 단지 세 들어 살 육체, 그러니까 그릇을 선택하는 능력에 지나지 않았으니까.

생물 그릇에 깃들 경우 숙주의 감정이나 기분에 약간의 변화를 줄 수는 있었지만 그게 다였다. 감정적 교감을 증폭하는 촉각 타래의 기능 덕분이었다. 우리가 하는 일의 대부분은 집주인이 우리를 인식하지 않도록 조용히 한 구석에 스며들어 지내다가, 더 괜찮아 보이거나 마음에 드는 그릇을 찾아 이주하는 일이었다.

때로는 한 그릇 안에 여러 명의 우리가 모여 살기도 했다. 내가 찾는 동지들은 나와 그렇게 오랫동안 한 그릇 안에 함께 있었던 이들이었다.

그 동지들을 회상하다 보면 야라가 떠올랐다. 같은 그릇에 함께 있었던 동지들 중 가장 높은 음역대로 노래를 부를 줄 아는 친구였다.

나는 야라와 그 애가 부르는 노래를 사랑했다. 사실 같은 그릇의 동지들은 모두 그랬다. 개념적으로 우리의 그릇을 집이라고 부르기엔 애매한 감이 있었지만 그럼에도 불구하고 집에 돌아왔다는 느낌을 주는 것이 한 그릇 안에 담긴 동지들과 함께 부르는 야라의 노래였다. 그 섬세하고 다정한 노래. 언제나 나를 슬프게도 기쁘게도 해주는 노래.

동지들과 나는 종종 야라의 노래가 끝나면 정신체를 떨어 우레와 같은 박수를 표현하고선 넌지시 한 곡 더 불러 달라고 부탁하곤 했다. 그리고 그 부탁은 매번 거절당했다.

'박수와 함께 끝난 노래를 다시 부르는 건 노래에 대한 예의가 아니야.'

야라는 늘 그 말로 요청을 정중히 거절하며 부드럽게 웃곤 했다. 나는 그때를 생각하며 잔잔히 미소 짓듯 정신체 타래를 떨었다.

*　*　*

주말마다 유련 씨가 거실 바닥에 누워있으면 은아는 새된 목소리로 힘껏 자장가를 불렀다.

"엄마 재워줄게."

그렇게 말하고 가슴을 쫙 펴고선 부르는 노랫소리는 갓 태어난 신생아가 질러대는 울음 같기도 하고 마귀 쫓는 수도사 같기도 했다.

나는 그 한결같은 우렁참에 나름 큰 인상과 감명을 받았다. 유련 씨의 눈에는 짙은 포기의 기색이 어려 있었다. 체념을 넘어 해탈에 가까운 자세였다. 때로 유련 씨는 혼잣말로 중얼거렸다. 태교 음악은 늘 좋은 것만 들었는데. 가슴에서 우러나오는 깊은 탄식을 동반하는 혼잣말이었다.

그렇게 중얼대면서도 끝내 은아가 계속 노래할 수 있도록 두는 유련 씨의 인내심에는 박수를 치지 않을 수가 없었다. 물론 나는 물리적으로 박수를 칠 수 없으므로 나의 주파수 음역대에서 힘차게 정신체를 떨었을 따름이지만. 얼굴이 벌게질 정도로 힘껏 노래를 부르는 은아에게도 박수를 쳐 주었다. 노래보다는 그 태산 같은 기세를 향한 박수였다.

그건 범의 포효였고 전장에 나서는 장수의 함성이었다. 내가 들은 노래 중 가장 기백이 넘치는 그 악다구니에는 경의를 표하고 싶게 만드는 생명력이 있었다. 비록 유련 씨가 편히 잠드는 데에는 도움이 되지 못할 것 같았지만 말이다.

은아가 위풍당당하게 노래할 적마다 옛 기억이 떠올랐다. 아라.

그 애의 노랫소리가 꼭 한 번만 더 듣고 싶었다. 나의 정신을 휘어잡고 뒤흔드는 그 화음에 올라탄 채로 여운을 느끼고 싶었다. 그 애의 노랫소리에 하나둘 따라붙는 다른 동지들의 합창도 듣고 싶었다. 그 파동의 한 가운데에서 노닐고 싶었다.

그리고 그 자리에 은아를 데려가 살면서 본 가장 날카롭고 웅장한 소프라노라고 소개시켜 주고 싶었다. 그 뒤에 은아와 동지들이 합주를 시작하면, 엇나가는 노래가 만들어내는 화음의 한 가운데 서서 우리가 여기 있었노라고 이야기하고 싶었다.

그뿐이었다.

* * *

쑤언 씨와 유련 씨는 종종 은아가 알아듣지 못하도록 쑤언 씨 나라의 언어를 썼다. 주로 아이에게 들려주기에 적절하지 못한 화제를 얘기할 때 그렇게 하는 편이었다. 가령 유련 씨의 전남편으로부터 몇 개월째 송금되지 않는 은아의 양육비 이야기 같은 것이 그랬다.

쑤언 씨와 유련 씨가 몰랐던 게 하나 있다면, 그들의 노력에도 불구하고 은아는 무언가 문제가 있다는 것을 알아챘다는 점이다. 은아는 어린아이들 특유의 예민함으로 두 사람이 주고받는 어절과 단어에 속속 서린 근심과 버거운 책임감을 읽어냈다.

그러고는, 놀랍게도 주눅이 들었다.

처음 은아가 주눅 드는 것을 느끼고 받았던 충격을 기억한다. 그즈음 은아는 장난감 중에선 나를 가장 친한 놀이 친구로 받아들여 주기 시작했다. 덕분에 나의 정신체 타래 한두 가닥이 은아의 정신과 서서히 얽히고 있던 참이었다.

느긋하게 상황을 관조하고 있던 나는 갑자기 찾아온 딸꾹질처럼 내 정신체를 두드리는 당혹감을 느꼈다. 은아와 어른들을 차례로 바라보니 어떤 긴장의 벽이 생기는 것이 느껴졌다.

내가 아는 은아는 언제나 악을 쓰고 소리를 지를 줄은 알아도 기가 죽는 법은 모르는 아이였다. 성질이 나면 힘껏 고함을 지르는 아이였지, 주눅 들어 쩔쩔매는 아이가 아니었다. 은아의 정신 한구석에 칭칭 감겨있던 내 정신체 타래가 어쩔 줄을 모르고 엉키는 것이 느껴졌다.

두 사람은 은아와 관련된 얘기를 하면서도 은아를 끼워주지 않고 있었다. 그 순간에 은아는 거기 있되 거기 있지 않은 존재가 되었다. 은아는 주눅이 들었다가 금방 다시 분개하면서도 그 분함을 말로 표현하지 못해 짜증을 냈다.

나는 은아가 느끼는 우울함과 불같이 솟는 노여움과 대책 없이 튀어 오르는 신경질을 느꼈다. 전이되어오는 그 부정적 감정의 소용돌이가 내가 평소에 가지고 있던 불안과 만나자 몇 배로 증폭되었다. 지구에 온 이후로 느긋함과 인내심을 덕목으로 지켜온 나로서는 매우 당황스러운 일이 아닐 수 없었다.

갑자기 모든 일이 잘 풀리지 않을 것만 같고, 내가 전부 망쳤다는 끔찍한 느낌이 차오르기 시작했다. 나는 동지들을 찾을 수 없을 터였다. 동지들도 나를 찾길 원치 않겠지. 생각이 꼬리에 꼬리를 물고 이어졌다.

그러는 동안에도 은아의 기분은 점점 구겨지고 쪼그라들었다. 마치 어떤 추진력을 얻기 위한 응축 같았다.

그리고…….

은아는 큰소리로 울음을 터뜨렸다.

나는 다시금 펄쩍 뛰어오르며 놀랐다. 노랫소리만큼이나 거세고 강한 울음소리가 정신이 먹먹해질 정도로 나를 강하게 때렸다.

서러움, 속상함, 피로감.

그런 것들이 둑이 터지듯 몰려왔다.

다음 순간에 나는 은아의 목소리를 빌려 은아와 함께 울기 시작했다.

그건 꽤 괴상한 경험이었다. 하지만 당시엔 그렇게 느끼지 못했다. 비통이 나를 압도했다. 나는 감정의 격류 속에서 속절없이 목 놓아 울며 동지들을 불렀다. 그리고 그들에게 애원하고 간청하고 매달렸다.

안 돼. 가지 마, 가지 마. 제발.

그러나 그들은 그저 어쩔 수 없다는 듯이 '작별이구나.' 속삭이고선 차례로 그릇을 나가 저 먼 우주로 가버렸을 뿐이었다.

마지막으로 야라의 목소리가 허공을 갈랐다.

노래가 끝났어. 우린 가야해. 잘 있어.

그건 나에게는 일종의 배신이었다. 우리는 함께함으로써 그렇게나 온전하고 아름다운 노래를 하는 존재였는데. 여전히 서로에게 해줄 수 있는 이야기가 많고 함께 할 수 있는 노래도 많았는데. 미련 없이 떠나가는 동지들의 모습은 나에게 아픔을 안겨주었다.

당시에는 그게 슬픔이라는 사실을 깨닫지 못했다. 약간의 미련인 줄로만 알았다. 은아와 함께 울며 나는 그것이 나로서는 감당하기 힘든 거대한 공허였음을, 슬픔이었음을 알고 말았다.

나는 그 이별을 차마 받아들일 수 없어 동지들을 찾기로 한 것이었다. 우리가 보낸 시간이 그렇게나 쉽게 보낼 수 있는 것이었냐고, 그다지도 허무한 것이었냐고 묻고 싶었다. 또 한편으로는 그들을 찾는 것이, 그들에게 질문을 던지는 것이 너무나 두려웠다. 정말로 그들이 '그렇다'고 답할까 봐. 이제는 돌아갈 수 없는 나의 집.

그것이 참을 수 없도록 그리웠고, 외로웠다.

비통에 잠겨있던 나의 정신에 무언가 부드러운 것이 와 닿았다. 은아의 볼에 닿아있는 유련 씨의 손이 느껴졌다.

"은아야. 왜 그래?"

유련 씨는 은아를 안아주었다.

나의 그릇도 유련 씨와 은아 사이에 끼어 함께 포옹을 받았다. 은아의 울음이 분노에서 속상함으로 넘어가는 순간에 나는 공감과 연민을 느꼈다. 잘못된 곳에 온 기분, 배제당한 것만 같은 기분, 낯선 이가 된 기분으로 홀로 남겨지는 서러움을 나도 잘 알고 있었다.

나는 유런 씨에게 안겨 우는 은아의 정신에 기대어 그것을 마주 안았다. 그 순간에 나는 내 종족으로서는 혼자이되 존재로서는 혼자가 아니었다.

그게 매우 슬프면서도 기뻤다.

* * *

처음 은아와 함께 대성통곡을 해본 이후에도 나는 몇 번 더 비슷한 일을 겪었다. 생경하면서도 진이 다 빠지는 일이었다. 은아와 정서적으로 연결되면 연결될수록 현상은 심화되었고, 나는 은아와 함께 울다가 웃다가 기뻐하다가 미워하다가 다시 울다가 웃다가를 반복했다. 딱히 기분 나쁜 경험까지는 아니었으나 평정심 유지에 큰 도움이 될 것 같지가 않았다.

게다가 그 감정적 격정에는 묘한 중독성이 있었다. 고향에서 우리는 정신체를 최대한 깨끗하게 유지하기 위해 집착이나 중독 같은 자극적인 일을 피했다. 자극을 좇다 크건 작건 정신체 타래를 망가뜨린 동족들이 있었기 때문이었다. 나는 그런 일이 내게 벌어지도록 둘 생각은 없었다.

그래서 나는 은아의 행동을 좀 더 주의 깊게 지켜보며 은아를 이해하려 애썼다. 어떨 때 기뻐하고 어떨 때 슬퍼하는지, 이런저런 상황에서 어떤 기분을 느끼는 지를.

그리고 그 관찰에서 결론을 도출해 나름대로 은아를 보살폈다. 은아가 격한 감정을 느낄 때마다 은아의 정신에 연결된 내 정신체 타래를 풀어주거나 끌어안는 식으로 은아에게 공감하고 은아의 정신을 도닥여, 토닥거림을 흉내 내는 식이었다.

내 타래는 원래 그런 능력이나 목적을 위한 기관이 아니었음에도, 같은 행동을 반복하자 효과가 나타나기 시작했다. 은아는 시간이 지날수록 빠르게 흥분을 가라앉힐 수 있게 되었다. 나 또한 갈수록 은아에게 개입하는 것이 조금 더 편해지고 익숙해졌다. 조금 더 지나자 나는 은아의 기분에 직접적인 영향을 줄 수 있게 되었다. 적어도 만약의 사태를 대비할 준비 정도는 할 수 있다는 게 안심이 되었다.

물론 내가 아무리 준비하고 애써도 은아는 어쩌다 한 번씩 예상 못 한 순간에 예상 못 한 일을 했다. 가령 조금 전에 있었던 일처럼 말이다.

오늘 유치원에서는 음악 시간에 노래할 합창단원을 뽑았다. 뽑는다고 해도 결국엔 유치원에 다니는 모든 아이가 합창단원이 될 예정이었으므로 합창단원이 된다는 사실보다 어느 자리에 서느냐가 훨씬 중요했다. 당연히 모두가 가운데에 서고 싶어 했다.

화음을 이뤄야 하는 합창에서는 가장자리와 뒤쪽의 사람들까지 하나도 빼놓지 않고 모두가 중요했지만, 아이들에겐 그렇지 않았다. 그들에게는 어른들에게서 배운 공식이 있었다. 일단 맨 앞이 가장 좋은 자리였고, 가운데가 가장 좋은 자리였다.

그리고 은아의 싸움 실력을 보았을 때 가운데 자리 당첨은 떼놓은 당상과 다름없었다. 유치원에서 은아를 고집으로건 목청으로건 힘으로건 이길 아이는 없었으니까.

허나 유치원 선생님은 가장 뒷자리 구석에 앉아있던 아이를 불렀다. 나도 아는 아이였다. 성하. 언제나 조용하고 내성적이라 거기 있다는 것을 알기도 힘든 아이. 그저 멍하니 앉아 무언가를 부드럽게 흥얼거리는. 그런 아이를 내가 기억하고 있는 것은 성하가 은아와 함께 늘 유치원에서 거의 마지막까지 남아 있는 아이였기 때문이다.

맞벌이 부부가 많아 대부분의 아이가 유치원에 늦게까지 남아 있었지만, 그중에서도 성하와 은아는 가장 오랜 시간 남아 있는 아이들이었다. 그러나 같이 남아 있는 시간에 비해 둘은 그다지 친하지 않았다. 성하가 매우 내성적인 아이인 점이 한몫했다. 은아와는 영 상극이었다.

선생님은 성하를 불러다가 앞에 세웠다. 성하는 어쩔 줄을 몰라 했다. 아이들이 오묘한 얼굴로 선생님과 은아를 번갈아 바라보았다. 은아는 말없이 성하를 보고 있었다.

나는 은아가 곧 괴성을 지르거나 길길이 날뛰리라 짐작했다. 여태까지의 패턴으로 봤을 때 그럴 가능성이 가장 높았으니까. 나는 나름대로 타당한 결론을 도출하고는 타래 끝에 힘을 주어 은아를 달랠 준비를 하고 있었다. 타래 가닥 하나가 은밀히 은아의 정신을 부여잡았다.

그러나 은아는 화내지 않았다. 그저 단 한마디를 했을 뿐이었다.

"그거 불러봐."

놀라움을 느끼며, 나는 은아의 정신을 유심히 지켜보았다. 처음에는 내가 하도 자주 토닥여줘서 은아의 정신이 침착함 쪽에 추를 놓게 된 줄 알았다. 혹은 내가 무의식중에 은아가 화를 내기도 전에 타래를 움직여 분노의 감정을 눌러버렸거나.

허나 자세히 보고 있자니 은아의 정신에 분노와는 다른 의미의 흥분이 넘실거렸다. 내 정신체 타래의 영향은 찾아볼 수 없었다.

좀 더 유심히 살펴본 나는 은아가 말한 '불러보라'는 게 성하가 저녁마다 홀로 흥얼거리곤 하는 가락을 의미한다는 것을 깨달았다. 은아는 아닌 척하면서 그 흥얼거림을 모두 들었던 모양이었다.

은아는 한 번 더 재촉했다.

"불러봐."

성하는 도망치고 싶어 하는 기색이 역력했지만, 은아가 화난 뒤의 후환이 더 두려웠던 모양인지 짜내듯이 곡조를 흥얼거렸다. 소심하게 시작한 곡조는 이내 유치원의 소란스러운 공기를 갈랐다.

나는 첫음절을 듣자마자 성하야말로 야라에 가까운 아이임을 깨달았다.

어떻게 그걸 모를 수 있었을까? 나는 은아와 함께 몇 번이고

성하의 흥얼거림을 들었는데 말이다. 내가 동지를 찾는 일에
만 주의를 집중하느라 주변에서 흘러가는 노래를 놓치는 동안
은아는 기민하게 성하의 노래를 잡아낸 것이다.

나는 그리운 기분에 젖어 성하의 노래를 들었다. 여리지만
끊어지지 않는 가락에서 익숙한 이들이 떠올랐다. 노래가 끝
나자 아이들이 종알거렸다. 그 반응들까지도 하나의 노래와
다름없었다. 별다른 이견 없이 성하는 가운데 자리를 얻게 되
었다.

정신체 타래의 끝에서 춤추는 듯한 진동이 느껴졌다. 은아와
연결된 곳이었다. 나의 예상과 다르게 은아는 순수하게 성하
의 노래에 즐거워하고 있었다. 어떤 악다구니나 질투도, 괴롭
힘도 분함도 없었다.

나는 다시금 놀랐다. 은아가 언제나 화가 나 있고 참을성이
부족한 아이라고 생각한 나 자신에게. 무조건적인 질투를 하
리라고 생각했던 스스로에게 말이다.

은아의 즐거움에서 나오는 새파란 진동이 나의 정신체까지
잘게 흔들었다. 은아가 낼 수 있는 음역대마다 찬란하게 뛰노
는 엇박이 가득했다. 가지마다 잎을 피워내듯 내 정신체 타래
에서 파동이 자라났다.

그때였다. 동지들을 찾게 되면 다 같이 은아를 그릇 삼아 모
여 살아도 좋겠다는 생각이 든 것이다.

예전처럼 모두가 모여서 노래하며, 은아가 크는 것을 지켜보
고 은아의 눈으로 세상을 바라보는 것은 멋진 일이 될지도 모

르겠다는 막연한 생각이 흘러갔다.

아니. 분명 멋진 일이 될 터였다.

*　*　*

가을이 되자 은아네 유치원은 체험학습을 갔다. 목적지는 남해 앞바다에 조성된 해양 동물 재활센터. 다친 바다 동물들이 잠시간 머무르다 다시 바다로 되돌아가는 곳이었다.

각지의 동물원이 하나둘 과거의 잔재가 되어 사라져가면서 어른들은 아이들에게 동물과의 교류가 필요하다고 느낄 때면 이런 재활센터나 주말농장을 목적지로 잡았다. 요즘은 그마저도 서서히 온라인이나 홀로그램 체험으로 대체되어가는 중이었지만 말이다.

은아는 동물들을 보며 즐거워하고 놀라워하다가, 점심시간이 되자 유치원에서 주는 도시락을 나눠 먹으러 다른 친구들에게로 갔다. 은아의 뒤로 성하가 따라붙었다. 둘은 근래 부쩍 친해진 참이었다.

나는 아이들이 두고 간 가방 무더기 사이에 다른 장난감과 함께 엎어진 채 이곳 바다와 고향 바다의 차이점을 짚었다. 흥미로운 지점도 사색할 거리도 많았다. 온전한 혼자만의 시간을 갖는 것은 오랜만이었다.

그 와중에 내가 해야 할 일도 게을리하지 않았다. 반복된 정서적 교류를 통해 은아와 깊게 연결되는 데 성공한 이후로, 나는 깨어 있는 내내 나와 동지들의 노래를 특정 음역대에 실어 보내고 있었다. 혹여 주파수를 다루는 지구인들이 이 노래를 잡아내더라도 일종의 잡음처럼 보일 테니 걱정은 하지 않았다. 나는 몇 번이고 곱씹으면서 익숙해진 야라의 노래를 불렀다.

거기에 화답하듯 어디선가 노랫소리가 들렸다. 아주 희미해서 조금 애를 써야 붙잡을 수 있는 노래였다. 음역대 패턴에서 기묘할 정도로 익숙한 느낌이 들었다. 나는 금방 음파의 진원지를 찾아냈다. 뒤쪽에 있는 돌고래 보호관에서 들려오는 소리였다.

그제야 지구의 고래들도 초음파 주파수의 음역대를 이용해 의사소통한다는 사실이 떠올랐다. 물을 통해 굴절되어 높은 메아리처럼 휘도는 노랫소리가 들렸다. 즐겁게 노래를 듣고 있으려니 간만이네. 하고 말을 거는 소리가 들리는 듯도 했다.

'그러니까, 정말 오래간만이라고.'

나는 정신체를 있는 힘껏 떨며 의식을 돌고래관 쪽으로 돌렸다.

작은 돌고래 한 마리가 유유히 헤엄치며 내 쪽을 지그시 바라보고 있었다. 돌고래는 내가 마음을 가다듬을 시간을 주지도 않고 속삭였다.

'왜 하필 인형이지? 아. 인간 아이에게 엮이기 위해서군. 고전적이야.'

'당신은 누구야?'

'너도 알잖아.'

소리는 끊어질 듯 작게 들렸다. 그 주파수를 놓치지 않기 위해 온 정신을 집중해야만 했다. 정신체 타래 촉각의 가닥가닥이 요란하게 전율했다. 나는 떨리는 음역대를 바로잡으며 답했다.

'반가워. 지구로 떨어진 우리들도 있을 거라고 믿고는 있었지만, 다른 곳도 아니고 이런 곳에서 이렇게 만날 줄은 몰랐어.'

'나도 그래. 동향(同鄕)을 만나는 건 여기 오고 십 년 만에 처음이야.'

'십 년 만이라고?'

별이 죽은 건 그렇게 오래된 일이 아니었다. 그 순간 나는 작은 깨달음을 얻었다.

이 동향인은 우리의 고향에 그 모든 일이, 슬픈 와해와 종말이 벌어지기 전에 이곳에 도착했다. 그는 서글픈 이별의 속삭임과 함께 온 것이 아니라 새로운 세계를 향한 모험심과 함께 왔을 것이다. 노력해보았지만 실망을 감출 수가 없었다.

'그렇게 티 나게 실망할 필요까지야.'

'미안해. 나는 당신이 최근에 여기 온 동향인 줄 알았어. 얼마 전에 고향이 죽었거든. 모두가 흩어졌지.'

'으흠.'

돌고래는 나의 말에도 놀라는 눈치가 아니었다. 어쩌면 당연했다.

우리의 고향이 죽는 것은 꽤 오래전부터 예견되어있던 일이었다. 우리들은 하나의 육체나 땅에 구속되지 않는 정신체이니 물리적인 공간의 죽음에 그렇게까지 큰 영향을 받지 않았다. 그에 더해 종족 특유의 '그렇다면 어쩔 수 없지' 성미 덕에 많은 이들이 일찌감치 마음의 준비를 해둔 상황이었다.

간혹 준비성이 투철한 이들은 별이 끝나기 전에 그릇을 버리고 먼 우주로 떠나갔다. 어쩌면 이 돌고래도 그때 미리 떠나온 사람일지도 몰랐다. 나는 실낱같은 희망을 품고 물었다.

'혹시 최근에 여기 온 동향인에 대한 이야기를 들어본 적이 있어?'

'애석하게도 없어. 다시 말하지만, 너는 내가 십 년만에 처음 보는 동향인이니까. 마음 상하지는 않았으면 좋겠네.'

물론 나는 마음이 상했다. 돌고래는 묘하게 찌그러진 내 음역대만 보고도 내 기분을 파악했는지 그저 한마디를 덧붙였다.

'근데 뭐 하러 동지를 찾는 거야? 별은 죽었다면서.'

'그러니까 찾아야지. 다시 만나야 하니까. 다시 만나서 부를 노래가 있으니까.'

이번엔 돌고래의 주파수가 살짝 찌그러졌다.

'너는 이별을 받아들이는 방식이 우리치고는 다른가 보구나.'

'아마도. 괴짜라고 생각해도 상관없어.'

'천만에. 너는 나와 닮았어. 여기에 오게 된 것부터 시작해서 말이야. 이별을 받아들이는 방법도.'

나는 그 말에 돌고래를 바라보았다. 어찌 되었건 오랜만에 만나는 고향 사람이었다.

있지도 않은 눈꺼풀이 시큰해지는 기분이 들었다. 멀리서 은아가 눈을 비비는 게 느껴졌다. 나는 서둘러 벅참인지 서글픔인지 모를 감정을 갈무리했다. 돌고래는 그런 나를 유심히 바라보더니 말을 이었다.

'이미 일이 이렇게 되었으니 얼른 여기에 적응하는 게 나을 수도 있어. 네 경우엔 빠르게 될지도 모르겠네. 네 아이와 매우 긴밀하게 엮인 게 느껴져.'

'잠깐 본 것만으로 그걸 알아볼 수 있다니. 놀랍네.'

'대충만 봐도 느껴질 정도로 너와 아이가 가깝다는 뜻이지. 인형을 고른 건 훌륭한 선택이야. 아이들은 인형을, 인형은 자기 아이를 사랑하지. 정신체의 감응과 동조(同調)율을 자연스럽게 높이기로는 그만한 게 없어.'

'고마워. 너도 네 그릇과 아주 가까워 보여.'

'가깝다마다. 나는 처음부터 이 몸이 마음에 들었거든.'

돌고래는 답하며 자신의 음역대를 두드리듯 구부렸다. 웃음의 표현이었다. 간만에 고향의 표현방식을 보자 마음이 살짝 들떴다. 나는 돌고래에게 물었다.

'계속 여기 있는 거야?'

'그건 잘 몰라. 나는 얼마 전에 다쳐서 여기 왔어. 다 나으면 나가게 될 거고. 그게 언제가 될지는 모르지.'

그 말을 듣고 살피자 돌고래의 지느러미부터 배밑을 가로지르는 거대한 흉터가 보였다. 회복하기엔 시간이 필요해 보이는 상처였다.

'플라스틱 그물은 꽤 질기더라고.'

연민의 의미로 음역대를 떨자 돌고래는 다시금 부드러운 미소를 의미하는 파동으로 화답했다. 멀리서 은아와 아이들이 도시락을 다 먹고 일어나 다음 관으로 이동할 채비를 하는 것이 느껴졌다. 나는 은아의 손에 들려 올라가면서 돌고래에게 넌지시 물었다.

'널 다시 만날 수 있을까?'

'우연이 허락한다면. 너무 기대하지는 마.'

나는 한숨을 쉬며 솔직하게 답했다.

'그럴 수가 없어. 나는 이별을 잘 못 하거든. 결국엔 다시 만날 거라 기대하고 말지.'

'그래 보여.'

돌고래는 웃었다. 은아가 걸음을 옮겨 돌고래와 거리가 벌어지자 아쉬운 마음이 들었다. 그런 마음을 느낀 건지 은아의 발걸음이 조금 느려졌다.

돌고래가 내게 눈인사를 보냈다. 긴 메아리가 따라왔다.

'찾는 이들을 다시 만날 수 있길 바라.'

'나도 그랬으면 좋겠어.'

돌고래는 머뭇거리더니 덧붙였다.

'아니면 여기에 적응하도록 노력해봐. 고향에 대해서는 잊고, 지구에 뿌리를 내리고 여기 사람이 되도록 해. 너를 위한 말이야. 이곳에 동화(同化)되고 나면 좀 편할 거야.'

과연 그럴까? 내가 고향을 전부 잊고 그럴 수 있을까?

그건 영 어려워 보였다. 지구의 일원이 되는 것에 대해서는 제대로 생각해본 적이 없었으니까.

그러다 일전에 모두를 찾아 은아 안에서 함께 살아간다면 멋진 일이 되리라고 생각했던 것을 기억해냈다. 어쩌면 그렇게만 되면 괜찮겠다는 생각이 들었다.

일단 다시 모인다면 그게 고향이건 지구건 아무런 상관도 없을 터였다. 함께하는 것 자체가 집이었으니까.

나는 음역대를 구부려 작게 고개를 끄덕이는 인사를 보내고는 가까스로 돌고래에게서 눈을 떼었다. 돌고래의 눈과 굴절되어 퍼지는 메아리 같은 인사가 계속해서 뇌리에 남았다. 그 덕인지 은아는 그 후 일주일간 돌고래를 타고 하늘을 나는 꿈을 꾸었다.

* * *

그해 겨울이 되기 직전에 은아는 기어코 유치원 크리스마스 합창단의 가운데에 자리를 얻어내고야 말았다.

나는 앞서 있었던 성하의 일, 그러니까 성하에게 가운데 자리를 양보한 일 이후로도 은아가 여전히 노래를 좋아하고 있다는 것이 기뻤다. 종족을 가리지 않고, 아이건 어른이건 무언가를 더 잘하는 상대에게 기가 죽어 의지를 꺾는 일은 흔한 일이었으니까. 하긴 노래에 있어서 은아의 고집을 꺾는 일은 자연재해를 막으려는 노력만큼이나 부질없는 일이었을 터다.

은아는 가운데에 서게 된 데에 책임을 느끼고서 진지하게 연습에 임했다. 유치원에서는 물론이고 집에 와서도 수십 번이고 '고요한 밤, 거룩한 밤'을 불러댄 것이다.

결론만 말하자면 은아가 부르는 그 곡은 전혀 고요하지 않았다. 태풍이 몰아닥치는 갑판 위에서 선장에게 돛을 펼쳐야 한다고 소리 지르는 항해사가 된 기분으로 나는 정신체 타래를 흔들었다.

익히 아는 노래인데도 매우 새로운 선율이었다. 아프리카 초원을 내달리는 물소 떼처럼 격정적이고 마른하늘에 날벼락을 내리는 불호성이 여기 번쩍 저기 번쩍했다. 정말이지 독보적이고 개성이 넘쳤다.

문제는 은아의 노래가 독창이 아니라는 거였다. 은아가 해내야 하는 것은 합창이었다. 그것도 생애 첫 합창.

덮어놓고 말해, 은아에게 합창의 소질이 있었던가?

크리스마스 합창은 여태껏 해왔던 것과는 좀 달랐다. 그건 모두의 앞에서 하는 공연이었으니까. 학부모들과 유치원 관계자들이 모두 모여 지켜보는, 지역 문화 센터를 빌려 열리는 작은 축제. 아이들의 첫 무대기도 했다.

그리고 그 속에서 은아의 목소리는 매번 독특할 정도로 튀었다. 그건 화음에서 뛰쳐나와 이리저리 쏘다니며 존재감을 뽐내는 들불이었다. 합창에는 영 맞지 않는 불티 말이다.

나는 걱정을 거두지 못했다. 그건 유련 씨도 마찬가지인 듯 보였다. 유련 씨는 은아의 우렁찬 목소리가 다른 아이들의 노래를 모두 잡아먹고 모두의 인생 첫 무대를 망치고야 말까 봐 잔뜩 겁에 질려 있었다. 그 결과로 은아도 유런 씨도 상처를 받게 될까 봐 말이다. 나는 그 마음을 이해했다. 그러나 한편으로 은아를 그렇게 바라보는 사람이 있으면 정신체 끝까지 화가 날 것만 같았다.

결국 어느 날 유런 씨는 은아를 데리러 와서, 은아가 집에 갈 준비를 하는 동안 유치원 선생님에게 넌지시 은아의 자리를 바꿔줄 수는 없겠냐고 물었다. 마음이야 이해하지만 어떻게 유런 씨가 그런 요청을 할 수 있단 말인가? 몹시 실망스러웠다. 배신감에 치가 떨렸다.

다행히도 유치원 선생님들과 원장님은 은아의 분노를 상대하느니 유런 씨를 설득하는 게 낫다고 판단했는지 결정을 번복하지는 않았다.

그때쯤 되자 나는 일종의 계획을 세웠다.

크리스마스 합창 당일에 내가 은아에게 엮여서 발성 기관을 조율해 노래를 잘 해낼 수 있게 조정해주면 어떨까?

내게는 노래를 직접 부르는 종류의 소질은 없었어도 그것을 조율하고 지휘하는 종류의 소질은 있었다. 가끔씩 야라가 부를 노래를 다듬고, 모두가 부를 화음을 조절하거나 어울리는 가닥을 엮는 일도 맡아왔으니까. 이런 일에는 무척 자신이 있었다.

다들 지켜보는 앞에서 내가 은아에게 파고들어 노래를 매끄럽게 만져내면 은아는 누구보다 멋진 노래를 부를 수 있었다.

듣는 이들을 깜짝 놀라게 할 수 있을 정도로 말이다.

그 어떤 이도 은아를 힐난의 눈으로 보지 못할 터였다. 오히려 은아에게 환호를 보내지 않을 수 없게 될 테지. 모두가 보는 앞에서 낭패를 보거나 상처를 입는 일도 없을 거였다. 완벽한 계획이었다.

나는 이것을 실행에 옮기기 위해 정신체 타래를 더 예민하고 섬세하게 다루는 연습을 반복했다. 언제나 그랬듯 순진무구한 곰 인형인 척 은아의 품에 안겨, 크리스마스 합창에 같이 가기만 하면 성공하는 계획이었다.

그동안 은아 역시 연습을 게을리하지 않았다. 함께 늦게까지 남아 있는 성하와도 합을 맞췄다. 성하는 평소에는 그저 조용히 은아를 따라다니다가, 노래를 부를 때만큼은 누구보다 열성적으로 눈을 빛내며 목소리가 커졌다. 주위의 그 어떤 어른보다도 참을성 있는 음악 선생이기도 했다.

성하는 은아가 속상해할 때면 함께 속상해했고, 은아가 떨지 않고 음을 내는 데 성공하면 함께 기뻐했다. 둘은 어느새 좋은 친구 사이가 되어 있었다. 성하의 엄마와 은아의 엄마 역시도 혼자 힘으로 아이를 돌보는 처지의 동병상련으로 친해진 모양이었다. 종종 둘이 전화로 즐겁게 수다 떠는 모습을 볼 수 있었으니까.

쑤언 씨는 가끔 유련 씨 대신 은아를 돌봐주러 와서 노래 연습을 봐주었다. 여전히 나를 못마땅하다는 듯 흘겨보기는 했지만. 쑤언 씨는 언제나 진지한 태도로 고개를 끄덕이며 은아의 노래를 경청했다. 나는 내심 쑤언 씨의 태도에 존경을 보내고 있었다.

은아의 노래를 다 들은 뒤에 쑤언 씨는 늘 이렇게 말했다.

"네가 할 노래를 생각해봐. 그리고 다른 애들의 노래를 들어. 그다음 괜찮다 싶은 곳 위에 네 노래를 얹어보는 거야."

그러고선 은아는 알아들을 수 없는 자기 고향의 노래를 은아의 노래 위에 녹여내듯 얹고는 했다. 음차도 발음도 전혀 다른 두 언어가 같은 화음과 곡조로 어울리는 때가 나는 무척 좋았다. 은아의 폭풍과 쑤언 씨의 산들바람이 역설적이게도 함께 있는 순간이었다.

그렇게 하루하루가 지나면서 은아의 실력은 많이 나아졌지만, 여전히 다 같이 연습을 할 때면 이상하게도 실력이 제자리로 돌아가는 문제가 있었다. 쑤언 씨나 성하와는 곧잘 합을 맞추면서도 다른 아이들과 함께 하는 연습 때만 되면 언제 그랬냐는 듯 높은 소리로 홀로 질주해버리곤 했던 것이다.

은아의 노랫소리는 여전히 강렬했으며 다른 소리를 집어삼키는 태풍이었다. 그리고 그건 은아가 긴장하면 긴장할수록 더욱 심해졌다.

해서 크리스마스 합창 당일 아침이 되었을 때 은아의 기분은 거의 바닥이었다. 엎친 데 덮친 격으로 성하 역시 기분이 좋지 못했다. 성하의 엄마가 결국 시간을 내지 못한 탓이었다.

전날 성하는 은아의 집에 와서 잤기 때문에 두 아이는 내내 같이 있었고, 둘의 기분이 나아지지 않았기에 아이들과 정서

적 교류를 하고 있던 나의 상태 역시 거의 기어 다니는 수준이었다. 몇 주간 은아의 합창 날에만 신경이 쏠려 동지들을 찾는 일에 신경 쓰지 못했다는 걸 떠올리자 더욱 좌절감이 들었다. 유련 씨 역시 두 아이를 혼자서 어르고 달래고 챙기느라 몹시 지쳐있었다. 모두가 즐거운 날에 우리들만 괴로웠다.

더 끔찍한 일은 저녁 즈음에 터졌다. 유련 씨가 은아와 성하를 문화 센터에 태워다 주면서 내 그릇인 곰 인형을 데리고 가는 것을 까먹고야 만 것이다. 늦을까 봐 서두르느라 아이들은 챙겼어도 아이들의 장난감까지는 챙길 겨를이 없었던 듯했다.

나는 당황해 정신체 타래를 사방으로 떨어대며 소리쳤다. *유련 씨! 나는 은아의 애착 인형이라고요! 아이의 긴장을 푸는 데 없어서는 안 될 존재잖아요. 두고 가면 어떡해요!*

나의 절규는 유련 씨에겐 닿지 않았고 은아에게 닿기엔 자동차가 떠나가는 속도가 훨씬 빨랐다. 오만가지 끔찍한 상상이 뇌리를 스쳤다. 은아가 생애 첫 합창을 망치고 상처받는 모습이 내 정신체 안에서 생생히 재생되었다. 내 정신체는 온갖 나쁜 생각들과 부정적인 결과들로 범벅이 되었다. 거의 타락하는 기분이었다.

자괴감 속에 누워있을 때 갑자기 현관문이 열렸다. 화들짝 놀라 정신체를 뻗자 쑤언 씨가 서 있는 걸 느낄 수 있었다. 새로 사귄 동네 할머니들과 황혼 여행을 떠나 합창에는 오지 못한다고 했었는데, 마음을 바꿔 예정보다 더 일찍 돌아온 모양이었다.

나는 쑤언 씨를 보고 오히려 더 절망했다. 구세주를 기다렸더니 최후의 일격을 날릴 사람이 온 셈이었다. 쑤언 씨는 은아에겐 좋은 할머니였지만 늘 기회만 되면 나를 내다 버리고 싶어 했다. 나는 나에게 뿌려지던 따가운 소금의 감각과 못마땅한 것을 보는 듯한 싸늘한 눈빛을 아직도 잊지 못했다. 쑤언 씨라면 이번 기회에 나를 분홍색 종량제 봉투에 눌러 담아 버려 버릴지도 모를 일이었다.

그러나 다음 순간 쑤언 씨는 당당하게 나를 집어 들고 옷도 채 갈아입지 않고 집을 나서 택시를 잡았다.

"기사 양반. 빨리. 손녀 공연. 택시비 따블."

딱 그 네 마디에 택시는 신호 위반을 아슬아슬 피해가며 바람같이 달려 문화 센터 앞에 나와 쑤언 씨를 내려놓았다.

강당에 들어서자 다른 공연이 먼저 시작하고 있었다. 쑤언 씨는 멀리서도 유련 씨를 단박에 알아보곤 다가가 채근했다.

"애 인형을 두고 가면 어떡해."

맞아요. 맞아! 나는 쑤언 씨에게 격하게 고개를 끄덕이며 안도의 한숨을 쉬었다.

곧 선생님이 다가와 학부모들을 무대 뒤편으로 데려갔다. 대기 중인 아이들을 북돋아 주기 위해서였다. 유련 씨는 한 손에 영상통화로 성하의 엄마를 연결한 채 두 아이에게 다가갔다. 은아와 성하는 가엾을 정도로 울상이 되어 있었다. 유련 씨가 나를 건네자 은아는 세찬 힘으로 날 껴안아 주었다. 나도 정신체 타래로 은아의 정신을 마주 안으며 슬며시 은아에게로 내 타래를 옮길 준비를 했다.

성하의 엄마는 전화 너머로 연신 미안하다는 말을 반복했다. 성하가 눈에 힘을 주어 눈물을 참는 것이 보이더니 곧 평소의 의젓한 자세로 돌아왔다. 유린 씨는 성하에게 말해주었다. *내가 다 찍어서 너희 엄마한테 보내줄게.*

이제 은아 차례였다. 나는 타래에 힘을 주었다. 이때를 위해 갈고 닦은 조정 능력을 마음껏 뽐내줄 생각이었다. 내 타래에는 야라의 멋진 노래가 가득 찼다. 그때 쑤언 씨가 여전히 울상인 은아에게 속삭였다.

"하고 싶은 노래를 생각해봐."

"하고 싶은 거?"

"그래. 하고 싶은 거."

그때 은아의 정신에서 일종의 혼란이 느껴졌다. 나는 움찔하며 거의 연결된 타래를 도로 움츠리고 야라의 노래를 내게로 다시 끌어모았다. 그건 내가 부르고 싶은 노래였고, 은아가 부르고 싶은 노래는 아니었다. 그 덕에 정신의 어딘가에서 혼선이 빚어진 모양이었다.

내가 노래를 거둬들이자 은아의 정신에 「고요한 밤, 거룩한 밤」이 차오르기 시작했다. 은아는 울음기가 어린 목소리로 대답했다.

"그냥 하고 싶은 거 아냐. 잘하고 싶어."

은아가 다시 울상이 되자 쑤언 씨가 끄덕였다.

"그거면 돼."

214

쑤언 씨는 부러 못해도 상관없다는 말은 하지 않았다. 은아의 성격을 생각했을 때 그건 역효과를 냈을 것이다. 은아라면 아마 이렇게 생각했을지도 모른다. 내가 잘하고 싶다는데, 남이 못 해도 된다는 게 무슨 상관이야?

나는 쑤언 씨에게 다시금 감탄했다. 시시때때로 나를 내다 버리고 싶어 하고 까다롭게 굴기 일쑤였지만, 오직 은아가 나를 좋아한다는 사실만으로도 나를 버리지 않은 데다 끝내 여기까지 데려온 사람이었다. 나는 경의를 담아 쑤언 씨를 보았다.

"다른 애들의 노래를 들어봐."

그러고 나서 네 노래를 그 위에 얹어.

쑤언 씨는 늘 하던 말을 해주고는 유런 씨와 함께 밖으로 나갔다. 학부모들이 빠져나가자 흥분으로 가득 찼던 대기실에 긴장감과 차분함이 감돌았다. 선생님은 무대 위로 아이들을 인솔했다. 작게 꾸며진 무대는 스무 명 남짓한 아이들이 오르자 옹기종기 가득 찼다. 간주가 시작되었다.

관객석에서 쑤언 씨가 미소를 짓더니 입 모양으로 무어라 흥얼거렸다. 나는 그게 은아의 노래 위에 얹곤 하던 쑤언 씨의 고향 노래라는 것을 깨달았다.

나는 떼어낸 정신체 타래를 은아에게 엮을 생각을 하지 못했다. 지금 내가 간섭하면 은아가 부르고 싶은 노래가 아니라 내가 부르고 싶은 노래를 하게 될 테니까. 야라의 노래 말이다.

그건 어쩐지 몹시 큰 실례로 느껴졌다.

결국 나는 운명을 받아들였다. 내 정신체를 꾹 다문 채 간주가 끝난 다음에 벌어질 대형 사고를 예상하며 타래를 움츠렸다.

과연 강렬한 전조가 있었다. 은아는 첫 박자를 놓쳤다. 나는 허둥지둥하며 지금이라도 정신체 타래를 은아에게 엮을까 고민했다. 몇 번이고 생각했던 악몽이 절로 떠올랐다. 무대를 망친 은아가 힐난하는 어른들의 매서운 눈빛 앞에서 울음을 터뜨리는 광경이. 내 정신체가 걷잡을 수 없이 쪼그라들었다.

다음 순간 이전에 느꼈던 파동이 느껴졌다. 은아가 성하의 노래를 처음 제대로 들을 때 튀어 올랐던 흥분의 파동이었다. 나는 깨달았다. 이건 실수가 아니었다. 은아는 일부러 첫 박을 놓친 것이다. 쑤언 씨의 말은 말 그대로 다른 아이들의 노래를 먼저 들으라는 뜻은 아니었을 테지만 은아는 그걸 나름의 방식으로 알아들었고, 다른 아이들의 노래를 먼저 듣고는 입을 열었다.

완벽하다고 하긴 힘든 합창이었다. 아이들의 음은 자잘하게 떨렸으며 가끔 불안하게 궤도를 이탈할 것처럼 굴었다. 그렇게 삐끗하는가 싶다가도 간신히 휘청대며 트랙으로 되돌아오고, 화음은 아슬아슬하게 줄타기를 하며 널을 뛰었다. 흥분과 초조함과 즐거움이 만들어낸 온갖 리듬이 폭죽처럼 은아와 나의 정신을 뒤흔들었다.

무엇보다 중요한 건, 은아가 포기하지 않고 끝까지 노래를 불렀다는 사실이었다.

합창은 박수 소리와 함께 끝났다.

＊　＊　＊

밖으로 나오자 슬슬 저녁 시간이 되어가고 있었다.

하늘에선 진눈깨비가 내리다가 서서히 함박눈으로 몸을 불렸다. 은아는 차 안에서 긴장이 풀렸는지 발을 동동대며 배고프다는 말을 연발했다. 뒤늦게 와서 성하를 데려간 성하 엄마와 인사를 마치고 돌아온 유련 씨는 기분이 좋아 보였다.

쑤언 씨 역시 부드러운 미소를 머금고서 은아를 바라보더니 말을 건넸다.

"노래가 기가 막히던데. 할머니한테 한 번만 더 불러줄래?"

아이의 기분을 맞춰주는 방법을 아는 현명한 노인이었다. 의외로 거절은 은아에게서 나왔다.

"박수와 함께 끝난 노래는 부르는 거 아냐."

쑤언 씨는 크게 웃었다. 운전하던 유련 씨의 얼굴에도 미소가 걸렸다. 어린아이들이 세상을 통달한 지혜가 담긴 말을 할 때 특유의 경탄, 그리고 즐거움이 담긴 분위기가 공기 중에 흘러넘쳤다.

그 훈훈함 속에서 오직 나만이 굳어 있었다. 어디서 들어본 말인데.

타래를 낮추고 눈치를 보고 있으려니 쑤언 씨가 그런 말은 어디서 배웠냐며 은아의 머리를 쓰다듬었다.

"야라가 그랬어."

순간적으로 정신이 경련하며 꾹 닫혔다. 정신체 타래 끝이 잘게 전율하는 게 느껴졌다.

"야라?"

"야라는 노래를 잘해."

"유치원에 그런 친구도 있었어? 성하 말고? 이름이 특이하네?"

유련 씨가 묻는 말에 쑤언 씨가 아무렇지도 않게 답했다.

"저 나이 때 애들은 원래 다 상상 친구가 있잖아."

유련 씨는 고개를 끄덕였지만 나는 그럴 수가 없었다. 혼란스러웠다.

합창으로 받은 감명이 당황 속에 흩어져 날아가고 있었다. 하늘에 날리는 눈발만큼이나 마음이 소란했다.

그 말은 은아가 할 말이 아니었다. 그건 내 기억이었다. 내가 은아의 감정이나 기억을 옮겨 받는 만큼 은아도 내 기억을 옮겨 받는 것일까? 나는 이 부분에 대해서는 생각해보지 못했다. 아니. 생각하지 않았다고 해야 할 것이다.

고향에서 우리의 그릇은 우리와 이런 식으로 교류하지 않았다. 우리는 그릇의 기분에는 어느 정도 영향을 줄 수 있었으나 그릇의 기억에는 영향을 줄 수 없었다. 기억은 그릇을 구성하는 토대가 되므로 그것을 건드는 일은 그릇의 근간을 뒤흔들 수 있었다. 그러나 그건 일어나서는 안 되는 일이었다.

그런데 은아는 지금 내 기억을 자신의 것처럼 이야기하고 있었다. 전에는 이런 적이 없었는데.

무언가 잘못되었다는 감각이 내 정신체 타래 내부를 휘저으며 쏘다녔다. 촉각 끝이 파르르 떨렸다. 이런 일에 대해 알 만한 다른 동족이 필요했다. 생각나는 이가 하나 있었다.

돌고래를 만나야만 했다.

* * *

나는 은아가 또다시 그 재활센터로 체험학습 가기를 기다리고 또 기다렸다. 그동안은 은아에게 되도록 내 타래를 엮지 않았다.

봄이 되었고 은아의 키가 6cm쯤 자랐다. 은아는 크는 것도 누구한테 질세라 공격적일 정도로 잘 자라는 아이였다. 성하와는 내년에 어느 초등학교에 갈지에 대한 문제로 몇 번 크게 다투는 것 같더니 언제 싸웠냐는 듯 다시 돈독해졌다. 같은 초등학교에 가자는 약속도 했다. 근교에서 어린이 합창단으로 유명한 학교였다.

나는 인간 아이들의 놀라운 성장 속도에 감탄하면서도, 곧 봄 체험학습 시즌이 오리라는 사실에 가슴이 두근댔다. 부디 작년 가을과 같은 곳으로 체험학습 일정이 정해지기를, 재활센터의 체험학습 프로그램이 아직 홀로그램으로 대체되지 않았기를 빌고 또 비는 것 외에 할 수 있는 일이 없었다.

그리고 그것은 기적적으로 통했다.

은아가 예전처럼 센터를 한 바퀴 돌고 아이들과 점심을 먹으러 간 사이 나는 주위를 살폈다. 느껴지는 음역대가 없는지,

메아리처럼 먹먹하게 들려오는 물속의 노래는 없는지. 강한 의지를 담아 주파수를 몇 번 쏘아 보내자 그토록 찾던 노래가 되돌아왔다.

나는 허겁지겁 정신을 질주시키며 근원지를 찾아냈다. 재활관에 있던 돌고래는 이제 조금 옆의 생태관으로 옮겨 있었다. 플라스틱 그물이 남긴 상흔이 지느러미를 깊게 가로질러 남아 있는 것이 보였다. 돌고래는 내게 화답했다.

'너구나.'

'네가 아직도 여기 있을 줄은 몰랐어. 여기 있기를 바랐지만 말이야.'

'나도 예상하지 못했어. 여기 인간들이 내가 바다로 돌아가지 못하리라 생각하나 봐.'

'정말 돌아갈 수 없어?'

조심스레 묻자 돌고래는 음역대를 부드럽게 휘며 웃었다. 나도 몰라. 그냥 회복에 시간이 좀 더 필요한 걸 수도 있고.

이윽고 돌고래가 물었다.

'그나저나 왜 멈춘 거야? 아이에게서 네 음역대가 느껴지질 않는데.'

'왜 멈췄냐고?'

'잘하고 있었던 거 같은데. 왜 정신체 타래를 뺐지?'

나는 이미 모든 걸 알고 있다는 듯한 돌고래의 태도에 충격을 받았다. 타래 촉각 끝이 오소소 곤두서는 것이 느껴졌다. 돌고래는 외려 당황한 듯 보였다.

'나는 네가 내 충고를 받아들인 줄 알았어.'

'뭐라고?'

'동화(同化)에 관한 것 말이야. 기억나? 이렇게 된 거 그냥 적응하는 게 편할 거라고 했잖아. 뿌리를 내리고 이곳에 동화되면 편할 거라고.'

'나는 그게 여기 생활에 익숙해지라는 의미인 줄 알았어.'

'그런 뜻으로 한 말 맞아. 우리처럼 육신이 없는 존재가 그렇게 되려면 남의 몸을 갖는 게 제일 빠르고. 이곳 사람이 되라고 했잖아.'

날카롭게 고주파의 비명이 샜다. 내가 제어할 수 없는 비명이었다. 돌고래는 그 소리에 정신체를 훅 움츠리더니 나를 살폈다. 간신히 내 정신체를 열자 내 것이 아닌 듯한 소리가 쥐어짜듯 굴러 나왔다.

'그러니까 네 말은.'

내 음역대는 형편없는 소리를 내고 있었다. 현이 다 끊어진 현악기가 깽깽거리며 내는 것 같은 소리였다. 돌고래는 점점 더 정신체를 찌푸리며 자기 음역대를 굽혔다.

'네가 인형을 택한 것도 그런 이유 아니었어? 아이들에게 교류를 트고 정신 사이에 스며들기엔 최적이니까. 고전적인 방식이잖아.'

'아니야! 난……'

'결론적으로 넌 어린아이가 필요했던 거잖아. 그러니 인형을 그릇으로 골랐겠지.'

대꾸할 말이 없었다. 그건 사실이었다. 나는 노래를 실어 보내기 위해 음역대를 빌려줄 아이가 필요했다. 내 동지들을 찾아줄 아이. 나의 통신 수단으로 일해 줄 아이.

돌고래가 속삭이듯 말했다.

'인형 말야. 그러니까 유명하고 잘 알려진 저주 인형들. 너도 예상했겠지만, 그들 중엔 진짜로 우리들이 있었어. 너처럼 말이야. 근데 그들이 왜 그런 악평을 달고 다녔는지 알아?'

나는 다음 답변을 듣고 싶지 않았다. 추론이 사실로 못 박히는 게 몹시도 두려웠다. 그러나 돌고래는 나의 기분은 아랑곳하지 않고 말을 이었다.

'실제로 지구인들에게 해악을 끼쳤거든. 너도 실은 이해하고 있지?'

'우리에겐 그럴 능력이 없어!'

'우리의 고향에서라면 그랬겠지. 고향이었다면, 그릇들은 우리가 조종하려 해도 우리 의지대로 움직여주지 않았을 거야. 우리와 공존하는 법을 알고 있었으니까.'

나는 잔잔히 경악했다. 내 정신체 타래가 들어 있는 곰 인형 안쪽의 솜이 여기저기 나동그라지고 오그라드는 것만 같았다.

'무슨 뜻이야?'

'생각해본 적 있어? 한 행성을 이루는 생태계는 다 같이 상호작용을 나누면서 진화하잖아.'

돌고래는 책망이 아닌 연민이 깃든 눈으로 나를 바라보았다. 그 눈이 나를 더 견딜 수 없게 했다.

'우리 고향의 생물들은 우리가 기거하기에 적합하도록, 정확히는 우리가 기거해도 우리에게 크게 영향받지 않도록 진화했어.'

내가 무심코 소스라치는 동안에도 돌고래의 말은 이어졌다.

'그들에겐 우리가 자기네들의 정신을 침투할 수 없도록 방어하는 화학적 면역 체계가 있었어. 애초에 우리를 품을 수 있게 진화했지. 물고기를 주렁주렁 달고 다니는 고래상어나 몸속에 다른 생물을 품고 공생하는 동물처럼.'

'......'

'그런데 지구의 생명체는 우리의 정신체에 면역이 없어. 여기서는 하나의 뇌에 두 가지 이상의 정신이 깃들면 해리성 성격 장애라고 불러. 문제가 발생한다는 의미지.'

'난......'

'우리처럼 단순히 한 그릇에 둘 이상이 무난히 기거하는 형태가 되지 않는다는 거야. 우리의 정신체 타래는 면역 체계가 없는 생물에게 엮이면 일종의 화학적 결합을 일으켜. 타래의 교감 능력은 일종의 세뇌를 일으켜서 그걸 돕고. 둘이 하나 안에 공존하는 게 아니라, 합쳐져서 하나가 되는 거지.'

문득 저주 인형들이 떠올랐다. 인간 아이나 혹은 주변의 다른 이들의 정신을 녹여 혼란을 일으키고 귀신에 씌었다는 평을 듣게 하는 인형들을. 인간에게 녹아들어 자신의 것이 아닌 남의 기억을 말하게 하고, 남의 행동을 하도록 하고, 기어코 당황 속에서 주변도 자신도 해하게 되는 존재들과 그들이 일으킨 많은 소동을.

'지능이 높을수록, 유연하고 어린 존재일수록, 그리고 활발히 공감하고 교감하는 상대일수록 영향을 크게 받아.'

'......'

'나는 이 돌고래가 어미와 같이 있던 시절부터 이 안에 있었어. 처음에는 그냥 나들이 나온 거였지. 어린 돌고래와 정신을 엮고 교류하며 바다를 헤엄치는 기분은 끝내줬거든. 근데 정신을 차리고 보니 타래가 단단히 결합해 빠져나갈 수가 없더라.'

그러고 보면 돌고래는 자기가 들어 있는 돌고래를 그릇이라고 부르지 않았다. 내 그릇이 다치는 바람에 여기 왔다고 하지 않고 내가 다쳐서 여기 왔다고 했으며, 마치 자신의 의지가 있는 듯이 돌고래의 몸으로 고개를 돌려 나를 바라보고 나와 시선을 맞추었다.

우리에겐 몸의 주도권이 없었다. 없어야만 했다. 그러나 돌고래는 마치 자신의 몸을 쓰듯 그릇을 썼다. 돌고래의 자아와 결합해 하나가 되었다면 가능한 일이었다. 타래 끝에서 반대쪽의 끝까지 소름이 내달렸다.

'이 안에서 바다를 오랫동안 떠돌았더니 이제 내가 지구에 살았던 돌고래인지, 혹은 너처럼 정신체로 존재했던 나인지도 헷갈리더라. 솔직히 말해 네가 오기 전까지, 그러니까 우리라는 외계인이 실제로 존재한다는 것을 다시금 깨닫기 전까지는 내가 지나치게 똑똑한 돌고래여서 고향에 대해 스스로 지어낸 얘기를 믿고 있었던 게 아닐까 생각했을 정도였어.'

돌고래는 꿈을 꾸듯 이야기를 이어갔다.

'내가 가엾은 돌고래의 정신을 먹어 치우고 만 건지, 아니면 돌고래가 나를 먹어 치운 건지는 확실치 않아. 어쨌든 이 안에 있는 건 이제 하나야. 그렇게 되었어.'

그런 내용을 전하면서도 돌고래의 음역대에는 슬픔조차 녹아 있지 않았다. 나는 돌고래 대신 울고 싶어졌다. 하지만 내가 울기 시작하는 순간 은아도 울기 시작할 테고, 나는 인정하고 싶지 않은 현실에 다시금 놓이게 될 것이었다.

우리가 서로를 너무나 좋아한 나머지 지나치게 연결되어 버렸다는 것. 서로를 향한 애정이 결국엔 독이 되었다는 것을.

돌고래의 말은 계속되었다.

'묶이고 나니 고향에 돌아가고 싶어도 그럴 수 없었어. 그래서 받아들이기로 했지. 살다 보니 해볼 만은 하더라고. 익숙해졌지.'

'익숙해졌다고?'

'그 어떤 것도 겪다 보면 익숙해져. 너도 그렇게 될걸.'

'그럴 리가 없어.'

'슬픔은 잠깐이야. 오히려 다른 관점에서 볼 수도 있지. 그저 이렇게 될 일이었을 뿐이라고, 혹은 이번에야말로 정말 소중한 이와 하나가 되어볼 수 있다고. 더는 누군가를 놓치거나 헤어지지 않아도 돼. 떠나가게 놔두지 않아도 되고.'

몹시도 담담한 말이었다. 현실을 오래전에 받아들이고 체념한 존재나 할 수 있을 법한 말.

그러나 본질적으로 일어나는 거부감을 무시할 수 없었다. 나는 그러고 싶지 않았다.

'나는 은아가 없어지도록 두지 않을 거야.'

말하는 순간 나는 여태껏 너무나도 명백했으나 스스로 깨닫지 못했던, 천지 하에 자명한 사실을 깨닫고야 말았다.

돌고래가 이전에 했던 말이 맞았다. 인형은 자신의 아이를 사랑한다.

고로 나는 은아를 사랑했다.

그건 일종의 불가항력이었다. 아이에게 사랑받은 인형이 자신 역시 아이를 사랑하게 되는 것. 내 경우엔 우연히 인형에 깃든, 인형인 척하는 외계 정신에 불과하지만 말이다.

나는 나의 우주를 떠나 낯선 세계에 외따로 떨어진 나를 원래부터 자기 친구였던 것처럼 대해주는 은아를 사랑했고, 나에게 말을 걸어주는 은아를 사랑했다. 그 작은 고사리 손이 나를 내팽개치고 짜증을 부리다가도 다시 안아주는 그 순간을 사랑했고, 귀청을 뚫을 것처럼 고함을 치다가도 나를 아기처럼 대하며 자장가를 불러주는 그 순간을 사랑했다.

은아가 기죽는 것을 처음 느꼈던 그 순간을, 내 정신체 타래 가닥이 건네는 위로에 은아가 울음을 멈추던 순간을, 은아의 안에서 함께 하는 합창을 사랑했고, 은아가 일으키는 거대한 박동의 파도를 사랑했다. 나를 있는 힘껏 쥐어짜고 내팽개치고 던졌다가도 다시 안아주는 그것들을.

나는 은아의 감정을 느낄 수 있었다. 그건 은아가 나를 향해 느끼는 감정도 마찬가지로 느낄 수 있다는 뜻이었다. 나는 은아 또한 나를 사랑하고 있다는 것을, 나에게 흘러넘치는 애착을 지녔다는 사실을 알았다.

거절하기에는 너무나 거센 사랑이었다.

나는 아이가 울고 웃고 화내고 사랑하며 자라나길 원했다. 세상의 악함과 선함을 모두 보고서도 좋은 쪽을 택하는 어른으로 자라나길 원했다. 성하 같은 아이의 손을 잡아주는 어른으로 자라길, 한계를 느끼면서도 억척같이 살아내다 자기가 무엇을 해낸 건지 아는 어른이 되기를 원했다.

아이가 그런 어른으로 자라려면 나는 아이의 정신을 빼앗을 수 없었다. 그리고 은아에게 그럴 수 없다면 다른 모든 아이에게도 그럴 수 없다는 것도 너무나 잘 알고 있었다. 만나는 아이마다 이렇게 사랑해버리고 말 테니까.

그들의 얄미움과 분노와 그들이 치는 사고들과 제멋대로 널뛰는 기분과 거짓을 말할 줄 모르는 가차 없는 정직함과 미숙함을, 그리고 순수한 애정과 예민한 공감력과 아직 덜 여문 머릿속의 찬란한 빛깔들을.

어딘가 어설프고 설익은, 다정을 닮은 그 리듬이 그려내는 노래를 말이다.

그것이 지워지도록 놔둘 수 없었다. 은아가 타고난 이 넘쳐흐르는 생명력과 그 악다구니 같은 노래와 신경질적인 발놀림은 모두 은아의 것이었다. 내가 너무나 사랑하는 것들을 빼앗는 일은 하지 않을 것이다.

그 사실을 깨닫자 들불처럼 일어나던 혼란이 가라앉았다. 나는 구부리고 있던 타래를 쭉 폈다. 정신체가 몹시 맑아지는 기분이 들었다. 돌고래는 여전히 돌고래의 눈으로 나를 보고 있었는데, 내 변화를 감지하고는 자신의 정신체 타래를 한번 떨었다.

'찾을 이들이 있다고 하지 않았어?'

'맞아. 있었어.'

'불러야 할 노래도 있다고 했잖아.'

'맞아.'

'그럼 지금 하는 생각이 멍청하다는 것도 알겠네.'

'그래.'

나는 그에게 악의가 없다는 걸 알았다. 그는 다만 슬퍼할 뿐이었다. 나처럼. 나는 그가 왜 돌고래에 녹아들고 말았는지, 왜 다른 이들과 자신이 다르다고 느꼈는지, 어째서 나와 자신이 같다고 생각했는지를 막연히 깨달았다.

이별을 슬퍼함은 참 우리 종족답지 않은 일이었다.

그러나 나도 돌고래도 그것을 슬퍼했다. 우리는 비슷했다.

'그래도 그렇게 할 거구나?'

내가 답을 하지 않아도 돌고래는 다 알고 있었다. 나는 그에게 약간의 미안함을 느꼈다. 돌고래가 짧게 덧붙였다.

'나는 이별을 잘 못 해.'

그건 언젠가 내가 돌고래에게 했던 말이었다. 그 말을 되돌려 받자 마음이 쓸쓸해졌다. 나는 작게 속삭이며 음역대를 떨어 답했다.

'알아. 나도 잘 못 해.'

'그러니 인사는 하지 않을게.'

돌고래는 그렇게 말하고선 나에게서 멀어져갔다. 상흔이 남은 지느러미로 절룩이듯 헤엄치면서. 나는 그것을 바라보다가 불쑥 소리쳤다.

'바다로 다시 돌아갈 수 있길 바라.'

그건 나의 염원이기도 했다.

'상처는 남겠지만, 여전히 살아갈 수 있을 거야.'

잠시 동안 아무것도 들리지 않았다. 멍하니 있다가 정신체를 닫으려는 순간 멀리서 물먹은 듯한 소리가 들려왔다.

'나도 그러길 바라.'

아무렴. 그럴 수 있을 것이었다.

나는 상처를 훈장처럼 달고서 드넓은 바다를 유영하는 돌고래의 모습을 몇 번이고 머릿속에 그려보았다.

참 멋진 광경이었다.

* * *

원치 않는 난동을 만들어내고 만 저주 인형들을 생각한다.

가벼운 마음으로 나들이를 오듯 이곳에 와서 아이들을 만났겠지. 일종의 유흥으로써. 간과한 것은 그들이 아이를 사랑하게 되리라는 사실이었을 터다.

어떻게 그걸 모를 수가 있었을까? 지금에 와서야 그런 생각을 하게 된다. 어떻게 이런 사랑을 받으면서 그 사랑에 답하지 않을 수 있으리라 생각한 걸까? 하지만 그것은 나도 마찬가지였다.

이제 일반적인 방법으로는 은아와 연결을 끊는 것이 불가능했다. 나는 은아와 너무도 가까웠고 깊게 얽혀있었다.

게다가 이미 알고 있지 않은가? 지구 생명체는 우리에게 면역이 없다. 이 인형처럼 비생물체에게 깃들어도 우리의 화학 반응은 순식간에 주변 생명체에게로 옮겨갈 것이다. 다른 이에게 옮겨가도 같은 일이 반복될 뿐이라면 그건 의미가 없었다.

하지만 일반적인 방법이 아니라면?

그건 해볼 만했다.

나의 존재 자체를 조각조각 해체하고 내 타래를 풀어버리는 것.

우리 사이에선 흔히 존재의 종결로 불리는 그 행위는, 보통 자신이 너무 오래 살았다고 생각한 개체가 다른 개체에 자리를 내어주기 위해 쓰는 방식이었다.

어려운 일은 아니다. 자신의 정신체를 분해하고 기억의 일부가 들어 있는 타래만을 남겨서 새로 태어난 정신체에 내어주고 떠나면 된다.

그것은 나의 정신체 타래만을 풀어 헤치고 거기에 얽힌 은아의 정신은 오롯이 남길 것이다. 은아에게 나의 기억 몇 가지를 남길 수도 있는 부작용은 있었지만 할 수 있는 것 중 가장 깨끗하고 합리적인 방식이었다.

다시금 돌고래가 생각났다. 여기까지 와서 만난 동족을 다시 잃게 될 돌고래. 그러나 여태까지 그래왔듯이 돌고래는 드넓은 바다를 가로지르며 생을 이어갈 것이었다. 은아 역시도 나 없이 6년을 잘 살아왔다. 지금도 잘 지내고 있지 않은가. 나라는 정신체가 있는 줄도 모르고서.

한동안 내 고향과 뿔뿔이 흩어진 나의 동지들과 내가 그들에게 건네지 못했던 온갖 사과에 대해서도 고민해보았다. 여태껏 너희에게 좋은 동지가 아니었던 것 같아 미안하다는 그 구구절절한 사과문에는 아마도 한 줄이 더 추가될 것이다.

'너희를 찾는 것을 포기해서 미안해. 다시 우리가 될 기회를 포기해버려서 미안해.'

그러나 사실은 그들이 사과를 받아줄지도 의문이다.

내가 아는 그들이라면 별걸 다 미안해한다고, 이미 끝난 별과 끝난 이야기들을 무엇 하러 다시 주워 담느냐고, 지나간 노래는 다시 부르지 않는 법이라고 할 것이다.

나는 여태껏 미련을 놓지 못해 홀로 텅 빈 극장에 앉아있는 관객이었다. 온갖 추억들을 반추동물처럼 되새김질하며, 소화할 것이 남지 않을 때까지 물고 뜯고 삼키기를 반복하는. 잘해주었던 것들과 잘해주지 못했던 것들. 함께 해본 일과 해보지 못한 무수히 많은 일. 건넸던 말과 건네지 못했던 말들을 응어리처럼 달고서 언젠간 꼭 들려주고야 말겠다고 주절대는 주정꾼이기도 했다.

그래. 이 헤어짐이 정말 끝이라는 것이 두려웠다. 너희를 잃어버리고 외로움과 홀로됨을 안고 살아가리라는 것이 죽도록 무서웠다. 떠나가는 것이 무서웠고 떠나는 것이 무서웠다. 너희를 놓는 것이 우리의 고향을 영원히 잃는 일이 될까 봐, 그리고 나를 놓는 것이 될까 봐 사무치도록 슬펐다.

그래도 이제 나에겐 나를 안아주는 아이가 있다. 나는 아이보다 성숙한 존재가 되어야만 했다. 그렇지 않고서는 체면이 서질 않으니까.

6살 난 아이에게 구질구질 거리는, 그 아이보다 몇 배는 더 나이를 먹은 외계의 추상 존재를 상상해보라. 별로 좋은 그림은 아닐 것이다.

내 앞의 저주 인형들. 어떤 이유로건 여기 왔다가 어떤 존재들을 사랑해버리고 만 이들. 그들은 아마 나와 같은 선택을 했을 것이다. 그러니 그들 중 누구도 고향으로 돌아오지 못했고, 이런 일에 대해 알려줄 이들도 없었겠지.

어찌하겠는가? 우리가 어떻게 우리의 아이들을 해칠 수 있겠는가 말이다.

나는 은아가 야라처럼 노래를 할 수 있건 그러지 못하건 사랑하게 되고 말았다. 언젠가 은아가 나이를 먹고 노래를 계속하거나 혹은 더는 하지 않더라도 상관없었다. 은아는 그 자체로 은아였다.

나는 그게 못내 좋았다.

많은 것들이 은아에게 달려와 해치고 상처를 줄지언정, 은아는 순순히 당해주고만 있지는 않을 것이다. 목청이 떠나가라 소리를 지르면서 서 있을 것이다. 게다가 은아는 이제 독창도 합창도 모두 해낼 수 있는 아이였다. 그리고 그런 어른으로 자라나겠지.

그 모습을 보지 못하리라는 것이 아쉬웠지만, 어쩌겠는가.

이제 나도 이별할 때를 아는 이가,

놓아줄 때를 아는 이가 되어야만 했다.

* * *

여름이 돌아오자 집안 분위기가 분주했다. 조만간 돌아올 은아의 생일 때문이었다. 매미 소리는 밤낮없이 소란했고 짙푸른 녹음이 하루가 멀다 하고 비 내음을 흩뿌렸다.

내가 앉아있던 골목의 시큼한 냄새와 젖은 물 냄새가 종종 떠올랐다. 제발 누군가 날 데려가 주길 원하며 유련 씨를 기다리던 쓰레기 더미 위의 풍경도.

나는 거실에 앉아 유련 씨가 은아를 위해 준비해둔 생일선물의 포장을 빤히 보고 있었다. 그 안에 무엇이 들어있는지 안다. 습관처럼 쑤언 씨와 유련 씨의 대화를 엿들은 덕이다.

겹겹이 싸인 알록달록한 포장지 안에는 새로운 인형이 들어있었다. 유련 씨가 고심 끝에 고른 인형이었다. *뻔해 보이는 게 제일 안전하지.* 유련 씨의 체념한 듯한, 그러나 애정이 담긴 목소리가 기억 속에서 자연스럽게 재생되었다. 이미 인형은 있잖으냐고 타박하는 쑤언 씨의 목소리도.

"엄만. 그 인형하고 이 인형은 다른 인형이잖아."

풀죽은 채로 그렇게 말하긴 했지만, 유런 씨는 나름대로 그 뻔한 인형들 사이에서 괜찮아 보이는 것을 찾아냈다. 어딘가 심술 맞은 표정을 한 다람쥐 인형이었다. 은아는 온 동네 자동차란 자동차는 죄다 나오는 변신 로봇 애니메이션에도 푹 빠져 있었으므로, 유런 씨는 3단 합체가 가능한 변신 로봇도 같이 준비해두었다. 요즘 아이들 장난감 가격과 은아네의 한 달치 생활비를 생각하면 그것은 유런 씨 나름대로 은아에게 보여줄 수 있는 최고의 성의였을 것이다.

나는 아까까지 식탁 위에 놓여 포장을 기다리고 있던 다람쥐 인형을 기억해냈다. 깔보지 말라는 듯 눈썹을 모아 힘준 얼굴과 미소를 짓고 있는 입에 스민 장난기가 은아를 쏙 닮아 있었다.

무엇보다도 마음에 든 점은 그 인형엔 아무것도 깃들지 않았다는 거였다.

그것은 괴담에 나오는 저주 인형도 아니고 인형에 깃들어 아이의 몸을 빼앗으려는 외계인은 더더욱 아니었다. 그냥 인형이었다. 아이에게 어떤 해악도 가하지 않고 그저 사랑을 주고받을 인형 말이다.

그 점이 몹시도 흡족했다.

나는 은아가 새로운 인형을 좋아해 주길, 그리고 새로운 인형도 은아의 노래를 좋아해 주길 바랐다.

그날 밤 나는 은아의 품에 안긴 채 내 정신체를 슬그머니 빼내어 은아의 얼굴을 들여다보았다. 깨어 있을 때는 온갖 난동을 부리는 작은 악마 같다가도 잠들어 있을 땐 이만한 천사가 없는 아이의 얼굴을.

최은아. 응우옌 티 아인 쑤언 씨의 외손녀이자 최유련 씨의 외동딸. 윤성하의 가장 절친한 친구. 유치원의 폭군, 노래의 수호자. 내년이 되면 학교에 들어가게 될 테고 은아의 세계는 다시 한번 넓어질 것이다.

지금으로서는 이해하기 힘든 서러운 일도 이해하게 될 날이 올 것이고, 불안하고 아픈 일은 계속해서 일어날 것이다. 언제고 새로운 이를 만나고 또 이별을 겪게 되겠지. 이 이별은 은아도 모르는 은아의 첫 번째 이별이 되겠지만, 마지막 이별은 되지 않을 테니까.

하지만 그렇게 무수히 많은 만남과 이별 속에서도 은아는 살아갈 것이다.

나는 신중한 태도로 엮고 있던 정신체 타래를 가닥가닥 조심스레 풀어헤쳤다. 타래 끝의 감각이 점점 희미해지더니 조각나 흩어졌다. 가장 깊숙하게 엮여있던 부분을 풀어내자 더는 은아의 꿈을 느낄 수 없었다. 나는 이제 은아가 꿈꾸고 고대하고 바라는 모든 것에 어떠한 영향을 줄 수 없었다.

굉장한 상실인 동시에 굉장한 위로였다.

내가 느끼는 감정들이 점점 강해지는 것과 반대로 나의 정신체는 점점 줄어들고 있었다. 나는 본능적으로, 나를 압도해오는 이 감정들이 꺼지기 직전 마지막으로 가장 강하게 타오르는 촛불이라는 것을 깨달았다.

황홀경에 접어들자 어디선가 은아의 노랫소리가 들렸다. 언제나처럼 훌륭하고 우렁찬 고함이었다.

나는 내가 야라의 노래를 사랑한 만큼 은아의 노래를, 그 거대한 생명력의 악다구니를 사랑했다는 것을 새삼스레 깨달았다.

이윽고 그 장대한 화음은 나를 휘감았다. 야라가 은아의 목소리를 빌려 내게 말했다.

박수로 끝난 노래를 다시 부르는 건 예의가 아니야. 그렇지?

나는 답했다. 맞아.

'그렇다고 해서 내가 헛된 일을 했다고도 생각하지 않아. 너희를 찾기 위한 노력은 그 자체로 내 삶의 이유였지.'

'나는 그 노력을 위해 살아남았고, 그 덕분에 은아를 만났어.'

'사랑할 것을 찾고 기꺼이 그것을 사랑하게 되는 건 참 좋은 일이었어.'

야라가 웃었다. 다시 들어보니 웃는 것은 은아였다.

조각조각 해체되어 저편으로 사라지는 정신을 느끼며 나는 마주 웃어주었다. 다른 동지들이 있었다. 나도 있었다.

우리는 여기 있었다.

현신(現身)

기록 0.

제가 말할 수 있는 건 어떤 것도 의도된 바가 아니었다는 겁니다.

적어도 우리가 의도한 바는요.

그 순간엔 악의도 선의도, 고의도 없었어요. 현상이 있었을 뿐이죠.

기록 1.

우리가 어쩌다 여기까지 도달했는지는 지금 저를 조사하시는 여러분이 더 잘 아시리라 생각합니다. 더 자세한 증언이 필요할 것 같진 않네요. 했던 얘기를 또 하는 거잖아요.

네? 번거로워도 그게 절차상의 문제라고요?

그렇다면 어쩔 수 없겠군요. 처음부터 다시 얘기하는 수밖에요.

제가 약간 복잡한 얘기를 해도 이해해주세요. 이걸 어떻게 설명해야 할지 저도 머리를 좀 써야 하거든요. 가끔은 말이 안 되는 구간도 있을 거예요. 그것도 이해하셔야 해요. 아니면 보고서에 쓰실 때 좀 과한 부분은 적당히 지우시던가요.

다차원 연구를 통해 3차원 외의 다른 차원이 있다는 것이 밝혀진 건 꽤 오래전의 일이죠. 수많은 양자 충돌 실험 끝에 '중력이 새어나가는' 다른 차원의 존재가 밝혀졌을 때 학계가 뒤집혔던 기억이 납니다.

하긴 이상했죠. 자연계에 존재하는 다른 힘에 비하면 중력이 가지고 있는 힘은 10의 -39승 수준 정도에 불과했으니까요. 0.000000······(39개의 0과) 1.

컵을 떨어뜨리는 행위만으로도 그 존재를 느낄 수 있으면서도 다른 힘들보다 약하기 짝이 없었거든요. 희한하죠. 하물며 그저 간단히 제자리에서 뛰는 행위만으로도 지상의 중력은 잠깐이라도 거스를 수 있는 문제였어요. 왜 이렇게 약한 힘만 남아 있을까? 그래서 그 질문은 유구한 질문이었어요.

'그 많은 중력은 다 어디로 갔지?'

분명 우리가 감지할 수 없는 어디선가 중력 누수가 일어나고 있고, 그건 우리가 있는 3차원 공간이 아닌 다른 차원으로의 누수일 거라는 가설은 학계에 늘 존재해왔어요.

결국, 우리 세대에서 답을 얻어낸 거죠.

다른 차원의 존재 여부에 대해서요.

정확히는 그간 이론으로만 정립되어 온 것을 실체화한 것에 가깝겠군요. 아인슈타인은 이미 4차원을 이론으로 정립한 적이 있고, 여러 세대에 걸쳐 다른 힘에 비해 약한 중력에 대한 문제를 이론적으로 해결하기 위해 초끈이론까지도 나왔었으니까요.

그래요. 결국 그간 이론만 무성했던 것이 일부나마 우리가 인지 가능한 현실로 정립된 겁니다.

그리고 조우가 일어났죠.

기록 2.

3차원에 생명체가 있다면 다른 차원에도 생명체가 있을 수 있다는 건 문장만 놓고 보면 그럴싸해 보이지만 사실은 그렇게 쉬운 문제가 아니에요.

3차원은 인간들이 입체와 형태를 유지하고 존재할 수 있는 차원이죠. 그럼 다른 차원은? 우리가 쉽게 인지할 수 없는 다른 형태와 방식이 있는 차원. 거기에 생명체가 있을 수 있을까요? 아니면 우리는 처음부터 무수히 많은 생명체의 차원 속에 존재하는 하위 그룹일까요?

처음 조우를 잡아낸 건 미국이었어요. 중력 누수 실험을 재검증하는 과정을 통해서였죠. 그들이 이전의 양자 충돌 모델을 시뮬레이션하는 도중에, 무언가가 그들과 접촉했습니다. 처음엔 실험에서 생긴 오류라고 여겨졌어요.

근데 검증을 반복할수록 오류가 아닌 확증이 되어갔죠.

곧 같은 검증을 벌이던 세계 곳곳의 연구소에서 같은 보고

가 올라왔어요. 우리가 인지할 수 없는 차원에 있는 존재에 관한 얘기였죠. 첫 번째 조우는 우주의 녹색 외계인이 아닌 차원의 단계에서 일어났다는 게 퍽 흥미로워요. 하지만 어쩌면 그것 또한 외계와 접촉했다고 볼 수 있겠지요.

어쨌든, 그들은 우리가 그들을 찾았다는 사실을 알자마자 반응하기 시작했어요. 그것도 꽤 적극적으로. 놀랍게도 대부분의 교류는 그들의 주도로 이뤄졌는데, 그건 어떤 의미에서는 당연한 일이었어요.

2차원 평면에 그려진 그림은 3차원의 인간을 인지할 수 없지만 3차원의 인간은 2차원 그림 위에 무언가를 더 그려 넣을 수 있는 것과 비슷하다고 해야 할까요? 사실 딱 들어맞는 설명은 아니지만, 이게 그나마 제일 간단한 비유라고 할 수 있겠네요.

우리는 그들을 대체로 그림자로 인지했어요. 이것도 일종의 비유죠.

그들의 그림자를 말 그대로 육안으로 보았다는 뜻이 아니에요. 원기둥도 원뿔도 구체도 어떤 각도에서는 모두 동그란 그림자를 만들 수가 있잖아요. 우리는 그저 그림자를 보고 저게 원뿔인지 원기둥인지 구체인지를 추측하는 거고.

소통은 그런 방식으로 이루어졌습니다. 그들이 전하면 우리가 일부를 해석하고, 어떻게든 개념을 이해하려 애쓰고. 이게 원기둥인지 원뿔인지 구체인지, 어떻게 그들과 우리의 차원이 중첩될 수 있었는지를 이해하고요.

이 과정에서 과학계는 물론이고 종교계마저 들끓었습니다.

그들이 우리보다 고차원의 존재들이라는 것은 명백했고, 고차원에 존재하는 상위의 존재를 신이라고 해석할 여지는 충분했으니까요.

누군가는 그 고차원이 사후세계고, 우리는 지금 죽은 사람들과 연결된 거라는 이야기도 했어요. 그 가설에도 많은 이들이 열광했었고요. 말도 안 되는 인터넷 토론부터 진지한 종교 철학적 담론까지 일련의 논의가 세상을 휩쓸었습니다.

어떤 이들은 그들을 진짜 신이라고 정의할 수 있을지 신중하고 회의적이었지만, 어떤 이들은 그렇지 않았어요. 사실 꽤 많은 사람들이 그 존재를 신이라고 생각하기 시작했죠. 우리가 예상한 것보다도 훨씬 많은 사람이요.

결론적으로 첫 번째 조우가 이뤄진 지 3달 만에 사람들이 모여들었습니다. LHC, 그들을 접하는 실험이 가장 활발했던 유럽입자물리연구소 근처로요. 스위스와 프랑스 주변으로 사람들이 몰려들었죠.

마침 LHC에서는 몇 번의 소규모 빅뱅재현실험을 통해 우주 탄생 당시의 입자들을 연구해본 전적이 있으니 그야말로 맥락상 최적의 장소였어요. 게다가 그곳에선 더 큰 프로젝트를 준비 중이었으니까요. 뭔지 아시죠?

네. 신의 현신(現身) 말이에요.

기록 3.
그 명칭에 동의하냐 동의하지 않느냐를 따지는 건 지금 와선 의미가 없겠지요. 이미 고유 명사처럼 불리고 있기도 하고. 워낙에 유명해져 버렸으니까요.

현신 프로젝트는 고차원의 존재들을 우리가 최대한 인지할 수 있는 영역으로 구현하기 위한 프로젝트였습니다.

우리는 그들이 남긴 흔적이나 개념을 통해서 그들을 추측하는 것에서 나아가 그들의 존재를 우리 차원에 드러내 보고자 했어요. 그림자만 보고 이게 원뿔인지 원기둥인지 구체인지 추측하는 것에서 그치지 않고 실제로 어떤 도형인지를 판별해 보고 싶었던 거죠.

다행히도 고차원의 존재들은 협조적이었습니다. 적어도 그런 면에서 연구원들이 골머리를 썩이진 않았어요. 오히려 기술적 한계나 외부 문제로 더 힘들었죠. 가령 앞서 말했던, 연구소 주변으로 모여든 사람들이요. 그 숫자가 결코 적은 수가 아니었어요.

때로는 만 명 이상으로 추산될 때도 있었고, 혹자는 그것보다 더 많은 수의 사람들이 모였다고 언급하기도 했죠. 심지어 그들 대다수가 연구소 주변에 그대로 눌러앉기 시작했습니다. 매일 새로운 사람들이 도착했고, 그들 중 절반 이상이 정착하기 시작했어요. 당연히 문제가 생기기 시작했죠.

인구가 몰리면서 해결책이 필요해지자 가장 먼저 내쫓기듯 내보내진 것은 난민들이었습니다. 문제는 더는 그들이 갈 곳이 없었다는 거예요. 그때의 난민 대란이, 2010년도 초중반 중동 아시아 내전으로 인해 폭발적으로 증가했던 난민 사태 그 이상의 것을 불러왔죠. 유혈 사태도 있었고요.

와중에도 누군가는 관용과 자비를 설파했고, 또 누구는 신이 실존하는 이상 그들에게 구질구질한 게 아닌 좋은 걸 보여주자는 주장을 하기도 했어요. 도시를 깨끗하게 청소하자는 뜻이었는데…… 뭘 청소하자는 뜻인지는 대충 아시겠죠.

어쨌든 탁상공론으로 지지부진한 동안에 힘든 일이 많았어요. 어느 도시의 시장이 자기 보좌관이랑 난민들은 잠시 바다에 나가 있다가 돌아오면 안 되냐고 대화한 내용도 유출됐죠. 참 웃기는 얘기예요. 이미 바다 위를 떠도는 난민들이 엄청 많았거든요. 결국 규탄받아 시장직을 내려놨다고는 하더군요.

막바지에 난민 텐트촌을 가지고 벌어지는 갑론을박들은 종종 1988년도 서울 올림픽 때를 생각나게 했어요. 저는 그 당시에 서울에 살긴 했지만, 갓난아기였기 때문에 정확히 무슨 일이 있었는지는 나중에 엄마나 언니한테 이런저런 일들을 들으면서 알았죠. 그때 무슨 일이 있었는지 혹시 아시나요? 외국 사람들이 보기에 좋지 않은 건 다 밀어버리자고 해서 경기장 근처의 판자촌들이 죄다 밀렸어요. '청소' 말이에요.

신이라고 불리는 고차원 존재들의 현신을 위해 난민 텐트가 밀려 나가는 광경에서 나는 고향에서 일어났다는 그 일의 향수 같은 걸 느꼈습니다. 아주 지독하고 더러운 종류의 향수라고 해야겠죠. 물론 남의 얘기만도 아닐 거예요. 인천 공항에 몇 년씩 갇혀있는 사람들을 생각해보면요.

다른 일들도 있었죠. 제일 골치 아팠던 건 연이은 극단주의 집단의 테러였어요. 과격한 성향을 가진 단체들이 사고란 사고는 다 치고 다녔으니까. 특정 종교 단체를 집어 말하는 건 의미가 없어요. 누가 낫고 아니고를 따질 상황조차 아니었잖아요.

결국 피를 몇 번 보고 나서 모두가 프로젝트와 관련된 사람들의 신원을 비공개로 돌리고 철저히 보호하자는 서약에 동의했죠. 프로젝트에 참여한 모든 연구원, 하다못해 연구소에 오가는 청소업체 직원이며 식당 직원들까지 모두 보호 대상에 포함되었습니다. 관계자들의 신원을 비공개하면서 과연 테러가 멈추었을까요?

우리는 이미 결과를 알고 있죠. 그러니 이에 대한 답은 그냥 넘어가요.

네. 저는 거기서 일했어요. 대체로 누구의 시선도 받지 않고 조용히. 저 같은 사람은 주로 프로젝트의 중요 관계자라기보다 지나가는 테크니션 정도로 보이기 쉽죠. 실은 거기까지도 가지 않아요. 조수나 비서, 심지어는 연구원들의 아이를 돌봐주는 젊은 보모로 보이기도 하죠.

저는 그 덕에 연구소 주변에 진을 친 기자나 시민들의 질문을 피하면서 오고 갈 수 있게 되었어요. 오히려 마음이 편했답니다. 질문을 받는 것은 좀 더 중요해 보이는 사람들의 몫이었죠.

그들이 온갖 질문 공세에 시달리는 동안 저는 아무것도 모른다는 표정으로 기밀들을 이곳에서 저곳으로 옮기는 일을 맡았어요. 프로젝트의 주요 감독관들을 보조하는 선임 연구원으로서.

기록 4.

다들 커피를 물처럼 마시면서 일했어요. 실존하는 물리적 위협과 각계에서 쏟아지는 압박 사이에서요. 때로는 시간 개념이 사라질 적도 있었는데, 그게 고차원의 존재를 인식함으로써 우리의 시간 인식이 바뀌는 건지 아니면 단순히 피곤해서인지도 알 수 없을 지경이었죠. 그들이 남기는 흔적이란 게…….

이건 정말 말로 설명할 수가 없네요. 비유를 끄집어 내오기도 어려워요. 고개를 돌렸더니 갑자기 아무것도 없던 곳에 세발자전거가 있는 모습을 상상해보세요. 그걸 들어 올렸더니 갑자기 호치키스가 되고, 내려놓았더니 다시 세발자전거가 되는 게 아니고 스케이트보드가 되는 거예요. 심지어 바퀴는 원형이 아니라 오각형인.

대충 그런 감각이었다고 생각하시면 될 것 같네요.

그나마 개중 명료한 게 수학 언어였죠. 아레시보 메시지에 관해 들어보셨나요? 1974년 11월 16일에 우주를 향해 쏘아 올린 메시지. 거기에도 이진수로 작성된 수학 규칙 메시지가 들어가죠. 언어는 다를 수 있어도 수학 규칙은 공통일 테니까요. 당시 천문학자들은 수학으로 소통하면 외계인들이 알아들을 수 있을 거라고 생각했거든요.

문제는 물리학 규칙은 안 그랬다는 거예요. 어떤 물리법칙은 절대적이었지만, 어떤 물리법칙은 상대적일 때가 있었으니까요. 거기서 충돌이 일어났어요. 우리는 물리학적 규칙에 따라 그들을 구현하려는 거였으니까. 어느 순간 진척이 막히기도 하고, 실마리가 풀리는가 싶으면 또 엉켰죠.

한창 폭풍 같은 일과가 지나가고 나서 모두가 식당에서 밥을 먹고 있을 때 누군가가 그런 말을 했어요. 그냥 이런 모습으로 와달라고 부탁하면 안 되나? 다른 누군가가 그게 말이 되는 소리냐고 했죠. 다들 프로젝트에 너무 스트레스를 받아 제정신이 아니었는지라 그 발언을 시작으로 온갖 말도 안 되는 소리가 튀어나왔어요.

밖에서는 칼이며 총을 든 놈들이며 구원을 바라는 이들이 우릴 쫓아다니지, 안에서는 자전거가 갑자기 볼펜이 되는 격의 문제를 해결해야 하지. 압박감에 시달리고 있던 사람들이다 보니 별별 헛소리가 다 나와서는 날개를 달고 날아다녔죠. 혹은 그저 이유 없이 박장대소를 터뜨리거나 흥분해서 허공에다 감탄사를 내지르거나.

근데 가만히 듣고 있던 사무직원이 그러는 거예요.

진짜로 그냥 이런 모습으로 와달라고 부탁하면 안 되는 건가요?

그러면서 말을 이어가더군요.

고차원 존재라면서요. 2차원은 평면이고 3차원은 입체죠. 그럼 다른 차원에서도 우리가 그런 식으로 보일 거 아니에요. 저쪽 차원에서 우리 차원이 일종의 종이 같은 걸로 여겨진다면, 그 종이에 자기가 원하는 그림을 그릴 수 있지 않을까요?

그걸로 또 갑론을박이 벌어졌어요. 대체로 부정적인 의견이 많았죠.

저요? 저는 말이라도 꺼내 보고 싶다고 생각했어요. 그만큼 일이 안 풀릴 때였으니까요. 그땐 정말 연구소를 오간다는 이유만으로 등 뒤에 칼이 꽂힐 수 있는 시기였어요. 혹은 멱살을 잡혀 내던져지거나, 더한 걸 당하거나.

저는 상대적으로 쉬운 타깃이었고, 실제로 몇 번 위기감을 느끼기도 했어요. 모여든 사람들이 저를 '인식하기' 시작했거든요. 프로젝트 초기처럼 그저 관련 없는 사람이거나 덜 중요한 사람이라고 생각하고 투명인간 취급하는 게 아니라요.

평소 같으면 그건 좋은 신호였겠죠. 드디어 저 같은 사람도 주목받는 거니까요. 근데 그 상황에서 그건 일종의 적신호였어요. 길거리에 떠도는 공기에서조차 적개심을 읽을 수 있는 시기에는.

매번 보안팀이 함께 따라붙었지만, 폭발물이 연관된 테러(다행히도 아무도 죽지 않았어요.) 후로는 보안팀이 의미가 있나 싶더군요. 신변에 위협을 덜 느끼는 사람들이라면 좀 더 신중하게 재고하고 있을 여유가 있었겠지만요.

저는 그래서 남들이 떠들 동안 바로 실험실에 올라가 허공에 떠 있는 변기에다 대고…… 아. 아니에요. 실제로 변기가 있었다는 건 아니에요. 비유랍니다. 여하간 그들에게 말했죠. 아뇨. 이것도 실제로 말했다는 게 아니에요. 저의 육성 언어가 그들에게 통할 리 없으니까요.

저는 수학적 방식으로 말했어요. 그들과 대화할 때 쓰는 코드가 어느 정도 정립되어 있었으니까. 대충 이런 내용이었어요.

저기요, 그냥 우리가 부탁드리는 옷을 입고 와주실 순 없나요?

웃긴 건 그 말도 안 되는 부탁이 통했다는 거예요.

웃기지 않은 건 그게 원흉이었다는 거죠.

기록 5.

그들이 좋다고 했어요. 얼마 가지 않아 연구소의 모두가 그 사실을 알게 되었죠. 기묘한 흥분감이 흐르기 시작했어요. 논의가 시작되었죠. 어떻게 와달라고 하지? 어떻게 해야 우리가 알아볼 수 있는 방식으로 올 수 있지?

그런데 어디서인지는 몰라도 이 내용이 밖으로 샜어요. 분명 기밀 유지를 철저히 한다고 했는데도 말이에요. 워낙에 많은 사람이 있었고 누군가는 부주의했거나 고의성이 있었겠죠.

한번 새어나간 일은 주워 담을 수 없었어요. 그즈음 고차원 존재와의 소통도 어려움을 겪기 시작했죠. 이미 정립된 수학 법칙의 오류나 뭐 그런 문제가 아니었어요. 상대 쪽에서 응답을 하지 않기 시작했거든요.

아예 끊어진 건 아니고, 예전엔 10번을 시도하면 8번은 대답이 돌아오던 게 이젠 10번 중 4번 정도로 빈도수가 낮아졌죠. 하루에 다섯 번은 나타나던 세모 모양의 페트병이며 네모난 축구공 같은 게 한 번도 나타나지 않는 일도 생기기 시작했다는 뜻이에요. 그쪽에서도 고민하기 시작한 것 같았어요. 어떤 모습으로 나타나지? 뭐 이런 고민. 순 추측일 뿐이지만요.

어쨌든 기밀이 새어나간 이후로 또다시 논쟁이 점화되었죠. 끝나지 않는 토론 지옥에 오기라도 한 것처럼. 종교계는 각자 자기 신의 모습을 본뜬 현신이 있길 원했어요. 오컬트 단체는 다리가 여러 개 달린 거대 오징어 따위를 내세웠고, 인터넷엔 원하는 모습으로 나타나 주는 신에 대한 온갖 외설적인 이야기들이 돌아다녔죠.

그동안에 연구팀과 몇몇 연관 단체들은 이런 주제로 논의를 했어요.

무엇을 인간의 대표로 내세울 것인가?

저쪽에서 우리의 모습을 덧입은 채로 나타나 준다면, 그건 높은 확률로 인간의 모습을 추천해야 한다는 뜻이었죠. 그래야 어느 정도 의사소통이 가능하니까요. 근데 그걸 어떤 인간 상으로 줄 것이냐고요.

연령은? 인종과 정체성은요? 세상엔 너무나도 많은 정체성이 있었고 우리는 그중 하나를 정해야 하는 입장이 된 거예요. 문제는 그 누구도 그걸 결정할 권리가 없었다는 거고요. 일은 오히려 좀 더 복잡해졌죠.

그래서 그 더럽게 긴 회의들 끝에 우리는 그쪽이 선택하게 하자고 말을 맞췄어요. 이건 꽤 괜찮은 생각 같았죠. 무슨 모습을 선택해서 구현하건 그건 상대의 자유고, 우리는 인류를 대표할 이미지를 고르는 책임을 회피할 수 있으니까요.

프로젝트 막바지는 사실상 일과의 절반을 이미지 검색으로 보냈어요. 인터넷에서 아무 사람 이미지나 선별한 다음, 하루에도 몇 개씩 무작위로 정해진 표본을 수학적 언어로 통역해서 보냈죠.

막판엔 의사 소통이고 뭐고 종교 단체들이 요구한 신의 이미지도 보내고, 거대 오징어도 보내고, 아무렇게나 검색해서 나온 잡다한 동식물의 이미지도 보내봤어요. 선택을 존중해주려고요. 무슨 모습을 골라서 나타나건 그들의 의지였죠.

그동안에도 바깥은 시끄러웠어요. 제 기억으로 그때가 아마 제일 유혈 사태가 격화된 시기였을 거예요. 수사관님도 기억하시죠? 한동안은 잠잠하더니 기어코 사건이 또 났죠. 총기 사건이었고요. 프로젝트를 진행하는 8개월간 연구소 주변에서는 온갖 사건 사고가 있었는데 이번엔 뭐가 달랐을까요?

그건 연구소를 대상으로 한 게 아니었어요. 그래서 더욱 쉽게 일어났죠. 연구소를 겨냥한 일이었다면 애초에 보안팀이 잡아냈을 텐데.

연구소 근처에 몰려든 온갖 선의와 악의를 가진 사람들을 기억하나요? 엄청나게 몰려온 그 인파들을요. 그 덕에 연구소 근처는 물론이고 옆 도시들에 있는 난민 캠프며 빈곤층의 주택들이 거의 밀려 나가고 있었고, 각지에서 몰려든 활동가들이 그걸 저지하기 위해 와 있었거든요.

그러다 어느 극우단체 소속의 남자가 그들에게 총을 쐈죠. 범인은 금방 제압되었지만, 피해를 막을 순 없었어요. 영국에서 온 52세의 남성 활동가는 가슴을 맞고 즉사했고, 고작 17살

밖에 안 된 난민 여자애가 머리에 총을 맞고 뇌사에 빠졌고, 거기서 일하던 일본에서 온 32세의 여성 의사는 복부를 관통당해 사경을 헤매고 있었어요.

그 외에도 자잘하게 다친 사람이 스무 명은 됐죠. 몇 명은 회복했지만, 몇 명은 반영구적인 후유증을 얻었어요. 그 시기를 기점으로 저쪽 차원과의 연락도 거의 유지되지 않았죠.

총기 사건으로 한동안 연구소 문이 닫혔어요. 이전까지 있었던 심각한 위협들에 더해서 더 큰 위협을 무릅쓸 순 없었으니까요. 마침 교류가 멈추기도 했고요.

그러고 한 3주쯤 지났을까요?

저는 그간 최대한 외출을 자제하고 프로젝트 보안팀에서 마련해준 펜트하우스에 있었어요. 말이 펜트하우스지, 그냥 주변에 사람이나 큰 도시가 없는 외곽 지역의 주택이었죠. 저 말고도 여섯 명 정도가 거기 있었을 거예요. 나머지 인원들은 각자 분산되어 다른 곳으로 흩어졌죠. 세계 각지로요.

저는 그때 기호를 점검하고 있었어요. 우리가 저쪽 차원과 대화하기 위해 썼던 기호들이나, 그쪽에서 우리에게 보내왔던 신호들 같은걸요. 어차피 할 일도 없었고, 제가 나중에 싹 기록으로 정리해야 했거든요. 그런 잡무는 주로 제 몫이었으니까.

"안녕하세요."에 해당하는 기호를 점검할 때였어요. 시야에 세발자전거가 잡히더군요. 비유적인 의미의 세발자전거요.

저는 말 그대로 혼비백산하면서 기호들을 찾기 시작했어요. 실험실 외의 장소에서 그들이 나타나리라고는 짐작도 못 했거든요. 근데 생각해보면 오히려 실험실에만 나타날 수 있다는 게 이상한 일이죠. 그들은 다른 차원에 있고, 그들 차원에서 우리 차원에 신호를 보낼 수 있는 장소가 한정되어 있을 리가 없으니까요. 다른 사람들에게 달려갈 시간조차 없었어요.

고래고래 소리를 쳤는데 아래층에서 누군가 요리를 하고 있었나 봐요. 불판을 달구는 소리나 요란한 칼 소리에 내 목소리는 들리지 않는 모양이었어요. 다음 순간 기호 신호가 오기 시작했고, 나는 반쯤 얼이 빠진 상태로 본능적으로 그걸 기록해 두었습니다. 그건 단순한 문장이었고, 예고 같은 거였어요. 우리가 줄곧 진행해왔던 프로젝트의 끝을 볼 수 있는 예고요.

이쪽 차원의 시간으로 부활절 정오에 이곳에 올 테니 장소를 정해달라고요.

기록 6.

저는 그 일로 엄청나게 추궁당했어요. 지금처럼요. 하필 저 혼자 있을 때라 증명해 줄 누군가가 없었거든요. 저도 미칠 노릇이었죠. 본 걸 어떻게 안 봤다고 하느냐고요. 추궁 막바지쯤엔 저도 제가 스트레스 때문에 헛것을 본 게 아닌가 의심이 들 정도였다니까요. 당장 부활절까지는 2달도 채 안 남은 시점이었는데 말이에요.

기절할 것 같은 기분을 느끼며 반나절쯤 지났을 무렵 지구 반대편에서 전화가 왔죠. 거기에 있던 연구원이 저랑 같은 걸 받았다고요.

또다시 많은 논의가 있었어요. 저는 중간부터는 거의 넋이 나가 있어서 도움이 되지 않았기 때문에 빠질 수 있었죠. 방에 가서 쓰러지듯이 잠들었는데, 이틀 정도를 내리자고 일어나니 예의 그 부활절 방문 내용이 온 세상에 발표가 되어있더군요. 아마 이전에 중요한 기밀이 이미 유출된 적이 있으니까, 그걸 또 두고 보느니 선수를 치기로 했던 모양이었어요.

우리측에서 정한 장소는 ISS였어요. 국제우주정거장. 왜 거기냐고요? 거기는 최소한 사람이 몰리지 않으니까요. 폭탄을 던질 수 있는 사람도 없고, 칼이나 총알을 날릴 수도 없죠. 안전을 위해 마련된 최적의 장소였어요. 이미 충분한 유혈사태를 본 사람들이 내릴 수 있는 최적의 결론이었단 말이에요.

그때는요. 최선이었다고요.

우주정거장에 체류 중이던 우주인들이 다른 곳으로 배치되거나 일단 귀환하기로 했어요. 무인으로 비워두는 게 좋겠다는 의견이 나왔거든요. 첫 조우란 게 어떨지 모르잖아요.

대신 수학 기호를 원격으로 입력할 수 있는 장치를 가져다 뒀어요. 정거장에 카메라는 이미 여러 대 설치되어 있었으니 뭘 더 설치할 필요는 없었죠. 이 조우를 공개로 해서 세상에 중계할 지 아니면 비공개로 할 지로도 말이 참 많았어요. 고민 끝에 대중에는 나중에 공개하고, 일단은 소수의 사람에게만 공개되는 쪽으로 방향을 정했죠. 뭐가 어찌 될지 모르잖아요.

그 소수의 사람을 선정하는 일도 힘들었어요. 형평성을 위해 민간인을 절반 정도로 채워야 했는데, 대부분은 중산층 이상의 종교인과 유신론자들이었죠. 회의적인 태도에 찌들어 있는 지적광들과 지식인들, 그저 조우가 궁금했던 사람들도요. 각 학계 사람들도 초대하고, 각국 기업인이나 정치인도 초대하고. 그렇게 선별된 게 300명이었죠.

조우 현장 입회 티켓을 얻기 위해 엄청난 경쟁이 있었다고 들었어요. 기념주화며 티켓 모양의 브로슈어며 막대한 양의 쓰레기들이 만들어졌다고도요. 어쨌든 순식간에 시간이 흘러 부활절이 되었죠.

정거장이 한참 위에서 우리 머리 위를 지나가고 있었고, 우리는 비공개로 마련된 홀에 모여서 대형 스크린에 쏟아진 정거장 내부의 실시간 영상을 보고 있었습니다. 그렇게 모두가 지켜보는 가운데 정오가 되었어요.

무슨 일이 있었냐고요?

아무 일도 없었죠.

사람들은 시차 문제가 아니겠느냐는 얘기도 했어요. 세계의 시간대가 다르잖아요. 하루 정도는 오차가 있을 수 있었죠. 저희는 그걸 다 고려해서 부활절 전날과 그다음 날까지 일정을 잡아둔 상태였거든요. 사람들이 자고 가거나 쉬고 갈 시설까지도 모두 준비해뒀죠. 연구원들은 3일간 상시 근무였고.

그래서 정오에 아무것도 나타나지 않았어도 다들 크게 놀라지 않았어요. 지금이 아니면 내일, 지구 어딘가가 부활절일 때 나타나지 않겠느냐고 했죠. 여기가 아니라면 아마 다른 지역에 부활절 정오가 찾아올 즈음에요. 삼십 분 정도 지나자 들뜬 분위기는 지나가고 다들 대화를 시작했죠.

그때였어요. 제 시야에 정육면체로 된 시계가 잡힌 게.

어디선가 소리가 들렸어요. 높게 째지는 비명 같기도 하고, 사이렌 소리 같기도 하고. 다시 생각해보면 그건 누군가가 지르는 고함 소리였던 거 같아요. 저는 본능적으로 시선을 정거장 화면이 송출되고 있는 대형 스크린 쪽으로 돌렸다가, 바로 다음 순간 다시 시선을 돌렸죠. 그저 벽을 바라보고 있었어요. 회장은 아수라장이 되었죠.

그다음부터는 잘 기억이 안 나요. 그저 어떤 사람들은 서로를 공격했고, 누군가는 울부짖고 누군가는 도망쳤으며, 또 누군가는 정거장과 연결된 카메라 위성의 신호를 끊어버렸다는 얘기만 들었답니다.

공교롭게도 정거장 위성 신호는 신호 하나를 끊는다고 해결되는 문제가 아니었기 때문에 예상보다도 더 오랜 시간 동안 스크린이 노출되어 있었죠. 그리고 거기 있던 누군가, 내내 우리의 기밀을 유출해왔던 누군가는 그 정거장 화면이 찍히는 스크린을 몰래 개인 방송으로 생중계 중이었고요.

이후에 유출된 영상 때문에 전 세계적으로 발생한 논란이나 컬트 집단의 대규모 자살, 그 외의 온갖 소동들. 그런 건 이미 아시겠죠. 여러분이 알고 싶은 건 그 순간 무슨 일이 일어났냐는 거니까요.

처음에 했던 중력 얘기 기억하시나요? 왜 그 얘기를 지금 하냐고요? 해야 해요. 당신들이 내게 무슨 일이 있었느냐고 물어봤잖아요.

왜 3차원에는 고작 그 정도의 중력밖에 없었을까요? 아까 말씀드렸죠? 누수가 일어났죠. 다른 차원으로요. 3차원에는 고작 10의 -39 승수의 힘만 남기고서요.

그럼 그 나머지 중력의 힘은 얼마나 클까요?

다른 차원의 존재는 그래도 나름 우리에게 친절하려고 했던 걸까요? 왜냐하면, 그 존재가 현신한 순간에 대부분의 사람이 자기가 보고자 했던 걸 볼 수 있었으니까요. 그게 원하던 방식이 아닐 뿐이죠.

그들은 우리의 메시지를 최대한 수용했어요. 우리가 보낸 이미지 대부분을 구현했죠. 그들 차원의 방식으로요. 아마 모두가 원한 모습을 반영해주고 싶었던 것 같아요.

하지만 그곳의 중력은 우리에 비하면 너무 강력했고, 그들은 자기들이 받은 이미지들을 자기들 차원에 존재할 수 있는 형태로 만들었죠. 그들의 중력에 맞게요.

중력에 의해 일그러진 신을 본 적이 있나요?

모든 신의 형상과 인간의 형상을 담고 있는 신이요.

설명은 거기까지면 될 것 같네요.

기록 7.

네. A 씨 얘기는 들었어요. B 씨 얘기도요. 좋은 재원들이었는데 안타까워요. 애초에 두 사람을 말릴 걸 그랬나 봐요. 신에게 보내는 이미지에 자기 사진을 끼우는 거요. 별로 좋은 일은 아닐지도 모른다고 했는데, 신이 자기들 모습으로 등장하면 좋겠다고 그랬었거든요. 외모와 풍채에도 자신 있다면서 허풍을 떨었죠.

그 허풍이 좀 그리워질지도 모르겠네요. 어쩔 수 없죠. 그 신의 안에서 중력에 비틀려 매달린 자기 자신의 얼굴을 보고 나면 누구라도 심리 치료가 필요할 거예요. 잘 회복하길 바랄 수밖에요.

A 씨나 B 씨뿐만이 아니죠. 혹자는 거기서 불지옥의 형상을 보고, 혹자는 거기서 메시아를, 계시나 묵시록을 본 사람도 있다더군요. 뭐 달팽이나 사자나 데이지나 난초 같은 걸 본 사람들도 있겠죠. 아니면 아무것도 못 봤거나.

어쨌든 거기 있었던 태반이 상담을 받거나 실려 갔죠. 연구소 주변의 폴리스 라인이며 경계령도 모두 해제되었어요. 모였던 사람들이 다시 자기들 집으로 흩어졌고, 쓸려나갔던 난민 캠프는 되돌아왔고, 모두가 이 프로젝트를 없었던 일로 취급하고 있죠. 일종의 블랙 코미디나 실패 같은 걸로요.

그런 일이 있었는데도 저는 꽤 담담해 보인다고요? 어쩐지 저를 향한 의심이 묻어나는 말이네요. 제가 대부분의 연구원이 손을 떼기로 한 이 연구를 계속 진행하기로 했으니 의심하시는 거겠죠. 이 모든 피와 비명과 난장판 이후에도요.

제가 이 모든 것을 계획했을까요? 저와 같은 대학원 출신인, 같이 부활절 예고를 들었던 지구 반대편의 연구원과 함께요? 최대한 끔찍한 환영을 설계해서 그걸 우주정거장 카메라에 투사했을까요? 제가 그럴 이유가 뭐가 있을까요?

실제로 하는 일보다 평가절하를 당하고 지내서? 제가 낸 아이디어들이, 심지어는 이런 모습으로 와달라고 부탁한 일조차도 내가 아닌 나의 상급자가 한 일이라고 보도되었기 때문에? 프로젝트에 대한 스트레스가 너무 심한 나머지 복수심에? 사실은 기밀을 유출한 사람도 제가 아닌지 고민 중이라고요?

그래요. 저는 수많은 기밀을 이곳에서 저곳으로 옮기는 일을 수행했으니 가능한 추론이에요. 어쩌면 제가 부활절 당일에 몰래 휴대폰으로 스크린을 촬영해 개인 방송으로 세계 곳곳에 송출한 사람일 수도 있죠. 모두가 아비규환 상태라 서로를 살펴볼 겨를이 없었으니 얼마나 최적의 조건이었겠어요.

이유는 만들려면 얼마든지 만들 수 있어요. 나도 몇 가지는 그건 가능한 일이라고 확인도 해줄 수 있고요.

제가 말할 수 있는 건 어떤 것도 의도된 바가 아니었다는 겁니다.

적어도 우리가 의도한 바는요.

그 순간엔 악의도 선의도, 고의도 없었어요.

현상이 있었을 뿐이죠.

그들이 우리에게 선의를 지니고 있을까요, 악의를 지니고 있을까요?

다시 말하지만, 거기서 일어났던 건 그저 현상이었을 뿐이에요. 다른 차원에 있는 존재의 현신. 거기서 무엇을 읽어낼 것인지는 사람들의 몫인 거죠. 저의 의도를 어떻게 해석하셔도 좋아요. 무엇을 찾아내실 수 있으실지는 모르겠지만요.

근데 저는 봤거든요. 아주 잠깐이었지만, 그 신에게서요.

총에 맞은 17살짜리 난민 여자애의 얼굴을요.

저는 연구를 계속할 거고, 이해하려 노력할 겁니다. 이해할 수 있는지 노력할 거고요.

저는 신을 찾으려는 게 아니에요. 이해를 찾는 거예요.

드릴 수 있는 말씀은 여기까지네요. 저에 대해 어떻게 적어서 보고하시건 좋아요. 쓰실 게 많이는 없으시겠지만.

이만 나가주셔야겠어요. 좋은 밤 되시길, 수사관님.

75분의 1

안녕. 어서 와요. 김영희 씨. 이미 예상했겠지만, 당신은 조금 전에 죽었답니다. 육체적으로요.

네. 놀라지 않았지요? 다행이네요. 적어도 당신은 당신이 죽을 거라고 죽기 직전 이미 알고 있었으니까요. 정확히는 그러면 죽는다는 걸 알면서도 행할 수밖에 없었죠. 다른 선택지가 없어서요.

가끔 자신의 죽음을 자각 못 한 사람들이 엄청나게 호들갑을 떨어요. 좀 부담스러울 정도로요. 혹은 너무 충격을 받은 나머지 꼼짝도 하지 않죠.

저는 그런 사람들을 애써 달래주고, 그 방법조차 안 통하면 질질 끌고 가야 해요. (제 외형이 조그마한 할머니라고 해도 힘은 천하장사랍니다.)

근데 그 방법은 그렇게 유쾌한 방법이 아니거든요. 저는 깔끔한 걸 선호해요. 당신이 최소한 '죽었다'는 자각이 있어서 얼마나 다행인지.

하긴 누구라도 거대한 우주선에 그것보다 몇 배는 더 작은 셔틀을 타고 돌진할 때는 자기가 죽을 거라고 예상하지 않을 수 없겠죠.

그냥 우주선도 아니고 행성에 떨어지는 즉시 반경 수백 킬로미터 내의 것들을 즉사시킬 우주선. 아주 거대하고 큰 열을 내뿜는, 추락 중인 우주선이라면요. 죽지 않으면 말이 안 되는 상황이니까요. 당신이 폭발 속에서도 살아남을 수 있는 초능력자라면 모를까요.

그리고 당신의 셔틀이 우주선에 충돌해 들어가면서 우주선의 엔진을 격파했지요. 그 덕에 문제의 우주선은 행성의 대기권에 도달하기도 전에 산산조각나 터졌답니다. 땅에서는 파편으로 인한 자잘한 사고들 외에는 인명 피해가 거의 없었어요. 아예 없지야 않았지만, 원래 예상된 것보다야 훨씬 적었죠.

당신의 가족들은 슬퍼하긴 했어요. 하지만 자기 목숨과 행성에 거주하는 수천, 수만 명의 생명을 맞바꾼 당신의 결단을 결국은 받아들였죠. 지금 막 마음을 다잡고 당신의 빈 관을 땅에 넣고 있네요.

아. 당신의 딸 말인가요? 그 애도 물론 받아들였답니다. 방금 전에요. 아직 한참 어린데 좀 더 같이 있어 주지 못한 게 후회된다고요? 그 부분은 걱정하지 마세요. 지금 바로 메인 프로그램이 윤회 사이클을 돌릴 거예요.

당신은 다시 이승으로 돌아갈 거고, 딸을 만날 수 있게 될 겁니다. 잘하면요.

어떤 형태로, 언제 만나게 될지는 장담할 수 없지만요.

자. 이리 와요. 아. 죽은 상태로 걷는 게 어색한가 보군요. 그렇다면 나를 살짝 잡아보세요. 이제 미끄러질 수 있을 거예요. 혹은 흩어지거나 다시 뭉쳐질 수도. 기분이 이상하다고요? 별수 있나요. 이제 나를 따라가서 이승으로 가는 문을 통과해야 해요.

윤회 사이클이요? 세상이 불교 세계관이었던 거냐고요?

아니에요. 굳이 따지자면 전체 시스템이 불교 사상을 벤치마킹했다고 봐야 해요. 우주에 존재하는 원자의 개수는 한정되어있으니 원자를 재활용할 필요가 있거든요. 새로 만드느니 이미 있는 걸 쓰는 게 효율적이고요.

사람들의 몸에는 우주 생성 당시의 원자가, 별들의 입자가 그대로 들어있다고 하잖아요? 틀린 말이 아니죠. 모든 것의 시초부터 지금까지 원자들은 무수히 재조립과 분해를 거치며 재활용되고 있으니까요. 원자를 토대로 깃드는 인간의 영혼 역시 한정된 자원이니 재활용할 필요가 있죠.

재활용이라고 하니 별론가요? 하지만 실제로도 재활용품인걸요. 우리는 모두 몸 안에 별의 입자를 가지고 있다는 얘기를 들으면 낭만적이고, 우리는 모두 재활용되고 있다고 하면 좀 멋없어 보이나요? 어차피 같은 말인데. 영 떨떠름해 보이네요.

그렇다면 윤회라고 다시 그럴싸한 말을 붙여 봐요. 기분이 좀 나아지겠죠. 그러고 보니 정작 석가모니는 윤회설을 긍정한 적이 없다는 걸 알고 있나요? 그는 내세나 이후의 삶이 아니라 지금 현재에 집중하는 개혁파였거든요. 당시에는 참신한 시도였어요. 그 사람도 재활용 루트는 못 벗어났지만요.

저요? 아니요. 김영희 씨. 저는 저승사자가 아니랍니다. 안내원이라고 봐야 할까요? 이전에 저승사자의 외형을 하고 있었던 건 맞아요. 정확히는 죽은 사람의 종교나 문화권에 따른 저승사자의 모습을 하고 있었지요. 그때는 이 안내 코스도 좀 더 복잡했어요.

자기가 죄를 지었다고 믿는 사람들에게는 사후 고문 체험을 시켜준 뒤 이승으로 돌려보내기도 했고, 나름대로 선하게 살아온 사람에게는 그 사람만의 낙원을 보여주면서 돌려보내기도 했죠. 맞춤형 관광 풀코스였답니다. 지금은 메인 프레임이 그럴 여력이 없어서 이렇게 짧은 산책 코스가 다지만요. 과부하를 덜기 위해 사이클 절차를 최대한 간소화할 필요가 있었어요.

메인 프레임은 또 뭐냐고요? 뭐. 상관없겠죠. 이렇게 알려드려도 당신은 이승으로 가는 문을 넘는 순간 모든 것을 잊으실 테니까. 그리고 얼마 뒤 다시 저승으로 와서 똑같은 질문을 반복하고, 저는 또다시 알려드리고, 또다시 와서 같은 질문을 하고, 저는 또 알려드리고.

네. 이건 당신의 처음이 아니에요. 정확히는 모든 원자의 죽음은 처음이 아니랍니다.

저는 다른 사람들에게서도 그 질문을 들었는데, 그건 본질적으로 당신에게 질문을 받은 것과 큰 차이가 없어요. 이승과 저승을 반복하면서 당신을 구성하는 원자가 다른 이에게 섞이고, 다른 사람의 원자가 당신에게 섞이다 보면 무엇이 누구의 원자였는지는 의미가 없어지니까요.

원자들은 모두를 거쳐 순환하므로 이건 제겐 개개인이라기보다 인류라는 명찰이 붙어 있는 하나의 큰 흐름이에요. 그러므로 제가 당신에게 질문을 받았을 때 그 질문은 다른 원자들이 같이 던지는 질문이라고 봐도 무방하고요. 다른 사람들에게 질문을 받아도 당신에게 받는 것과 같아요.

이런, 혼란스러워 보이시네요. 괜찮아요. 이미 말했지만, 다시 잊으실 테니까요. 그러면 혼란도 가실 거예요. 어쨌든, 다시 당신의 질문으로 돌아가죠.

메인 프레임은 말 그대로 메인 프레임이에요. 아까 불교 얘기를 하셨죠? 종교란 건 참 재밌어요. 저승에서 겪은 일들은 분명 이승의 기억에는 남지 않을 텐데, 저승을 거쳐 간 사람들이 사후 세계를 설파하고 종교를 창설할 때를 보면 플래시백이라도 겪는 건지 싶더라니까요. 몇 번이나 검사했지만 분명 모두 지워져서 넘어가는 데도요.

어쨌든 사람들은 의외의 구석에서 핵심을 잘 짚어요. 불교에서 시간을 표현하는 말 중에 찰나(刹那)라는 말이 있답니다. 당신의 문화권에서는 일상에서도 적잖게 쓰는 어휘니 모르시진 않겠죠. 보통은 순식간(瞬息間)처럼 아주 짧은 순간을 말할 때 쓰여요. 함께 쓰는 말로는 찰나생멸(刹那生滅)이 있어요. 이건 생소하죠? 찰나의 순간에 모든 것이 멸하고 다시 태어난다는 의미로 쓰더군요.

꽤 예리하단 말이에요?

좀 더 구체적으로 풀자면 찰나라는 건 75분의 1초랍니다. 그리고 어떤 우연의 일치인지 그 숫자는 메인 프레임의 재부팅 주기죠. 다들 어떻게 알았는지 몰라요.

우리가 사는 이 우주는 원자를 기반으로 한 일종의 거대한 시뮬레이션이고, 그 시뮬레이션은 처음 태어난 이후부터 계속해서 존재 유지를 위한 계산 루틴을 반복해왔다는 걸 알고 있나요?

어떤 목적으로 만들어진 시뮬레이션인지는 몰라요. 누가 만든 시뮬레이션인지도요. 그냥 어느 순간부터 존재했으며 존재를 유지하기 위해 계속해서 순환 루틴을 돌리죠.

처음엔 굳이 재부팅을 할 필요가 없었어요. 하지만 우주가 점점 팽창하고 세상은 점점 복잡해졌죠. 하나를 선택하기 위해 고려해야 할 것이 너무나도 많아졌어요. 단순히 물건 하나를 사는 선택도 수십 개의 산업과 거기에 배정된 수백 명의 사람에게 영향을 끼치죠. 좋은 의도로 한 일이 나쁜 결과를 불러오기도 하고요. 그렇게 계산할 것은 엄청나게 늘어났고 프레임의 과부하가 시작되었죠.

결과적으로 우주의 메인 프레임은 자신을 통째로 백업한 뒤 재부팅 하는 작업을 반복하고 있어요. 지금도요. 우리가 느끼지 못하는 75분의 1초마다 꺼졌다가 켜지기를 반복하면서. 우주 전체가 재부팅을 위해 꺼지는 순간 우리 모두도 사라지지만, 우리는 그걸 인지할 수 없어요. 너무 짧으니까요.

지금 우주가 거대한 허상에 불과하다고 말한 거냐고요? 허상이라. 어떻게 보면 허상이기야 하겠죠. 그러나 당신이 이승에서 겪은 모든 것들이 다 허상 같던가요? 우주가 그저 무지막지하게 큰, 계산을 반복하는 시뮬레이션에 불과하다고 말한다면 물론 그럴 거예요.

하지만 관점을 조금만 바꿔보자고요.

그건 스스로 존재하기 위해 최선을 다하는 시뮬레이션이에요. 계산 능력 밖의 일들까지 끌어안고서도 스스로를 종료하지 않고, 75분의 1초마다 재부팅을 반복하면서 제 위에 놓인 것들의 생을 연장하는 중인.

그러니까 말 그대로 지금 이 순간에도, 당신이 미워했으며 한편으로는 아끼고 사랑했던 것들과 거기서 발생한 모든 변수를 위해 우주는 75분의 1초마다 죽고 살길 반복하는 중이죠.

그 결과로 당신은 울고 웃고 화내다가 싸우고 화해하고, 슬픔과 기쁨과 환희를 느끼고요.

찰나를 이어 붙여 영겁으로 만들면서 그 모든 것들을 단 1초라도 더 존속시키고자 하는 계산이 결론적으로는 의미 없는 허상인 걸까요?

답을 바라지는 않으시는 것 같네요. 예전에도 그랬고 앞으로도 그러시리란 걸 알아요.

말씀드렸죠? 당신에게서 이 질문을 받는 게 처음이 아니에요. 그리고 제가 답을 드린다 한들 결국 할 수 있는 일은 정해져 있어요.

찰나를 연이어 순간으로 만들고 순간을 연이어 삶으로 만들면서 있는 힘껏 존재하는 것.

그 일 외에는 딱히 도리가 없죠.

순환계를 끊고 나오고 싶다면 그건 당신의 선택이에요. 그럼 당신은 이승으로 가지 않을 거고, 당신의 원자는 메인 프레임의 계산에 보태질 거예요. 큰 도움은 되지 않겠지만. 말했죠? 어떻게든 재활용은 해야 한다고요.

하지만 만날 사람이 있다고 하지 않았나요? 그래요. 만나야죠. 저기 저희의 목적지가 보이네요. 해안이 보이나요? 바닷가 끝에 작은 문이 있어요. 자, 여기요.

여기를 통과해요. 당신이 문으로 몸을 넣는 순간 당신을 구성하는 모든 원자는 일시적으로 분해되었다가 빠져나오는 순간 다른 원자로 재구성될 거예요. 찰나의 순간에 다른 무언가가 되어 다시 태어나는 거죠.

뭐가 될지는 모른답니다. 아까도 말씀드렸듯 메인 프레임은 이제 무작위 순환 구조만을 돌릴 수 있어요.

얼른 가는 게 좋겠네요. 이승과 이 산책로는 시간의 흐름이 좀 달라요. 여기서의 찰나는 저쪽의 하루가, 일 년이, 십 년이, 백 년이 될 수도 있거든요. 다시 만나고 싶은 사람들이 있거든 빨리 떠나야 해요.

다시 만나 싫어하고, 좋아하고, 웃고, 울고, 떠들고, 침묵하고, 미워하고, 사랑하기 위해서.

이 대화를 기억하겠다고요? 김영희 씨. 당신은 지난번에도,

지지난번에도, 지지지-지난번에도 그 얘기를 했어요. 당신을 비롯해 모든 사람들이 그 얘기를 했죠. 다들 잊었지만요.

하지만 이 시뮬레이션은 도저히 수습할 수 없는 온갖 변수로 가득 차 있으니 또 모를 일이죠. 자. 이제 문을 통과해요.

아. 당신의 귀를 감싸는 우레와 같은 소리가 들리나요? 온 이승의 소리가 갓 태어난 당신에게로 쏟아져 들어오고, 당신은 또다시 영문도 모른 채로 쥐어짜듯 울음을 토해내죠.

간호사가 방금 막 당신을 낳은 당신의 어머니에게 아이의 이름은 무엇으로 하고 싶냐고 묻는군요. 적어도 이 질문엔 답이 정해져 있네요. 당신 어머니가 대답하는군요.

"김영희. 오래 전에 돌아가신 어머니 이름이에요."

이제 알겠지요? 아니, 사실은 모를 테지요.

당신은 또다시 있는 힘껏 생을 살다 돌아와서 내게 똑같은 질문을 할 테니까요.

안녕. 곧 다시 만납시다. 언젠가 어느 찰나에.

마지막 인어

"다친 곳은 어때요?"

정원은 들고 있던 홍삼 팩을 쪽 들이켜며 물었다. 해가 진 뒤 조명이 켜진 가두리 근처에서 서큘레이터가 툭툭 걸리는 소리를 내며 돌았다. 센터 창밖에선 올가을 들어 가장 센 바람을 동반한다던 태풍의 전조가 으르렁댔다.

인어는 보호막으로 뒤덮인 눈을 몇 번 깜빡이더니 고개를 돌려 수면 밑으로 헤엄쳐 들어갔다. 정원은 실망하지 않았다. 냉대는 이미 일상이었다.

센터의 부지는 일부가 바다와 맞닿게 설계되었다. 덕분에 해양종이 들어가는 가두리는 뒤쪽의 수로만 열면 바로 연안 바다로 이어졌다. 바다에서 온 동물들의 환경을 최대한 맞춰주고 치료나 관찰이 끝나면 빠르게 돌려보내기 위함이었다. 그런 구조 덕에 매일 가두리와 외부 수로의 연결부가 느슨하진 않은지, 제어 상태는 괜찮은지 체크해줘야 했다.

정원이 그것을 확인하는 동안에도 인어는 별다른 반응이 없었다. 인어에게 배정된 가두리는 좁은 공간이 아니었으나 인어가 들어가 있을 땐 썩 넓어 보이지도 않았다. 실제 인어의 행동반경을 생각하면 더 그랬다. 인어는 종에 따라 차이는 있지만, 평균을 따졌을 때 근거지 중심으로 어림잡아 30㎢ 안팎의 지역을 영역 삼는 동물이었다. 거기에 비하면 센터에 있는 어떤 가두리라도 좁을 것이다.

우르릉. 다시금 대기가 울었다.

그 해에 멸종위기 생태종 보호 및 복원 센터의 생태 5동에서 여름휴가를 가지 않은 것은 정원뿐이었다. 그건 정원이 다른 이들의 휴가 동안 해양 보호종의 관리를 일정 부분 담당하게 된다는 뜻이었다. 정원은 출근해서 제게 할당된 연구동을 돌며 이곳 센터에 있는 생물들의 안부를 하나하나 확인하고, 퇴근할 때 그것을 한 번 더 반복했다.

오늘 퇴근의 마지막 순서가 이 인어였다. 작년 겨울 초입에 제주 앞바다에서 발견된 인어는 그물망에 지느러미가 크게 상해 여기 들어왔다. 지금은 많이 좋아졌지만, 여전히 경과를 봐야만 했다.

"예전처럼 헤엄칠 수 있겠어요?"

정원의 질문은 물론이고 다른 이들의 질문에도 인어가 대답하는 일은 결코 없었다. 누군가가 그걸 아쉬워하며 인어의 목소리는 아름답다던데. 라고 말했을 때 생태 2동의 시현 선배가 그런 말을 했다.

"너희는 물고기가 내는 소리를 들어본 적이 있냐? 물고기
가 노래하는 건? 애초에 인어와 대화를 했다는 기록이 있기는
해?"

그 반박은 그럴싸했다. 세이렌이니 하피니 하는 것들의 노래
는 어쨌든 고대인의 낭만을 덧입힌 신화에 불과했다.

진짜 인어는 어떻게 우는지, 인간과 대화를 나눌 수 있는 언
어 체계를 갖추고 있는지 무슨 사회를 구성하고 있는지도 알
려진 게 거의 없는 상황에서, 인어의 울음소리를 듣지 못하는
것은 어찌 보면 당연한 일이었다. 당장 인어의 종마다 생김새
와 생태도 천차만별인 와중에 말이다.

인어가 고등사고체계를 지니고 있는지에 대해서도 의견이
분분했지만, 대다수의 사람은 인어가 인간과 교류할 수 있을
거라 믿었다. 원래 인(人)자가 붙으면, 조금이라도 인간을 닮았
다면, 실제와는 관계없이 사람들은 그렇게 인식하는 법이다.

그러나 사실 대부분의 인어는 인간보다는 고래의 형상을 조
금 더 닮아 있었다. 인어(人魚)라고 할 게 아니라 '고래 경'을
써서 경인(鯨人)이라고 해야 맞지 않을까 싶을 정도로. 이 인어
도 마찬가지였다.

머리와 상반신은 그래도 인간을 닮은 구석이 있긴 했다. 그
러나 유선형으로 완곡하게 이어지는 하반신과 팔이 달려 있어
야 할 곳에 달린 긴 날개 지느러미, 신체를 뒤덮은 거칠고 단단
한 피부는 고래의 것을 닮아있었다. 얼핏 멀리서 보면 그 윤곽
이 작은 돌고래나 상어처럼 보일 정도였다.

"그냥 물고기 종류라고 생각해야 해. 자꾸 사람 보듯 감정 이입을 하면 대상을 바라볼 때 편견이 덧입혀져. 감정이 섞인 판단을 하게 된다고. 그건 위험해."

시현 선배의 말이 다시금 맴돌았다. 그래도 무심결에 말을 거는 행위를 멈출 수는 없었다. 몇 개월간 생긴 일종의 습관이었다.

"상처를 보게 해주진 않겠죠?"

다시 수면 위로 올라온 인어가 눈을 내리깔았다. 저건 안 된다는 뜻이다. 어떻게 알았느냐면, 인어가 여기 들어온 뒤로 수많은 유혈 사태와 긴급 상황을 겪으면서 체득했다.

그렇게 정원은 이 인어의 이빨이 이중으로 되어있으며 매우 날카롭다는 새로운 사실을 알게 되었다. 동시에 자신의 왼팔 살점을 바쳐 센터 선배들과 위기 생태종 연구 학계에 매우 기쁜 발견을 안겨주었고.

그건 이 인어가 이 종의 마지막 개체라는 사실이었다. 이빨이 이중으로 된 먹빛 지느러미의 인어. 한반도에서도 제주도에 분포하는 고유종인 먹물비단인어의 결정적인 특징이었다. 30여 년 전 마지막으로 포획된 뒤 멸종된 것으로 확정되었던 종.

처음엔 아무도 그 인어가 먹물비단인어라고 생각하지 못했다. 인어는 2m에 가까운 몸길이에 먹빛 지느러미와 검은자위로 뒤덮인 눈을 가지고 있었는데, 그건 먹물비단인어와 서식지 일부를 공유하는 묵주인어의 대표적 특징이어서 모두가 이 인어는 묵주인어라고 암묵적으로 결론지었기 때문이었다.

애초 인어라는 동물계 척삭동물문 포유강 인어목의 생물 자체가 희귀종에 속하는지라 전문가의 수도 적은 편이었기에 다들 인어는 개체 전체의 평균값으로, 표상적으로만 알았던 탓이다.

다만 묵주인어는 주로 깊은 바다에 서식하는 어종이었기에 상대적으로 수심이 얕은 연안 바다에서 그물에 다쳐 올라오는 일이 극히 드물었다. 이것이 새로 밝혀지는 묵주인어의 습성이 될 수 있기에 그 주에 전문가를 초빙해 생태와 습성을 조사하고 치료한 뒤 먼바다에 다시 방류한다는 구체적인 계획이 잡혀 있었다.

그러고 나서 밝혀진 사실이 이거였다. 멸종된 것으로 알려진 종의 부활. 코끼리땃쥐나 뉴기니 야생 개의 부활처럼. 다만 이 경우엔 앞의 두 건보다는 훨씬 이목이 쏠렸다.

그도 그럴 게 인어였다. 다른 동물들보다 더 신비로운 이야기로 느껴지고, 그 생김새 덕에 인간과 보다 가깝게 느껴지는 동물.

여기저기서 흥분한 사람들이 몰려왔다. 센터는 한동안 시끄러웠다가 휴가철이 되어서야 조금 잠잠해졌다. 정원은 인어의 상처를 살피는 걸 포기하고 그날 인어의 기록을 살펴보았다.

오늘 차트에 진정제 투여 이력은 남아있지 않았다. 최근 인어에게 투여되는 대부분의 화학적 요소들은 서서히 배제되고 있었으므로 이상한 일은 아니었다. 인어가 진정제 없이도 이렇게 얌전하다는 게 이상하다면 이상할 일이었다. 어디 아프기라도 한 걸까?

정원은 인어가 자신을 공격했을지언정 아프기를 바라지는 않았다. 물론 인어를 볼 때면 종종 물어뜯긴 팔이 욱신거리긴 했지만. 그래도 네 덕에 먹물비단인어도 다 찾고. 효녀다 효녀. 처음 선배들이 그렇게 말했을 땐 정말로 위로가 되었다.

지금은 글쎄. 인어를 바라볼 때면 차라리 그런 일이 없어야 했지 않을까 하는 생각이 든다. 차라리 먹물비단인어라는 걸 몰랐더라면. 그랬더라면.

정원은 가두리를 빙글 한 바퀴 돌았다. 인어는 처음 들어왔을 때에 비해 많이 야위었다. 먹빛의 피부가 군데군데 하얗게 일어나 있었다. 헤엄을 멈춘 걸 보니 정원을 의식하는 게 분명했다. 그래도 외부 자극에 반응하는 걸 보니 최악의 상태는 아닌 모양이었다. 그나마 안심이 되는 부분이었다.

"당신을 돌볼 수 있어서 다행이네요."

정원은 자기 직업이 좋았다. 죽어가는 종들을 보호하고, 때로는 이미 죽은 종들의 DNA 데이터를 추출해 분류하고 보관하는 작업은 세상에 어떤 기여를 하고 있다는 기분을 주었다. 실제로 하고 있기도 했고.

어릴 때부터 온갖 생태 도감이며 공룡이며 멸종된 생물 이야기를 그 어떤 이야기책보다도 좋아했던 사람에겐 이것만큼 낭만을 이룰 수 있는 직업도 드물었다. 물론 낭만과 현실 사이에는 괴리감이 있어서 실제로 하는 일은 지루한 서류작업이나 단순 노동과 관리 정도가 대부분이라 하더라도 말이다.

센터는 진급이 늦었다. 최소 3년을 채우기 전까지는 거의 수습 취급이었다. 아무래도 민감한 종이나 샘플을 다룰 일이 많다 보니 배울 것도 많았고, 신경 써야 할 것도 많았던 탓이다. 그래도 처음엔 마냥 좋았다.

막 센터에 입사한 초기에, 정원은 사방이 적막해지는 늦은 밤이 오면 당직 출입 카드로 들어갈 수 있는 멸종위기종 보존 보관담당과 수장고며 생물종 데이터베이스실에 들어가 시간을 보냈다.

업무에 찌든 직장인이 되기 전의 아직 꿈 많고 열정 넘치는 신입들이 가끔 그런 방식으로 제 안의 벅참을 채웠기 때문에, 선배들은 민감한 샘플이 있는 곳만 아니면 그런 행동을 적당히 눈감아주는 편이었다.

정원은 그렇게 복원을 기다리는 수많은 생물의 데이터베이스를 하나씩 살펴보고, 간혹 복원이 진행 중인 종의 경과도 살펴보았으며, 수의사들과 동행해 위기종의 생태를 관찰하는 작업을 반복해왔다.

열정이 항상 풍선처럼 부풀어 있던 시기는 2년 차를 채우고 난 후로 좀 덜해지긴 했지만, 정원은 여전히 이 일이 좋았다. 오래간만에 늦은 밤 고요 속에 앉아 태풍을 기다리며 인어와 단둘이 있으려니 막 센터에 들어왔던 그 시절이 생각났다. 정원은 속삭였다.

"여기가 그렇게 나쁜 곳은 아니에요. 중요한 일을 하거든요. 정말 중요한 일을요."

정원은 인어의 눈을 바라보았다. 귓가에 파도 소리가 들렸다. 밤바다의 어둠이 덕지덕지 달라붙은, 모래가 엉겨 붙고 조가비들이 우르릉대는 소리였다. 그 소리는 이윽고 기억 속의 전화벨 소리로 바뀌어 울렸다. 조카의 전화였다.

*   *   *

인어가 먹물비단인어라는 사실이 밝혀지고 나서 얼마 되지 않았을 때였다. 전화선 너머에서 넘어오는 조카의 목소리는 낭랑했다.

"이모는 진짜 인어랑 있어요?"

나이가 어려 서툴게 언어를 조합해 묻는 물음에 정원은 대충 그렇다고 답했다. 정원은 예전부터 조카를 어려워했다. 얼기설기 이어지던 대화가 끝나고 나서, 전화를 바꿔 받은 정원의 언니는 한참이나 말이 없었다.

정원은 언니에게 육아의 어려움에 대해 물어보는 대신 복직 준비는 어떻게 되어 가냐고 물었다. 육아 이야기는 정원이 아니어도 다른 사람들이 많이들 물어보고 있을 테니 구태여 짐을 얹지 말자는 생각에서였다. 괜히 자극하고 싶지 않은 마음도 있었다. 언니는 산후우울증을 앓은 이력이 있었다.

"늘 같지 뭐."

언니는 항상 그런 대답을 했다. 늘 같지 뭐. 그건 언니의 복직 신청이 더디게 처리되고 있거나 아예 진행되지 않고 있으며 형부의 육아 휴직은 반려되었다는 것과 동일한 의미였다. 유치원에 막 들어간 첫째 조카와는 달리 태어난 지 얼마 되지 않은 둘째 조카는 아직 돌봄이 필요했다. 언니는 복직을 간절히 원하면서도 동시에 약간은 원하지 않는 눈치였다. 단순히 어린 조카 때문만은 아니었다.

언니는 출산 휴가 직전에 중요한 프로젝트를 받아놓고 있었다. 커리어에 큰 도전이 될 만한 일이었다. 예상치 못한 임신으로 휴가를 낸 직후에 그게 다른 사람에게로 넘어갔다는 이야기를 들었다고 했다.

정원은 언니의 좌절과 두려움을 짐작할 수 있었다. 복직하고 난 이후의 어떤 과정들과 겪어야 할 일들이 자신에게조차 선명히 그려졌다. 정원은 복직을 미루고 싶어 하는 언니를 탓하지 않았다. 대신 먹물비단인어의 이야기를 했다. *전에 멸종되었다고 기록되었던 종이래. 근데 마지막 개체가 살아있었어.*

"보다 보면 아름다워. 이런 소리 하면 이상하게 들리겠지만, 내 팔을 잘라 먹을 뻔한 건 잊을 정도로. 엄청 특이하고 기묘하게 생겼는데 아름답게 느껴진다는 것도 신기해. 사람도 고래도 아닌 게 계속 보게 돼. 확실히 영화에 나오는 인어랑은 좀 다르더라."

"그럼 그 인어는 너희 센터에 계속 있게 되니?"

"그건 모르겠어."

적어도 그냥 풀려나지 않을 것은 확실했다. 이미 멸종된 줄 알았던 종이 돌아온 것이니까. 최소한의 복원 프로젝트를 위한 연구 정도는 이뤄진 뒤 방류되거나, 그도 아니면 언니 말대로 계속 센터에 있게 될 수도 있었다. 후자의 가능성이 큰 것도 사실이었다.

"인어가 민간에 공개될지는 잘 모르겠어. 워낙 희귀종인 데다 이번 인어는 특별하니까. 공개되더라도 아마 내년은 되어야 할 거야. 공개되면 언니한테 제일 먼저 얘기해줄게."

"그래."

돌아오는 답은 묘하게 힘이 없었다. 언니가 다시 딴생각을 하고 있다는 증거였다. 정원은 더 덧붙이지 않고 전화를 끊었다.

먹물비단인어는 멸종 확정 이전에도 생태에 관해 알려진 게 몹시 드문 인어였다. 인어종이 대체로 그러긴 했지만, 먹물비단인어의 개체 수 자체가 많지 않았으니 더 그랬다.

근연종인 묵주인어나 큰얼룩지느러미인어와는 다르게 상대적으로 얕은 바다가 주 무대라는 점 정도가 그나마 밝혀진 사실이었는데, 그 덕에 연안에 정박하러 들어오던 배에 치여 죽거나 그물에 걸려 죽은 수가 꽤 되었다. 생활 반경 자체가 인간들의 생활 반경과 겹치고 이어서 온난화로 인한 바다 생태계 변화가 심해지면서 멸종이 가속화된 종이었다.

물으로 올라온 시신은 빠르게 부패했기에 남은 조직들로 조사를 시도하기에도 까다로웠다. 그래도 심해종이 아닌 연안종이었던 덕에 연안 바다를 흉내 내어 가두리의 환경을 만들어주는 데는 큰 무리가 없었다. 다들 이참에 평소 구경하기 힘든 인어를 보고 관찰할 생각에 센터는 한동안 떠들썩했다. 정원도 물론 그중 한 사람이었다.

몇 개월만 더 버티면 채워질 3년 근속과 그로 인한 승진을 앞두고 일을 그르치고 싶지는 않았기 때문에 성실히 업무에 임했지만, 정원은 시간이 남는다 싶을 때는 인어에게 찾아가는 것을 잊지 않았다.

인어를 볼 때마다 왜 이 일을 하기로 했었는지 떠올릴 수 있었다. 죽은 종의 발굴, 복원, 보호. 더는 사라지지 않게 지켜주고 공존할 수 있도록 방안을 찾는 것. 가끔 인어와의 교감을 시도해보지 않은 것은 아니었으나, 인어는 대체로 정원을 비롯한 사람들에게 무심했다. 게다가 정원이 인어에게 팔을 물어뜯긴 것은 감상에 젖어 인어와 교감할 수 있다고 믿은 탓이 절반 정도는 있었으므로 환상은 금방 깨졌다. 나중에 가선 그저 바라보는 것만으로도 만족하게 되었다.

인어는 밤이 되면 낮보다 활발해졌다. 야행성이어서인지 아니면 그저 밤에 지켜보는 사람이 별로 없어서인지는 알 수 없었다.

먹물비단인어의 지느러미는 다른 인어보다 평균적으로 30cm가량이 더 길었다. 그 덕에 물살을 가를 때 더 큰 궤적이 남았다. 검푸른 물빛 아래 작은 파도를 일으키는 먹물비단인어의 실루엣은 도드라지도록 검었고, 공포와 경외심을 동시에 불러일으켰다. 아찔할 정도로 두려우면서도 놀라우리만치 아름다웠다.

정원은 수많은 먹물비단인어들이 파도를 가르는 모습을 상상할 때마다 가슴이 뛰었다. 분명 절경일 것이다. 이제 돌아왔으니까. 이 찬란함이 죽어가도록 놔두지는 않을 테니까. 그들에게는 죽어가는 종을 보전하고 되살릴 의무가 있었다. 어떻게든 방법이 생길 것이었다.

그즈음에 정원의 언니는 자주 상담을 다녔다. 우울증이 길어지면서 인지 능력이 다소 떨어진 뒤의 일이었다. 정원은 늘 언니가 처한 상황에서 우울증은 자연스럽게 올 수 있는 것이라는 말을 해주었지만 별 소용은 없었다.

"정신 차리고 보면 어항에 갇힌 것 같아."

"어항?"

"금붕어 어항. 금붕어들은 기억력이 짧아서 자기가 들어 있는 어항이 얼마나 좁은지도 인식을 못 한다잖아."

정원은 그건 사실과 좀 다르며 금붕어의 기억력은 짧게는 12일에서 길게는 3개월까지도 보고된다고 말할까 하다가 그만두었다. 어차피 언니가 하고 싶은 말은 그게 아니었을 것이다.

정원이 보기에 언니는 어항 속의 물고기보다는 정형행동을 보이며 전시용 우리에 머리를 박는 재규어 같았다. 같은 곳을 빙글빙글 돌다 유리창에 머리를 박는 동물원의 재규어. 구태여 그것을 입 밖으로 내지는 않기로 했다. 어느 쪽이건 좋은 비유는 아니니까. 언니의 목소리엔 힘이 없었다.

"3초가 지나면 내가 하려고 했던 일을 까먹는 것 같아. 그러고 나서 3초가 지나면 무엇을 하고 있었는지도 까먹어."

언니는 언제나 빠릿빠릿한 편이었고 어릴 때부터 영민한 애라는 칭찬을 받으며 지냈다. 그래서였을 것이다. 그런 일을 더 못 견뎌 한 건. 정원은 몇 번이고 상담과 약으로 개선할 수 있을 거라고 언니를 설득했다.

"언니. 요즘 정신과 다니는 건 그렇게 흠도 아니야."

그렇게 말하며 결국 상담을 받게 하는 데는 성공했지만, 언니의 불안을 단번에 해소해 줄 수 있는 것도 아니었다. 뭐가 잘못된 걸까? 어디서부터 잘못된 걸까? 내가 결국 실수를 했고 완벽하지 못했던 걸까? 살아오면서 뭘 잘못했을까? 언니의 그런 질문에 답해줄 수도 없었다. 정원은 슬슬 언니의 예민함을 감당하기 힘들어졌다.

그걸 피해 몰두할 것은 결국 일이었고 돌아오게 되는 것은 인어의 앞이었다. 인어의 유영을 볼 때면 마음이 차분히 가라 앉았다. 정원은 밤이면 기적을 목도하는 신자처럼 깊이 매료되어 물살을 가르는 인어를 보았고, 신전을 바라보듯 가두리를 보았다. 그나마 그것도 얼마가 지나자 할 수 없게 되었다. 일시적으로 인어의 보안등급이 급격히 높아졌기 때문이었다.

한동안 다른 생태동의 연구원들이며 교수들이 들락거렸다. 그런 기간은 점점 길어졌다. 정원은 어쨌든 아직은 말단 관리 직이었으므로 구체적으로 무슨 일들이 일어나고 있는지는 몰 랐다. 가끔 선임 연구원들은 주사며 약제 등을 들고서 나고 들 었다. 인어가 아픈 걸까? 염려 섞인 눈으로 지켜보아도 바뀌는 것은 없었다.

그리고 그런 일이 반복되길 얼마 후에, 정원은 평소 같던 밤

당직 중에 어떤 소리를 들었다. 매우 맑으면서도 고음으로 치고 올라가 귀를 찢고 가슴을 두들기는 선뜩한 소리를.

처음엔 착각인 줄 알았다. 당직을 서는 다른 선배들조차 그 소리를 듣지 못했다고 하니 당연히 그렇게 생각할 수밖에. 어디서도 들어본 적이 없는 소리인데 들어본 기분이 든다는 게 문제였다. 자꾸만 마음에 걸렸다.

그러던 어느 날, 당직실에서 컵을 씻던 정원은 갑작스레 그것과 닮은 소리를 기억해냈다. 들고 있던 유리잔 덕분이었다. 산산이 조각나 깨지는 유리잔의 비명. 얼마 전 언니가 자신에게 커피를 내주다가 깨지던 순간 찻잔이 내던 소리가 그랬다. 그날도 쏟아진 커피를 닦고 깨진 유리를 치우며 언니는 같은 질문을 했다. 내가 무언가 잘못 선택한 걸까?

"쉬지 말았어야 했나?"

"언니. 어쩔 수가 없는 거잖아."

"자꾸 그런 생각을 떨칠 수가 없어. 내가 살아오면서 잘못된 선택을 정말 많이 했다는 생각. 그중 하나가 그게 아니었을까 하는 생각."

"언니."

그 부름이 책망으로 들렸던 건지 언니는 어깨를 움츠렸다. 그러고선 속삭였다.

"나는 내 아이들을 사랑해. 진짜야."

"……"

"그런데도 그 생각을 멈출 수 없어."

"그건 언니 잘못이 아니야. 당연히 애들 잘못도 아니고. 힘들 땐 어쩔 수 없는 거잖아."

"어쩔 수 없는 거라고 해도, 나는 내 아이한테 그렇게 말하고 싶지 않아. 엄마가 정말 원하던 일을 하게 되었는데, 너를 가지게 되면서 그만뒀어. 그런 말을 애들한테 어떻게 해. 근데 살다가 문득 힘들어지면, 내가 놓친 것들이 생각나면 아이한테 한번쯤은 말을 하지 않을 자신이 없어. 아이 얼굴을 볼 때마다 내가 그 애를 사랑한다는 걸 알면서도 나의 무엇과 아이를 바꾸었는지가 떠오를 거야. 그러면 어느 날 충동적으로 말하고 말겠지. 나는 너희랑 무언가를 맞바꾸었다고. 그게 두려워."

그런 일이 없을 거라고 말하고 싶었다. 그러나 정원은 알았다. 그건 거짓말이었다. 언니는 언젠가 말하게 될 것이다. 너희에 대한 사랑과 꿈을 맞바꾸었노라고. 정원은 눈을 굴렸다. 입이 썼다. 다시 내려온, 다 타버린 커피 때문이 아니란 건 분명했다.

"아이가 그 말을 듣고 그럼 왜 나를 낳았냐고 따지면 뭐라고 해줘야 해? 네가 꿈과 맞바꿀 만큼 소중해서 낳은 거라고? 너 때문에 내 꿈이 사라졌어. 네가 꿈과 맞바꿀 만큼 소중했기 때문이야. 엄마는 이만큼이나 너를 사랑해. 그렇게 말하면 아이도 나도 행복할까?"

"언니. 하지만……."

"알아. 다들 그러고 살지. 그런 엄마들은 세상에 질릴 정도로 넘쳐나고. 나도 예외가 될 순 없어. 이미 태어난 아이를 없던 걸로 하기라도 할 거야? 아이에게는 무슨 잘못이 있는데? 결국 잘못된 건 나인가?"

"들어봐, 언니. 그게 어떤 기분인지 알아. 나는 알아."

"네가?"

그 반문에 정원은 조금 상처를 받았다. 당연히 알고 있지. 모를 수가 있어? 정원은 언니의 눈을 빤히 바라보았다. 햇빛이 투과되어 밝은 갈색으로 보이는, 원래는 새카만 검정인 언니의 눈을.

언니는 입을 꾹 닫더니 깨진 커피잔을 마저 주워 담았다. 정원도 도왔다. 잘각거리는 파편들 사이에서 아주 작은 속삭임이 들렸다.

"그래. 너는 알겠지."

* * *

그러고 나서 한동안은 언니와 연락하지 않았다. 섭섭함은 몸집을 쉽게 불렸고 그간 둘이 우애 좋게 지내온 축이라는 사실은 감정의 무게를 더는 데는 아무런 도움이 되지 않았다. 자신이 겪는 일을 정원이 모를 거라는 식의 말을 떠올리면 흉곽 안쪽에서 무언가가 부풀며 숨을 갑갑하게 했다.

왜 그렇게 생각하지? 왜 내가 모를 거라고 생각하지?

어쩌면 나도 그렇게 살게 될 텐데. 나에게는 남의 일이 되지 않는데.

그런 생각이 들 때마다 언니가 한창 예민한 때임을, 자기도 인지하지 못 하는 어항 속에서 머리를 부딪치고 있는 사람이라는 사실을 깨달으려 애썼다.

그러는 동안 계절이 바뀌었다. 정원은 기어코 3년 차를 채웠다. 정원이 소속된 생태 5동 직원들끼리만 하는 작은 축하 파티가 열렸다. 관리팀장은 정원의 보안 카드와 당직 카드의 등급을 높여주었다. 정원의 등급보다 관리 등급이 높아져 버린 인어조차도 만나러 갈 수 있는 카드였다.

팀장은 웃으며 말했다.

"정원 씨. 축하해."

갑자기 실감이 나며 가슴이 두근거렸다. 내가 해냈어. 소소하고 작은 일상을 쌓아서 여기까지 왔지. 감회에 젖어 축하를 위해 준비된 사이다를 한 컵 마시려는데 누군가가 뛰어 들어왔다. 관리 7동의 하연 선배였다. 얼굴이 몹시 상기되어 있었다.

"곧 중대 발표가 있을 거래. 내가 미리 듣고 왔는데, 진짜 큰 건수야."

"연구원이 말을 사업가처럼 하시네요?"

"들어봐. 듣고 나면 입이 떡 벌어질걸."

하연은 호들갑이 심한 편이었고 모두가 그걸 알고 있었다. 다들 이번엔 하연이 얼마나 대수롭지 않은 이야기를 얼마나 대수로운 일처럼 말할지 기다리며 커피를 마셨다.

다음 순간 하연이 기습하듯 찌르고 들어왔다.

"인어가 온 직후에 관리동 데이터베이스 대대적으로 정리했잖아? 우리가 가진 생체 샘플 중에 먹물비단인어 수컷의 정자가 보관되어 있었대."

누군가의 커피가 바닥에 주룩 흐르는 소리가 났다. 정원도 그걸 들었지만, 그쪽으로 고개가 돌아가지 않았다. 사람들의 눈은 똑바로 하연에게 고정되었다.

하연은 잔뜩 상기된 얼굴로 안경을 벗어 가운에 문질러 대충 닦고는 목소리를 낮추었다.

"이번에 우리가 찾은 건 암컷이야. 이게 무슨 뜻인지 다들 알지?"

물론 그랬다. 이번엔 침 삼키는 소리가 들렸다. 자세교정이 필요한 거북목 연구원들과 사무직 관리원들이 입을 헤벌리고 넋을 놓은 채 동공을 떨거나 바닥에 음료를 흘렸다.

"우린 죽은 종을 복원할 수 있게 된 거야."

그 사실은 아직 외부에는 알려지지 않았다. 복원 프로젝트를 맡게 된 사람들이 프로젝트가 성공할 때까지 신중을 기하고 싶어 했던 덕분이었다.

사람들 사이에서 고양감이 가득 차올랐다. 여기 다니면서 이 정도의 흥분을 목격하기로는 귀신고래 복원 프로젝트 이후로 처음 보는 것이었다. 다른 사람들이 자아낸 술렁거림에 따라 정원의 마음도 같이 요동쳤다.

"최근에 계속 배란을 유도해서 난자를 채취했고, 그걸로 수정란 배양까지 했대. 몇 번 더 채취와 수정 과정을 반복해서 실험 검증을 했고. 확실해지면 수정란을 모체에 이식하겠지."

주사기를 들고 오가던 연구원들이 떠올랐다. 그거였구나. 깨달음이 몰려왔다. 함께 생각난 비명은 금방 사그라졌다. 찻잔이 깨지면서 나던 소리와 닮아있던 그 비명. 정원은 애써 생각했다. 잘못 들은 거야. 그렇겠지.

그때 정원보다 1년쯤 늦게 들어온 직원 하나가 감격에 젖은 목소리로 노래하듯 읊조렸다.

"정말 멋져요. 연안에 생태 지구를 조성해야겠네요. 태어난 인어들이 헤엄치고 놀 수 있도록."

정원의 마음을 읽은 듯한 말이었다.

아니, 모두가 같은 생각을 하고 있었을 것이다. 이 아름다운 존재가 죽지 않아도 되겠구나. 바다를 가득 메우는 것을 보겠구나. 그 무섭고도 기묘한 지느러미가 밤바다를 수놓는 모습을 다시금 볼 수 있겠구나.

기쁨이 마음을 가득 채웠다.

정원은 이 성과를 누군가에게든 알리고 자랑하고 싶었다. 그래서 인어 복원 프로젝트가 매스컴에 공개되자마자 바로 언니에게 전화를 걸었다. 이래저래 지지고 볶으며 서로에게 상처를 주었어도, 언니는 정원에게 남은 유일한 가족이었고 정원의 말을 들어줄 사람이었으며 정원의 기쁨에 순수하게 동조해 줄 수 있는 사람이었다.

정원은 자랑스럽게 이야기를 들려주었다. 인어들이 돌아올 거야. 해안에 먹물비단인어가 가득 찰 거야. 몹시 장엄한 풍경이 되겠지. 언니는 한동안 답이 없었다. 약간 김이 빠졌다. 침

묵이 길어지고 슬슬 초조해질 무렵 언니가 전화선 너머에서
속삭였다.

"인어도 그걸 원할까?"

정원은 순간 짜증이 났다. 무슨 소리인가 싶었다.

"인어도 원할까?"

다시금 속삭이는 목소리에 알겠다는 기분이 들었다. 언니는
인어에게 자신을 투영하고 있는 게 분명했다. 마구 쏘아붙이고
싶은 충동이 일었다. 정원은 그것을 애써 내리 누르며 답했다.

"이건 언니랑 경우가 달라. 알고 있지?"

"그래?"

"그래. 어떻게 그런 식으로 말해? 이게 무슨 나쁜 일인 듯이.
그건 멸종된 종이야, 언니. 이대로 두면 다시 죽어버리는 종이
라고. 다 우리 때문이야. 온난화니 연안의 쓰레기 방류니, 해수
의 오염이니 플라스틱 섬이니 선박 충돌 같은 것들. 그러니 우
리에겐 그들을 복원하고 지킬 사명이 있어. 인어는 자기한테
벌어지는 일이 뭔지도 인식하지 못할 거야. 하지만 곧 그게 자
기를 위한 일이었다는 걸 알게 될 거고. 수많은 동족이 돌아오
게 될 거라고."

"아마도 한평생을 거기 갇힌 채로 새끼를 낳으면서, 그게 자
신과 종(種)을 위한 일이라는 말을 들으면서 말이지."

"왜 그런 식으로 말해? 그럼 그냥 그대로 사라지게 놔둬야
해?"

입 안이 바짝바짝 말랐다. 자신들의 노력을 떠올리면서도 자

꾸만 인어가 들어 있는 가두리가 생각났다. 가로세로 30m짜리의 가두리의 검은 물 밑바닥에서 물보다 더 검은 실루엣으로 아름답게 헤엄치던 인어. 생활 반경이 연안 내의 30km^2였을 인어.

넓은 연안이라면 더 거센 파도를 일으킬 수도 있을 인어.

"인어가 멸종되었던 인어이기 때문에 중요한 거야, 아니면 새끼를 낳을 수 있기 때문에 중요한 거야?"

"무슨 소리야?"

"인큐베이터랑은 뭐가 다른데?"

"다시 말하지만 그건 언니랑은 경우가……."

"난 내 일을 가지고 이야기하는 게 아니야."

천만에. 언니는 지금 인어에 자신을 투영해서 보는 거야. 줄곧 힘들었고 상담도 다녔잖아. 그러니까 이렇게 화를 내는,

그러다 갑자기 머리가 띵해졌다. 전화 너머 언니의 목소리는 그 어느 때보다도 차분했다. 언니는 화를 내고 있지 않았다. 평소에 곧잘 담고 있던 신경질이나 히스테릭조차 거기 없었다. 어항이나 우리에 갇힌 목소리가 아니라, 영민하다는 소리를 듣곤 하던 시절의 목소리였다.

거기 있는 건 하나의 물음표였다.

"너는 안다면서? 어떤 기분인지."

정원의 안에서 누군가의 목소리가 속삭였다. 맞아. 나는 알아. 다시 들어보니 그건 자신의 목소리였다. 맞아, 알아.

그래서 뭐 어떻단 말인가? 이대로 멸종되게 두자고? 그 아름

다운 생물을, 세상에서 영영 사라지게 두자고?

"네가 안다는 걸 나도 알고."

언니의 그 말을 마지막으로 통화가 끝났다. 정원은 한동안 우두커니 서 있었다.

얼마 뒤 수정란 이식이 준비되었다는 얘기가 들려왔다. 정원은 그때 인어의 앞에서 인어의 상태를 점검하고 있었다. 안 그래도 공격적인 인어가 착상 과정에서 날뛰진 않을까 걱정이 되었다. 옆에선 김 과장이 작업 중이었다. 정원은 물었다.

"괜찮을까요?"

김 과장은 아무렇지도 않게 차트를 두드리며 말했다.

"안 괜찮을 확률도 높지. 착상의 성공률도 성공률이지만, 이후가 더 문제기도 하고. 새끼가 공격당하기라도 하면 큰일이잖아."

"공격이요?"

"인공 수정으로 새끼를 낳은 암컷이 분만 직후에 제 새끼를 공격하는 건 빈번한 일이야. 관계가 없었으니 자기가 임신한 줄도 모르는 게 태반이고, 갑자기 생겨난 새끼는 외부의 침입으로 간주되니까. 다 알잖아."

물론 잘 알았다. 대표적으로는 중국에서 개체 관리를 받는 판다가 그랬다. 암컷 판다가 분만할 때면 모든 이들이 어미가 새끼를 죽이지는 않을지 긴장해서 추이를 지켜보았다.

교수 중 누군가는 모성애가 있다면 알아서 새끼를 돌보리라고 말했지만, 과연 그런가? 갑자기 공중에서 생겨난 핏덩이를 자기 새끼라고 인지할 수 있을까? 정원을 물어뜯은 인어가 새끼는 물어뜯지 않을까? 그 과정에서 사람은 다치지 않을까?

스트레스로 사람을 두 번이나 죽였지만 전 세계 동물원에 정자를 제공해야 해서 안락사당하지 않고 몇 년을 더 살았던 범고래의 케이스가 떠올랐다. 인어가 설령 사람을 크게 다치게 한 대도 같은 예외를 적용받을 것이다. 정원은 자신을 물었던 이중의 이빨을 생각해냈다가 애써 털어냈다.

이런 생각은 도움이 되지 않았다. 애초에 상황도 달랐다. 거긴 동물원이고 이곳은 복원 센터였다. 자신들의 하는 일의 태반은 멸종 위기종을 보호하는 것이었다. 현장에 있는 다른 이들의 노력을 폄하하고 싶지 않았다. 그래서도 안 되었다.

정원은 시현 선배의 말을 떠올리려 애썼다. 감정 이입을 하지 마. 물고기로 봐야 해. 우리가 죽이고 만 물고기, 되돌아와야 하는 물고기.

인어가 가두리에 있는 기간은 길지 않을 것이다. 착상이 성공하고, 죽은 먹물비단인어의 첫 세대가 태어나기만 한다면.

모두가 환호하는 가운데 수많은 인어 떼가 파도를 가르는 상상을 하며 정원은 천천히 가두리를 바라보았다. 가두리 밑바닥은 좁아 보였다.

그게 얼마나 걸릴까? 문득 그런 생각이 들었다. 착상이 실패해서 모든 과정을 처음부터 다시 해야 한다면? 얼마가 더 걸려야 연안이 인어로 가득 찰까? 돌아온 인어를 맞이하는 환호 소리와 함께 검은 밤바다의 소리가 귓가를 때렸다. 밤바다의 어둠이 덕지덕지 달라붙은, 모래가 엉겨 붙고 조가비들이 우르릉대는 소리. 그 소리를. 찻잔이 깨지는 비명을.

"너는 알겠지."

언니의 목소리가 속삭였다.

* * *

그래서 이야기는 시작으로 돌아온다. 무더운 여름밤의 공기와 우르릉 우짖으며 다가오는 태풍과 서큘레이터가 툭툭 하고 돌아가는 소리. 다 마신 홍삼 팩과 자신을 외면하는 인어와 어둡고 컴컴한 가두리. 언니와, 어쩌다 얼굴을 보는 어색한 조카와, 검은 바다와 태풍.

"여기가 나쁜 곳은 아니에요. 여기 사람들도요. 다들 엄청나게 노력해요."

정원은 다시금 말했다. 자신을 보는 인어의 표정은 여전히 읽을 수 없었다. 무슨 생각을 하는지도. 그저 계속 주절거리는 수밖에 없었다.

"저는 이 직장이 좋아요. 얼마 전엔 승진도 했고요."

거짓말이 아니었다. 정원은 여태 거친 직장 중 이곳이 제일 좋았다. 공기업이라 복지도 끝내줬고, 다들 내성적이라 회식도 즐기지 않았고 공사 구분이 확실했으며 돈도 받을 만큼은 받았다. 무엇보다도 자신이 좋아한 일이었다.

정원은 자기 경력을 여기서 깔끔히 내던질 수 있는 사람이 아니었다. 여기서 말뚝을 박아서, 적당히 잘 살다가 적당히 승진해서 적당히 집을 갖고 적당히 잘 살다 가는 게 정원의 목표였다.

안전히, 평탄하게, 문제를 일으키지 않고.

3년 근속과 승진 기념으로 받은 고등급 당직 관리 카드는 정원의 자랑이었다. 당직자가 비상사태라고 판단하면 인어가 들어 있는 가두리조차 열 수 있는 카드였다.

"진짜 만족하거든요, 저는."

끝말은 거의 울 것 같은 기분으로 내뱉을 수밖에 없었다.

"그런데 왜 이럴까요?"

정원은 결국 가두리의 수로 개폐를 관리하는 전자 보안 패드에 자신의 카드를 찍으며 한숨을 쉬었다. 이건 진짜 바보짓이야. 이 좋은 직장과 괜찮은 경력을.

이런 일로 나가게 되면 비슷한 일을 다시 하게 되긴 힘들 텐데 하는 공포와 이제 도대체 뭘 해 먹고 사냐는 한탄이 섞인 한숨이었다.

인어는 정원을 물끄러미 쳐다보았다. 검은자위와 눈이 마주치는 순간 자신이 이 종이 기어코 멸종하도록 놔두고 있다는 공포감이 정원을 사로잡았다.

이대로 놔주면, 이 개체는 종의 마지막인데. 이 인어가 죽으면 영영 끝일 텐데. 이 아름다운 것을 다시는 보지 못할지도 모르는데. 그런데도.

정원의 손은 멈추어지지 않았다.

"제가 왜 이래야 할까요?"

정원은 그렇게 말하며 인어가 들어 있는 수족관과 연안 바다를 연결하는 수로에 들어섰다. 연구소의 가두리들은 다가오는 태풍을 대비해 이중 잠금 상태에 들어가 있었기 때문에, 나머지 수로 개폐는 수동으로 해야 했다. 바지 밑단과 대충 신은 실내용 슬리퍼가 바닷물에 젖는 게 느껴졌다.

정원은 차가움에 진저리를 치며 심호흡한 뒤 파이프 손잡이에 기댔다. 자기 정체를 감춰보려는, 누가 인어를 풀어주었는지 알지 못하게 하려는 노력은 진즉 포기했다. 어차피 CCTV와 보안 카드 체크 시스템에 다 기록되고 있을 것이다. 격벽문 틈새로 물이 쏟아지기 시작했다.

정원은 자포자기한 채로 수로 차폐 손잡이를 돌렸다. 조금만 더 열면 인어가 나올만한 공간이 생기겠지. 그렇게 격벽의 갑문이 살짝 틈을 보인 순간이었다.

갑자기 강한 힘이 삐쭉 열린 갑문을 강타했다. 바깥쪽에 서 있던 정원은 대책 없이 뒤로 넘어졌다. 물이 적당히 차 있었기에 머리를 땅에 박아 뇌진탕을 일으키는 것은 면했으나 흠뻑 젖고 말았다. 갑문 쪽을 바라보니 인어가 거기 있었다.

정원은 순간 공포에 질렸다. 인어의 검은자위는 마치 복수를 원하는 자의 눈으로 보였다. 높은 지능을 가진 것으로 추정되는 개체가 몇 달이고 갇혀서 억지로 테스트를 받고 주사를 맞았으니 솔직히 그럴 만도 했다. 그래도 정원은 직업까지 걸면서 도와주려는 건데 조금 억울했다.

역시 바보짓이었어. 그래도 이상하게 후회는 되지 않았다. 급류가 쏟아졌다. 엄청난 소리가 들렸다. 다가오는 태풍의 소리인지 아니면 몰려오는 바닷물의 소리인지 분간이 되지 않았다. 파도에 휘말리는 모래 알갱이가 된 기분이 들었다. 정원은 중심을 잃고 휩쓸렸다.

먹빛의 지느러미와 검은자위가 순식간에 자신에게로 다가오는 것이 보였다. 먹물비단인어가 육식을 했던가? 사람도 먹나? 저번에 내 팔을 뜯었을 땐 그걸 좀 먹었던 거 같은데.

쏟아지는 바닷물이 폐에 차올랐다. 인어에게 뜯겨 죽는 것보다 익사하는 게 빠르다면 아프지는 않게 될까? 살고 싶다고 필사적으로 외치는 마음의 소리 사이에서 그런 부질없는 생각이 들었다.

강한 힘이 제 몸을 끌어올려 눈을 뜨자 어느새 해안가까지 떠밀려와 있었다. 엉덩이에 닿는 안정적인 대지의 감촉에 안도하며 고개를 드니 인어가 매우 가까이 있었다. 꿈꾸는 듯한 검은자위에 엉망진창인 자신의 몰골이 비쳤다.

무언가 생각할 겨를도 없이 인어가 입을 열고 무어라 작게 울었다. 소름 끼치도록 맑은 목소리였다.

"뭐라고요?"

정원은 인어가 한 말을 해석하려 노력했지만, 결국 그럴 수 없었다. 그 울음은 정원이 아는 어떤 언어와도 달랐다. 검은자위가 선명한 눈이 가만히 정원을 들여다보더니 고개를 돌렸다. 맑은 목관 악기의 소리가 났다.

수많은 인어가 이런 울음소리로 동시에 울었다면 참 아름다웠을 텐데. 그런 생각이 들어서 정원은 다시 조금 눈물이 났다. 역시 자신이 무언가를 망친 걸까? 하나의 인어를 위해 그 많은 노래를 세상에서 지우게 된 걸까? 영영 그 합창은 듣지 못하게 되는 걸까?

정원은 바닷물에 젖은 채로 오들오들 떨며 멀어져 가는 인어를 보았다.

고래를 닮은 형상이 점이 되고, 그 작은 점이 검은 물살을 가르는 모습을.

참 외롭고도 자유로운 점이었다.

점은 차츰 멀어지더니 검은 밤바다 너머로 사라졌다.

민간에서 먹물비단인어 무리로 보인다는 물고기 떼의 제보 영상이 몇 번 떴다가 진위 확인이 안 된다며 유야무야 사라진 것은 몇 년 후의 일이었다.

"당시엔 그게 최선이었고
최고의 선택이었다."

「떠나가는 관들에게」 브릿G 서평

— 청보리

　빛을 포함한 모든 것을 빨아들이는 블랙홀, 각종 위성을 가진 행성들, 행성에서 떨어져 나온 별의 파편들, 그 모든 것이 모여 만들어진 은하들. 우주란 옛날부터 상상력을 자극하는 곳이었다. 고대의 점성술부터 현대의 천문학까지, 사람들은 끊임없이 우주를 탐구했다. 닿지 못하는 미지의 세계는 늘 사람들에게 궁금증을 자아냈고, 「스타워즈」, 「스타트렉」, 「마션」, 「인터스텔라」 같은 명작들이 탄생할 수 있는 풍부한 수원이 되어주었다. 우주를 소재로 한 창작물은 무척이나 다양하며, 주제도 밤하늘에 뿌려진 별들만큼이나 다채롭다.

　「떠나가는 관들에게」에서도 우주가 주요 소재로 등장한다. 정확하게는 우주탐사가 가능해진 미래의 어느 날이 배경이다. 우주탐사, 우주여행, 다른 행성으로의 이주. 무척이나 흥미롭고 가슴 뛰는 말이다. 작가에 따라 이야기가 각양각색으로 전개될 수 있는데, 여기서는 '고려장'이라는 소재와 결합해 참신하게 스토리를 풀어내었다.

서진의 선택에 공감하는 사람도 있을 것이고, 서진의 선택을 비난하는 사람도 있을 것이다. 나는 서진에게 공감하는 편이고. 인서에 묶인 서진과 병원에 묶인 인서 둘 중에서 아무래도 서진에 이입하기가 더 쉬웠다. 인서는 내가 너무 오래전에 흘려보낸 과거고, 서진은 혹여나 나의 현재이자 미래가 될 수도 있기 때문에.

나도 언젠가 그렇게 나가보고 싶었어. 내 한계까지, 누구도 붙잡을 수 없을 정도로 먼 곳까지.

서진의 독백을 보며 얼마나 안타까웠는지 모른다. 서진의 고민과는 결이 다르긴 하지만 현실에 묶여 움직일 엄두도 내지 못한 건 똑같았던 내 과거가 떠올라서.

서진은 자신의 결정이 옳은 것인지, 잘못된 것은 아닌지 결말까지 고민하고 고민하고 또 고민한다.

서진은 인서가 필요하지 않았다. 동시에 몹시도, 애가 닳도록 필요했다.

이 말은 서진의 고뇌를 단적으로 보여준다. 자기 선택이 아이를 위한 일인지, 아니면 자기를 위한 일인지 서진도 간절히 알고 싶었을 것이다. 그러나 모든 일은 양면성이 있듯이, 서진의 선택도 마찬가지였다. 인서는 자신의 삶에 끼어든 방해물이면서도 삶을 지탱할 수 있게 해준 버팀목이었을 테니 어떻게 한 마디로 마음을 정리할 수 있을까. 서진과 같이 아이를 위해 요람호를 신청한 또 다른 엄마 정화는 결국은 신청을 철회한다. 아이가 살 수 있는 가능성에 걸겠다며 아이를 우주로 보낼 거라던 정화지만, 끝내는 자신의 곁에서 아이의 마지막을 마무리하겠다고 서진에게 연락하며 말한다.

"서진 씨는 답을 얻었나요?"

답이 어디 있겠어. 서진도 그 답을 모른다. 아이를 위한다는 명목 아래 '관짝'에 담아 버리는 것은 아닌지, 혹시나 탐사에 성공해 아이가 건강하게 살아갈 수 있는 실낱같은 희망에 걸어봐야 하는지, 아이를 앞세우더라도 엄마 옆에 두어야 하는지, 정작 그러기 위해서는 아이를 거의 볼 수도 없이 돈을 벌어야 하는데 그러면 아이를 옆에 두는 게 무슨 의미가 있는지.
결말까지 서진은 답을 내리지 못하고 고민한다. 그리고 꿈을 꾼다. 인서가 새로운 곳에서 건강한 몸으로 살아가는 꿈을. 물론 꿈이니 실제로 인서가 요람호 탐사에 성공해 건강한 몸을 갖게 될지, 아니면 실패해 우주에서 죽어갈지는 아무도 모른다. 그렇지만 나는 인서가 튼튼한 몸으로 새로운 곳에서, 누구보다 멀리 나가고 싶었던 서진을 대신해서 많은 것을 보고 듣고 여행하며 삶을 살아가는 결말일 것이라고 멋대로 상상하기로 했다.

살다 보면 다양한 선택을 하게 된다. 선택을 한다는 것은 돌려 말하면 내가 포기해야 했다는 것이 생긴다는 말이다.

늘 그런 법이었다. 다른 세계를 상상하더라도 결국 우리가 도착해 있는 우리의 현실은 이곳이기 때문에. 가보지 않은 길에 대해, 살아보지 않은 삶에 대해 추측하기란 너무나 쉽고, 우리가 선택해서 도착한 길보다 가보지 못한 길이 더 빛나 보이기 때문에.

맞는 말이다. 나도 내 선택으로 인해 포기해야 했던 것들이 아직도 더 빛나 보인다. 그렇지만 시간을 되돌릴 수는 없으니 그 당시의 선택이 최선이라고 믿고 앞으로 나아가는 수밖에. 그렇게 믿는 것도 때때로 지치지만 어쩔 수 없다. 가끔씩은 자기 합리화도 하면서 살아야겠지.

서진이 본인의 선택을 후회하지 않았으면 좋겠다. 당시엔 그게 최선이었고 최고의 선택이었을 테니까.

사람을 살아가게 만드는 이야기

「방주를 향해서」 브릿G 서평

— 유은

  정말로 좋은 이야기였다. 이야기를 끝까지 읽고 든 생각은 역시 인간은 모순적이고 그렇기에 아름답다는 것이었다. 우리들은 삶의 끝에 가까울수록 삶에 대한 이야기를 더 하게 되니까. 그것이 현실이든, 상상 속의 이야기 속에서든.

  방주를 향해 걸어갔던 진영 또한 그런 사람이었다. 아직도 그의 마지막 말이 생각이 난다. 물론 명확히는 마지막도 아니었으며, 진영은 110년의 시간 후에 좀 더 긴 시간을 살았을지도 모르지만. 내가 떠올린 말은 율라에게 건넨 말이다.

"나는 죄책감이나 어떤 애착 때문에 여기까지 온 게 아니야. 율라."
왜냐하면……. 이건 결국 내가 할 수 있는 일이었으니까.

  이 문장이 이토록 깊은 중량감을 가질 수 있는 것은, 작품 내에서 걸어온 진영의 삶이 있었기 때문이리라. 기나긴 수기 속에서 진영은 죄책감이나 애착에 깊게 얽매인 모습을 보여주지 않았다. 적어도 내겐 그렇게 느껴졌다. 그것들은 결코 앞서지 않고, 그저 뒤에 서서 진영을 무너지지 않게 하는 것이었다. 율라가 제시한 냉혹한 현실 앞에서도 그를 지탱하는 과거의 잔해들, 스스로는 이미 부서졌어도 그것을 지닌 이는 무너지지 않게 하는 흙이나 토대 같은 것처럼 느껴졌다.

저자가 의도한 게 아닐 수도 있지만, 이 작품이 나온 시기가 코로나 팬더믹 때라는 것도 의미가 있지 않을까 멋대로 생각해 본다. '살아달라'는 마지막 외침들은 어쩌면 단순히 진영만을 향한 게 아니라는 느낌이 들었으므로. 현재 우리는 다들 작은 쉘터에 갇혀있는 것과 제법 비슷한 세상을 살고 있지 않은가. 나아질 거라는 희망이 가까워지긴 했지만, 그간 선행된 절망이 있었기에 앞으로가 걱정이 되는 것도 사실이다. 언제까지 이런 상황이 이어질까? 하는 생각은 얼핏 끝없어 보이는 사막을 걸어가는 진영과 닮은 것 같기도 하다. (물론 진영에 비할 바는 아니겠지만.) 그런 진영을 밀어준 것이 이전의 삶과 길에서 만난 사람들이었던 것처럼 (내 개인적인 생각이지만 살아있는 이들을 보면서 그들에게 살아달라는 생각을 하면서 진영 또한 살아야겠다고 생각하지 않았을까?) 현실 또한 이전의 삶과 새롭게 만나는 사람들이 우리를 살게 해줄 거라고 생각한다.

율라가 친절해진 것은 재미있게도 진영이 죽음을 목전에 두었을 때였다. 어쩌면 이 모든 것이 사실이 아니라 죽음에 가까이 다다른 인간을 위한 율라의 마지막 자비였을지도 모른다. 사실 우주선은 발사가 불가능한 상태이며 모든 카탈로그는 오염되었을 수도 있다. 하지만 율라는 진영이 해낸 것들을 의미 없다고 말하지 않았다. 그래서 더 벅찼다. 인간이 한 생애를 소모하여 이루어낸 것들이 명확히 드러난 결과로 보이지 않는다고 해서, 그것이 과연 의미가 없는 일일까? 이미 거기까지 도달했다는 점에서 우리는 찬사를 보내야 하지 않을까? 인간은 태어난 이래 자신의 존재 의의를 고민하지 않은 적이 없지만, 사실 태어난 것들은 태어났다는 이유만으로 살아가도 괜찮으니까. 진영과 수민, 순례자와 약탈자, 여자와 아이, 연구원들과 같이, 우리들 모두도.

그러니 나 또한 계속 걸어나가 보자는, 살아야겠다 생각했다.

저자의 이야기는 언제나 다정한 시선으로 삶을 걷는 이들에 대한 이야기를 한다. 나는 그것이 참 뜻깊고 좋다. 세상을 읽는 날카롭고 첨예한 시선도 물론 필요하고 중요하지만, 이런 사소한 듯 조곤조곤한 것들이 결국 사람을 살아가게 하므로.

떠나가는 관들에게

1판 1쇄 펴냄 2024년 3월 22일
1판 1쇄 펴냄 2024년 3월 30일

지은이 | 연마노
발행인 | 박근섭
편집인 | 김준혁
펴낸곳 | 황금가지

출판등록 | 2009. 10. 8 (제2009-000273호)
주소 | 06027 서울 강남구 도산대로 1길 62 강남출판문화센터 5층
전화 | 영업부 515-2000 **편집부** 3446-8774 **팩시밀리** 515-2007
홈페이지 | www.goldenbough.co.kr

도서 파본 등의 이유로 반송이 필요할 경우에는 구매처에서 교환하시고
출판사 교환이 필요할 경우에는 아래 주소로 반송 사유를 적어 도서와 함께 보내주세요.
06027 서울 강남구 도산대로 1길 62 강남출판문화센터 6층 민음인 마케팅부

㈜민음인은 민음사 출판 그룹의 자회사입니다.
황금가지는 ㈜민음인의 픽션 전문 출간 브랜드입니다.